中国古代神话

文 质 改编

长江出版社

CHANGJIANG PRESS

图书在版编目（CIP）数据

语文阅读经典丛书.第十辑 / 文质改编.
—武汉：长江出版社，2021.3
ISBN 978-7-5492-7613-4

Ⅰ.①语⋯　Ⅱ.①文⋯　Ⅲ.①世界文学－作品综合集
Ⅳ.①I11

中国版本图书馆 CIP 数据核字（2021）第 050191 号

语文阅读经典丛书.第十辑　　　　　　　　　　　　　　文质　改编
责任编辑:江水
出版发行:长江出版社
地　　址:武汉市解放大道 1863 号　　　　　　　　**邮　　编:**430010
网　　址:http://www.cjpress.com.cn
电　　话:(027)82926557(总编室)
　　　　　　(027)82926806(市场营销部)
经　　销:各地新华书店
印　　刷:湖北嘉仑文化发展有限公司
规　　格:880mm × 1230mm　　　　1/32　　　　12 印张　　　　240 千字
版　　次:2021 年 3 月第 1 版　　　　　　　2021 年 3 月第 1 次印刷
ISBN 978-7-5492-7613-4
定　　价:74.80 元(共三册)

目录

唱歌跳舞，逗女娲开心。女娲那孤寂的心一下子热了起来。她想，何不造出更多的人来陪自己玩呢？于是，她更加努力地工作起来，打水，和泥，又捏出了许许多多的小泥人。他们一落地就围着女娲欢呼雀跃，然后又各自向不同的地方散开去。

看到那些离去的人们，女娲的心中充满了安慰。她一刻不停地捏着小泥人，河边的泥土被挖出了一个大坑。女娲创造的人越来越多，他们的欢声笑语使原来孤寂的天地顿时热闹起来。她再也不觉得寂寞和孤独了。

女娲继续捏着泥人，她要让大地上处处都有人的身影。但大地毕竟太大了，她捏了很久，大地上的人依然很稀少。女娲疲惫不堪，她想，这样干下去可不行，一定要找到更快更省力的办法。就在这时，她看到了塘边的一棵柳树，随风飞扬的柳枝令她想到了一个绝妙的主意。

她跳进水塘里，用力搅浑了整塘水。接着又来到塘边折下一根柳枝，把柳枝伸进泥塘里，使柳枝沾满了泥。她拉出柳枝用力一甩，数不尽的泥点四散出去，

每一个泥点落到地上都变成了一个小人儿。女娲为自己的创造感到无比骄傲，她不停地甩着柳枝，不久，大地上便布满了人类的踪迹。

大地上有了人类，女娲又担心了：怎样才能使人类繁衍（fán yǎn）生息呢？人总是会死的，不能总让我去造他们啊！于是，女娲就让男人和女人结合起来，叫他们自己去繁育后代，担负起繁衍不息的责任。

女娲因为替人类建立了婚姻制度，使男人和女人互相结合，生儿育女。于是她便成了人类最早的媒人，也就是现在人们所说的婚姻之神。

共工怒触不周山

　　共工是炎帝的子孙，他样貌怪异，人面蛇身，头上顶着一头红发，看起来像一盆燃烧的火焰。他常常驾着一条巨大的黑龙徜徉于天地间，掌控着大大小小的江河湖海，被人们称为"水神"。他性格刚烈，无所畏惧，敢于向一切邪恶残暴的势力宣战；他善良、友爱，团结诸神，爱护百姓，是人类爱戴的神仙。

　　当时，统领天地的天帝颛顼（zhuān xū）是一位非常残暴的统治者。他是黄帝之孙，黄帝在位时曾一度让他代行神权。颛顼狂妄自大，耀武扬威，百姓以及诸神都对他极为不满，但碍于黄帝的颜面，诸神对他只有忍让三分。他听不得别人的任何谏言，独断专行，而且还常常滥杀无辜。为了实施他的暴行，他还专门派人发明创造了许多极为残酷的刑具。诸神敢怒不敢言，使得颛顼更加嚣（xiāo）张。

　　颛顼经常对神界和凡间颁行不合情理的法规，对违背他意愿的人施以各种刑罚。更过分的是，他为了让人与神断绝联系，下令切断了凡间通往上天的通道。他还把太阳、月亮、星星都拴系在北方的天空上，结果导致北方昼夜通明，炎热似火。不久，北方大地上河床开裂、庄稼干枯，人们生活痛苦不堪；而南方却永远都是漆黑一片，伸手不见五指。人们辨不清方向，也看不见东西，植物因得不到阳光的照射而大片大片地死去，野兽横行，尸骨遍野。凡间俨（yǎn）然到了世界末日。

这时水神共工勇敢地站了出来，他要为解除人们的苦难而战斗，救民于水火之中。

但是，愚昧的人们因为长期受到颛顼的蛊惑（gǔ huò），根本不理解共工，他们仍然寄希望于颛顼，期盼这位天帝解救他们脱离苦海。颛顼看到这种情形极为高兴，他大肆宣扬天威，鼓动人们不要相信共工。人们轻易地听信谣言，都站在了颛顼这一边，一同反对共工。

共工虽然没有得到民众的理解和支持，但他坚信自己的做法是正确的，坚决不肯妥协。他坚信正义必胜，决心与万恶的颛顼抗争到底。

颛顼见到势单力孤的共工后，狂笑着说道："共工，我劝你最好放弃与我为敌的念头，带着你那几个虾兵蟹将回去老老实实地做你的水神，少管闲事，否则我让你有来无回！"

共工岂会被他的只言片语给吓住，大笑着回敬道："哈哈，你这暴君还想吓唬我！身为天帝不抚慰诸神，不善待自己的子民，反倒干些天地不容的事，你良心何在？我共工与你势不两立！"

"好，那我就要你为今天说的话付出代价！"颛顼一声令下，天神们当即将共工及其部下团团围住。一场激烈的厮杀开始了。

鼓声、呼喊声、厮杀声混杂在一起，战争十分激烈。共工的部队遭到沉重的打击，他自己也已身陷重围。但一想起那些受苦受难的平民百姓，他便浑身充满了力量。共工使出浑身解数全力对抗颛顼，战斗愈演愈烈，刀枪戈矛相碰，火光四溅。双方一路拼杀，一直从天界打到凡界，但共工毕竟势单力薄，难与颛顼大军抗衡，只得且战且退。最后，他们一直打到了一座叫作不周山的大山的山脚下。

这座山正是由盘古的脚变成的一根通天的擎天柱。共工与颛顼在这里拼杀得异常激烈。不久，共工一方因伤亡惨重，锐气大减，渐渐陷入了绝境，被围困在山下。

共工心急如焚，眼看无法取胜，便决心牺牲自己为天下百姓造福。他驾起飞龙升到半空，死命地一头向大山撞去。只听得"轰隆隆"一阵巨响，大山被拦腰撞断了。一时间沙石倾泻而下，支撑西天的大山峰伴随着巨响顷刻倒下，尘土弥漫了整个天地，仿佛天地万物都碎成粉末一般。接着，西北的天空失去支撑也跟着沉陷下来，天地发生巨变——那些被拴在北方天空上的日月星辰像滚豆子一样"哗啦啦"滚落到了西北方。这些淘气的家伙重获自由，兴奋地绕着天地转起圈来。它们为了不再被拴住，决定一直跑下去。这样，人们每天都能看到它们从东边升起，往西边降落，昼夜随着它们东升西落有条不紊地

交替着。

西天沉陷下来的同时,东南面的大地也因受到山崩的剧烈震动,深陷了下去。从此,大地变成了西高东低的地势,地面上的江河湖水随着地势都奔腾向东流入大海里去了。

大地上的子民终于摆脱了极昼极夜的苦日子,重新过上了"日出而作,日落而息"的正常生活。

共工的壮举得到了人们的尊敬。他死后被人们奉为"水师",即水利之神。

女娲补天

相传，女娲造人之后，便悠闲自在地在天上过着她的神仙生活。但是，作为人类的母亲，她从未忘记关心儿女们的生活，常常去关心一下人类过得好不好，是不是丰衣足食，幸福快乐。人类在她的庇护下，的确过了一段非常和平幸福的生活。

可是，共工在和颛顼在那一场剧烈的打斗中，一怒之下撞断了支撑着天地的擎天柱，导致西天沉陷，出现了一个大窟窿（kū long），同时，大地也被压出了一道道大裂痕。这巨大的变化使得狂风暴雨席卷大地，电闪雷鸣，龙蛇猛兽纷纷跑出来危害人类。人类面临着空前的大灾难。

女娲目睹自己的儿女遭受如此劫难，焦急万分。她想要帮助人类渡过难关，而唯一的办法就是将那垮塌的半边天填补起来。

可是这天要怎样补呢？女娲想了很多办法，最后发现只有五色石可以用来补天，就决心炼石补天。可去哪里炼石呢？女娲遍涉群山，最后选择了天台山。这里山高顶阔，水足石多，是个炼石的理想地方。

女娲来到天台山,她精心挑选了许许多多的五色石子,把它们丢进一口大锅,然后生起熊熊大火将它们熔化成浆。经过了九九八十一天的炼化,终于炼出了一块厚十二丈、宽二十四丈的五色巨石。可是,这块巨石相对于天上的那个大窟窿来说,实在是太小太小了,要想填上窟窿,不知道还要炼多少块巨石。但女娲毫不气馁,她不分昼夜地炼制五色石,足足花了四个年头,终于炼出了三万六千五百零一块巨石。在众神的帮助之下,女娲用这些巨石夜以继日地补天,终于将那个大窟窿严严实实地补起来了。这五色巨石补好的天不仅和以前一样平整,而且还使天上从此多了彩虹和云霞。疲惫

不堪的女娲看着补好的天，又担心天哪天会再塌下来，于是，她找来一只上古神龟，斩下它的四只脚，当作四根柱子把补好的半边天支起来。

风雨终于停歇，大地又重归宁静。女娲又擒杀了四处作乱、残害人民的黑龙，刹住了龙蛇的嚣张气焰。最后，为了不让洪水横流，女娲还收集了大量芦草，把它们烧成灰，堵住了四溢的洪流。

经过女娲的一番辛苦整治，天地又恢复了祥和宁静，威胁人民安全的龙蛇也销声匿迹了。人类又重获新生。

伏羲的传说

　　相传在很早以前，在中国的西北方向，有一个叫华胥国的地方。这里的人们生活得非常快乐，并且很长寿。他们可以在水里自由自在地行走，不怕被淹死；他们可以跳进火里跳舞，不怕被火烧；他们在空中走路，就好像走在平地上一样自如。他们都像神仙一样神通广大。

　　华胥国里有一个叫华胥氏的姑娘，她长得十分美丽。一天，她去一个叫雷泽的地方游玩，那里鸟语花香，环境优美，她尽情地享受着野外迷人的芬芳。

　　突然，在一棵大树前，她发现了一个巨大的脚印，这个脚印足有斗笠那么大。华胥氏觉得很奇怪，于是就将自己的脚踏在大脚印上。忽然，她感觉到一股暖流从脚下传遍了全身。

　　回到家后不久，华胥氏发现自己怀孕了。更为奇特的是，她竟然怀孕了十二年，才生下一个人首蛇身的小男孩，他就是伏羲。

原来，树林里那个巨大的脚印是雷神经过时留下的。雷神虽然长着人的身体，但有着龙的容貌。他用手拍拍自己的肚子，天上就会炸出一个响雷。伏羲是华胥氏与雷神的儿子，因为父母都有了不起的本领，所以他也有很多神仙才会有的本事，而且头脑异常聪慧，创造力惊人。

相传，伏羲通过仔细观察蜘蛛结网，发明了渔网，教会人们捕鱼打猎。他还教人们饲养马、牛、羊、鸡、犬、猪等六种牲畜，丰富了人们的食物品种，也为人们提供了用来祭祀神灵的供品。

伏羲还十分勇敢。天地之间有一棵叫作建木的参天大树。这棵大树模样十分奇怪：细细长长的树干一直往上长，伸到了云里，它没有其他的枝条，只有顶端一个像大伞一样的树冠。当太阳到达建木的位置时，地上不会留下任何阴影。原来，这棵大树是通往天宫的天梯。有人知道这个秘密，但却从没有人敢爬上树顶，到达天宫。伏羲看着这棵树，感到十分好奇，他不顾别人的劝阻爬了上去，而且真的爬到了树顶。

那时候，人们对于大自然一无所知。当刮风下雨、电闪雷鸣、洪水泛滥时，人们感到既害怕又困惑。天生聪慧的伏羲很想把这一切都弄明白。于是他经常凝视四方，仰观天上的日月星辰，俯察周围的地形方位，思索着日月经天、斗转星移、寒来暑往、花开花落的变化规律。

　　一天，伏羲登上了一座高山之巅，这里景致奇特，一天之中，阳光会呈现出三种不同的光景——清晨柔和，正午宣朗，夕阳返照时，山顶如有万道光芒照射，恍如仙境。伏羲站在山顶环视四周，只见对面渭水河畔的一处山涧里突然云雾翻滚，接着传出一声震天的吼叫，随后，一匹浑身长着花斑、两肋间展着神翼的似龙似马的神兽奔腾而出。神兽几步踏上一块巨石，站在中央仰天长啸。伏羲发现，此兽身上的花纹很是奇特，长长短短，似有规律。伏羲冥思苦想，突然开窍：这不就是阴阳关系嘛！于是，伏羲根据这些花纹，画出了一套八卦图。

　　根据卦形，八卦的名字分别是乾、坤、艮、兑、震、巽、坎、离，分别象征天、地、山、泽、雷、风、水、火，可以据此推演出天地万物的变化。那个跃出龙马的山洞被人们称为"龙马洞"，渭河中的那块大石被人们称为"分心石"。

　　有了八卦的指引，人们过上了风调雨顺的生活。后来，伏羲成为管理东方一万二千里土地的神，从此威震四方，造福百姓。

夸父逐日

　　远古时代，北方的大荒原上有一座巍峨雄伟的大山。山上住着一个巨人部落，叫夸父族。夸父族人是炎帝神农氏的后代，他们不但身材高大，而且个个都拥有无穷无尽的力量。夸父族人勤劳极了，总是希望天黑得晚一些，这样勤劳的夸父族人就能多干点活。看着太阳每天东升西落，他们常想：要是能把太阳捉住，挂在山的上空，不就可以永远是白天了吗？拴住太阳以后，还可以自由控制它，想做事就把太阳挂起来，想休息就把太阳放开去，那样多好啊！

　　于是，全族的人聚在一起，准备推选出一名本族的英雄去完成这个伟大的使命。最后，他们推举出夸父来担此重任。夸父被选为逐日的代表，心中很兴奋。夸父觉得责任重大，于是作了充分的准备。他做了一根十丈长的扁担，一头担着小山丘似的粮食，一头担着一口湖泊一样深的大锅。准备好这些，夸父躺在一处僻静的山坳（ào）里，美美地睡起觉来，他准备醒来便开始逐日。

第二天中午，他挑上担子，带着族人的美好祈盼和祝愿，大步流星地向西奔去。夸父一步几百里，速度快得惊人。他跨过高山、大河，走过荒沙、草地。走了一天以后，夸父又累又饿，于是便坐下来休息。

他卸下身上的担子，随手搬过三座小山摆成一个"品"字形，然后从担子上卸下大锅，把锅支在这三座山上。接着，夸父又从担子另一头取下粮食倒进锅里，再拔下一座山的树木作为柴火，生起熊熊大火。不一会儿，夸父便做好了饭。吃完饭，他把扁担当作手杖，继续向西跑去。

夸父跑啊，跑啊，跑了不知多少里路，一直追到禺谷——太阳落下去的地方。金灿灿的太阳就在眼前，夸父高兴地喊道："我追上太阳了！"

夸父奔跑了一整天，已经筋疲力尽，而且在太阳的炙烤下他觉得干渴无比，恨不能喝光地面上所有的水。夸父举头望日，心想："现在我又渴又累，即使捉住太阳也没力气搬回去，何况还要很久它才能落下去，不如让我先去喝点水，休息一下再来捉它。"

　　于是，夸父俯下身子喝起水来。夸父喝光了左脚边的黄河水，又喝干了右脚边的渭水，仍然觉得渴。他抬头看看太阳，估计在太阳落山以前，他应该还来得及先去北边的瀚海喝点水。于是，他又抬腿往北跑去。瀚海处在雁门山的北面，那里的水纵横几千里，清澈甘甜。可是当他才走到中途时，就因为严重缺水支撑不住倒下去了。最后，太阳烤干了夸父身上的最后一滴水，夸父就这样死去了。

　　太阳渐渐落下去了，余晖投射在夸父身上，逐渐变浅变淡。

　　第二天，太阳又慢慢地从东方升起。当阳光洒满大地时，在夸父倒下去的地方出现了一座高山，这就是夸父山。夸父死时扔下的手杖，变成了一片枝繁叶盛的桃林，又大又红的甜桃挂满枝头。人们从这里经过，只要摘一个香甜可口的蜜桃吃，浑身就有了使不完的劲儿，又能精神抖擞地继续赶路。

刑天舞干戚

当炎帝还在统治全宇宙的时候，刑天是他手下的一员大将。他不仅精通战略，武艺卓绝，而且还精通音律，曾为炎帝作乐曲《扶犁》，作诗歌《丰收》等，可谓文武双全。

后来，黄帝取代了炎帝成为主宰者，炎帝只好屈居南方一隅，忍气吞声度日，不敢和黄帝抗争。炎帝的子孙和旧臣们咽不下这口气，总想卷土重来，推翻黄帝。

刑天尤其不能接受这个结果，于是，他联合了蚩尤（chī yóu）部落举兵反抗黄帝。可是炎帝却坚决阻止刑天去参加这次反抗斗争。

蚩尤部落和黄帝一战失败，蚩尤也被杀死了。刑天再也按捺（nà）不住他内心的愤怒，于是偷偷地离开南方天庭，径直奔向中央天庭，准备杀黄帝，重夺政权。

刑天左手握着长方形的盾牌，右手拿着一柄闪光的大斧，一路过关斩将，直杀到黄帝的宫前。

黄帝正带领众大臣在宫中饮酒赏乐，猛见刑天挥舞盾斧杀将过来，顿时大怒，拿起宝剑就和刑天搏斗起来。两人剑刺斧劈，从宫内杀到宫外，从天庭杀到凡间，直杀到常羊山旁。

常羊山是炎帝降生的地方，往北不远，便是黄帝的诞生地轩辕（xuān yuán）国。轩辕国的人个个人面蛇身，尾巴缠绕在头顶上。两个仇人回到了自己的故土，因而战斗格外激烈。

刑天怨恨黄帝篡（cuàn）夺了炎帝的天下，誓要夺回政权；而黄帝为保天下安康，子孙昌盛，不容他人破坏。于是各人都使出浑身解数，恨不得能将对方一下杀死。

黄帝到底是久经沙场的老将，又有九天玄女传授的兵法，

且心思缜密，机敏老到，他寻找到一个破绽，一剑向刑天的颈脖砍去。只听"咔嚓"一声，刑天的那颗像小山一样的巨大头颅，便从颈上滚落下来，落在常羊山脚下。

刑天一摸颈上没有了头颅，顿时惊慌起来，忙把斧头移到握盾的左手，伸出右手在地上乱摸乱抓。他要找回自己的头颅，安在颈上继续战斗。

他摸呀，摸呀，右手在四周来回摸寻，所碰之处树断石崩，可却怎么也摸不到那颗头颅。其实，他只顾向远处摸去，却没想到头颅就在离他不远的山脚下。

黄帝怕刑天摸到头颅后，会更加凶猛地来刺杀自己，连忙举起手中的宝剑向常羊山用力一劈。

随着一声巨响，常羊山被劈为两半。刑天的巨大头颅骨碌碌地落入常羊山裂开的缝隙中，接着两山便迅速合而为一，把刑天的头颅深深地埋葬起来了。

听到这轰隆隆的响声，感觉到周围异样的变动，刑天停下了摸索。他知道自己的头颅已被黄帝埋葬了，他将永远身首异处。刑天呆呆地立在那里，一时间，黄帝得意的笑声与未能实现心愿的痛苦猛烈击打着他的内心。他愤怒极了，怎么也不甘心就这样败在黄帝手下。突然，他一只手拿着盾牌，一只手举起大斧，向着天空乱劈乱舞起来，那样子仿佛在跟千军万马拼死搏斗一般。

这种景象是多么壮观啊！失去头的刑天，赤裸着他的上身，把两乳当作眼，把肚脐当作口，把整个身躯都当作了他的头颅。那两"眼"似乎在喷射出愤怒的火焰，那圆圆的"口"中，似在发出仇恨的咒骂，那"头颅"如山一样坚实稳固，那两手里拿着的斧和盾，挥舞得是那样有力。

见此情景，黄帝心里一阵战栗，不由自主地害怕起来。他不敢再对刑天下毒手，悄悄地溜回天庭去了。

那断头的刑天，至今还在常羊山附近，挥舞着手里的武器呢。

后稷的传说

后稷（jì）是大周的始祖，他的母亲名叫姜嫄（yuán）。当姜嫄还是一位亭亭玉立的少女时，她就非常想要一个儿子。她诚心向上天祈祷，祈求上天赐给他一个儿子。上天被她的诚心所打动，决定满足她的愿望。

有一天，姜嫄到离家不远的一座大山上采摘野果。在山脚下，她发现了一个巨大的脚印，于是好奇地踩了上去，脚刚碰触到地，她便感到有股精气流遍了全身。回家后，姜嫄就有了身孕。她知道这是上天赐予她的孩子，于是决定好好保养身体，安心养胎。胎儿发育得异常迅速，只过了一个月孩子便出生了。孩子又白又胖，壮得像头小牛，眯着眼睛一个劲地吃奶。姜嫄又抱又亲，终日爱不释手，不知疲倦。她由衷地感谢上天的恩赐。

但由于姜嫄还没有成亲便生了孩子，人们都对她冷眼相向，纷纷指责她、怒骂她。姜嫄没有办法，只好和儿子孤独地待在屋子里。

姜嫄感到非常苦恼，整天愁眉不展，头发也白了不少。她实在经受不住来自周围的压力了，不管多么心疼与不舍，最后还是决定服从部落的安排，把孩子交给上天处理。

　　开始，姜嫄把孩子扔到了小巷里。小孩子惊天动地的哭声引来了羊群，公羊躺在地上成为毯子，为孩子驱寒，母羊给他喂奶，小羊羔则用舌头舔舔 (tiǎn shì) 他身上的污垢。接着，姜嫄又把孩子扔到了树林里。结果，一位樵夫捡到了孩子，他觉得孩子可怜，便把他抱在怀里，喂给他香喷喷的鹿肉和甘甜的泉水。

　　姜嫄心一横又把孩子扔到寒冷的河冰上。可是，姜嫄正准备离开，马上就有大鸟飞来。它展开巨大的翅膀用厚厚的羽毛把孩子遮得严严实实，就像是在他头顶搭起了一顶小帐篷。这时孩子因为饥饿哭闹起来，大鸟又立刻飞出去寻找食物去了。听着孩子的哭声，看着孩子在风中瑟瑟发抖的样子，姜嫄心如刀割。孩子每一次都得到天助，她确信孩子就是天上的神灵下凡，日后必将成为人间的英雄，于是毅然决然地把孩子抱了回来。姜嫄暗下决心，不管周围的人怎样阻挠，也不管自己将遭受多大的压力，一定要把孩子抚养长大。为了牢记自己曾想抛弃孩子的罪过，并警醒自己再也不要犯这种错，姜嫄给孩子取名叫"弃"。

　　弃天赋异禀 (bǐng)，刚刚会爬就已经懂事了。他很小的时候就会自己出去找东西吃，而且找到的还不是一般的食物，而是香气扑鼻、甜美可口的奇果，吃几个就能饱。周围的人都很

惊讶，他们也相信他是上天的宠儿了，于是都争着来照顾他。

在人们企盼和羡慕的目光里，弃长大了，成了种植庄稼的能手。他跋山涉水，找来了上百种稀奇的庄稼品种，又开垦了大片的荒地，亲手栽种。

弃发明了一些前所未有的耕种方法：他拔掉茂密的杂草，定时给庄稼松土；天气干旱，就给庄稼浇水；夜晚守在田边，不让野兽进去糟蹋庄稼……他种的庄稼在他的精心呵护下一天天地苗壮成长起来。到了秋天，豆荚密密麻麻地挂满了豆秆，禾苗被稻穗压弯了腰，金灿灿的谷子一眼望不到边，大瓜小瓜满地乱滚。看到这种丰收的景象，上天也为之动容，又降下了神奇的种子——黑黍（shǔ），以及许多新品种的种子。

大家都很高兴，他们相信在弃的帮助下一定会丰衣足食。人们用余下的粮食来喂牛羊猪狗，牲畜也跟着兴旺起来了。为了感谢上天的眷顾，人们用煮熟的谷物和烧制的牛羊祭天，祈求来年五谷丰登，万事大吉。

冬去春来，万物复苏，冰河融化，大地吐绿。弃又开始了耕作，并用牛来帮他翻地。弃在松软的泥土上撒上灰土当肥料，再播上种子。不久，种子在春雨的滋润下苗壮成长起来。

附近的人听说有弃这个种植高手后，都跑来跟弃学种庄稼。弃不厌其烦，手把手地教他们。一年内他一共教了九千九百九十九个徒弟。后来，他的这些徒弟又把种植技术教给更多的人，手手相传，世界上所有的人就都会种庄稼了。人们感激他的恩德，于是尊称他为"后稷"。

渐渐地，后稷的非凡本领和好名声传到了天下的至尊共主尧帝那里，尧帝对他赞赏有加。为了解决各地饥荒，尧帝把邰（tái）这个地方封给了后稷，让他专务农耕。

　　邰真是个好地方，不仅地势和缓、田地宽阔，而且河水充盈、风调雨顺。后稷到了邰后，人们纷纷前来归附。

　　后稷没有辜负尧帝的期望，他在河沟旁种菜，山坡上种谷，平地里种麦，丘陵上种黍，把牛羊圈设在舍棚内，把水井挖在麦田旁……邰地年年都是大丰收，粮食源源不断地运到其他的地方，天下的人再也不用为吃不饱饭而犯愁了。邰地也因此成了天下人向往的地方。

　　后稷的子孙在邰地不断繁衍，成为实力强大的周人。周人不断地向外发展，实力越来越强大，土地越来越辽阔，最终灭掉了殷商，建立了中国历史上的周朝。

盘瓠救主

　　远古时代，有一位皇帝叫帝喾（kù）。有一年，帝喾的皇后夜梦娄金狗下界托生，醒后耳痛难忍，整整痛了三年，遍寻名医，都没有效果。后来，有人从她的耳朵里挑出一条像蚕一样的三寸金虫。虫子挑出来后，皇后的耳痛病马上就好了。

　　皇后觉得奇怪，便用瓠（hú，一种盛东西的器具）盛着这条虫子，又用盘子盖着。哪知道那虫子一日长一寸，不多日便长成了一只身长八尺、高四尺的漂亮大狗。这只狗全身五色斑斓，闪闪发光。因为它是从盘子和瓠里变出来的，所以皇后给它取名叫作"盘瓠"。帝喾见了这只狗非常喜欢，无论干什么都要将它带在身边。

　　有一次，帝喾在南方游览时，当地的土霸王房王竟然率众把帝喾和随从们围困起来，企图谋反，并想杀掉帝喾取而代之，篡夺皇位。

　　帝喾被困后，无计脱身，无奈之下只好贴出重赏的榜文，宣告天下：如果谁杀了房王，不仅能获得大量的财物，还能娶

到自己美丽的女儿。榜文贴出以后，盘瓠便失去了踪影，众人寻遍行宫都没有找到。

原来，盘瓠偷偷跑到了房王的军营中。它见了房王，便摇头摆尾故意讨好他。房王一见这狗，高兴地向左右臣僚说道："帝喾怕快要灭亡了吧！连他的狗都扔下他跑来投奔我，看来我房王是该当王了。"于是，他高举火炬，击鼓撞钟，在宫中设宴庆祝起来。

这天晚上，房王喝得烂醉如泥，倒头便沉沉睡去。盘瓠趁机猛地咬下房王的头，叼着他的头颅飞快地跑回帝喾的行宫。

帝喾看见爱犬衔了房王的头回来，非常高兴，就叫人多拿些肉来喂它。哪知道盘瓠对这些东西看都不看一眼，扭头便走开了。它闷闷不乐地躺在屋角，任凭帝喾怎么呼唤它也不起来，一连两三天都是如此。

帝喾心里难过，同时也很不解，他问盘瓠道："盘瓠啊，你为什么不吃东西，也不理我呢？是不是想要公主做你的妻子呀？可你要知道，并不是我不履行诺言，实在是因为狗和人是不可以成亲的啊！"

盘瓠听了，立

刻口吐人言，说道："主人啊，请不要担心，我本是神仙下凡。你只要将我罩在金钟下七天七夜，我就可以变成人了。"帝喾听了这话，非常惊讶，但还是照它的话将它罩到金钟里面了。

到了第六天，公主担心盘瓠罩在金钟下会饿死，就悄悄地打开了金钟。公主被眼前的一切吓坏了，只见盘瓠已变成一个狗头人身的样子。盘瓠看到公主，又惊又喜。只是可惜的是，公主提前打开了金钟，盘瓠的头就不能继续变化了，盘瓠永远都只能是狗头人身的形象了。

尽管如此，帝喾还是谨守自己的诺言，把女儿嫁给了狗头人身的盘瓠。

后来，盘瓠带着妻子到了南部的山区，住在人迹罕至的深山里。公主脱下华贵的衣裳，穿上平民百姓的服装，像普通百姓一样日出而作、日落而息，辛勤劳作，毫无怨言。盘瓠则每天出去打猎，夫妻俩和睦幸福地过着日子。

黄帝战蚩尤

　　黄帝是掌管雷雨的天神，统治着整个宇宙。他是中央的天帝，另外四面各有一个天帝，分别掌管东、西、南、北各个地区。黄帝生得奇异，头上有四张脸、八只眼，同时监视着四面八方。黄帝实行仁政，除暴安良，赏罚分明，所以百官各个清正无私，老百姓和睦相处，安居乐业。

　　炎帝手下有一员猛将，叫蚩尤。蚩尤本是炎帝的后代，自从黄帝打败炎帝做了天帝以后，他就一直怀恨在心，多次劝说炎帝起兵复仇。但炎帝既感到自己兵力不足，又恐怕让百姓遭殃，因此一直没有答应。蚩尤非常失望，满腔的怒火发泄不出去，最后决心凭借自己的力量，与黄帝一决高低。

　　传说蚩尤有八十一位兄弟，个个生得铜头铁额，坚硬无比。他们的身子像野兽一样，打起仗来个个不要命，令敌人闻风丧胆。蚩尤有四只眼睛六只手，头上长着锐利的角，耳朵边上的头发直向蓝天，好像利剑似的。他还能从半空中飞过，攀上高耸入云的陡崖，呼风唤雨之类的事更不在话下。蚩尤杀人

如麻，令地上的百姓叫苦连天。

蚩尤四处招兵买马，纠集妖魔鬼怪，公开打起炎帝的旗号，向北方的黄帝发起进攻。开始，黄帝为避免百姓因战火受到连累便派人劝说蚩尤停战。蚩尤却认为这是黄帝怕他的表现，气焰更加嚣张。蚩尤派人进攻，黄帝被迫应战。黄帝的神兵神将与蚩尤的铜头铁额军打得天昏地暗，难解难分。

蚩尤见一时难以取胜，便施起法来，他大嘴一张，吐出团团黑雾，把黄帝的军队笼罩在浓雾里。神兵神将立刻慌乱无助，辨不出谁是敌人，谁是自己人，完全乱了阵脚。蚩尤的军队在浓雾的掩护下，冲进黄帝的队伍里，猛杀猛砍，打得黄帝的军队溃不成军，节节败退到河北涿（zhuō）鹿。

形势对黄帝十分不利。晚上，黄帝左思右想，长吁短叹。叹息声传到住在玉山的王母娘娘那里，王母娘娘召来九天玄女，说："黄帝是一位贤明的天帝，现在蚩尤作乱，你去助他一臂之力吧。"黄帝正低着头苦苦思索，耳边忽然传来悦耳的音乐声，一抬头，眼前出现一道耀眼的金光，身着白色衣裙的九天玄女从金光中翩然飘来。

九天玄女微笑着说："我是奉了王母娘娘之命来帮助你的。离此地不远，有一座昆吾山，你立刻派人去凿山，凿到一百尺，遇到火星迸射，那便是铜矿石。将铜矿石冶炼成铜，打成刀剑，你就可以和蚩尤抗衡了。另外，你再用铜打成小小的箭头，把它绑在竹竿上射出去，威力会比原来强数十倍！"

黄帝又问："蚩尤的大雾是我们的大敌，怎么对付呢？"

九天玄女指了指身后的一辆车子。这辆车的前方站着一个小仙人，小仙人的一只手臂高举着，指向南方，而且不论车子如何转，仙人的手始终指向南方。黄帝见后大喜，心想，这下就不怕蚩尤的黑雾了。这时，九天玄女忽地一下不见了。

　　此刻，蚩尤正在大帐中饮酒作乐，载歌载舞庆祝胜利。蚩尤认为自己已经胜券在握，统一天下即将大功告成。一想起黄帝的大军被自己打得溃不成军，蚩尤就更加坚信最后的胜利一定属于自己。而另一面，黄帝根据九天玄女的指点，找到了昆吾山中蕴藏的铜矿，然后夜以继日地打造出无数铜刀铜剑，并按九天玄女所授之法造了许多弓箭头和几十辆指南车。

　　蚩尤求胜心切，很快又发起进攻。他故技重施，放出大雾，但黄帝的军队凭着几十辆指南车，直冲向蚩尤的大军。黄

帝大军中用铜制成的刀剑大显神威，杀得敌人死伤惨重。

蚩尤一见大雾失去作用，大惊失色，慌忙调遣妖魔鬼怪上阵。这些妖怪冲进黄帝的军队，掀起片片土浪，发出刺耳号哭，使黄帝的军队昏昏欲睡，士兵跟着了魔一般到处乱走。黄帝抓住一个小鬼，一番盘问后才知道鬼怪最怕龙的吟叫声。

黄帝立刻命令全军用牛角奋力吹出龙吟之声。果然那些妖魔鬼怪一听到声音，便瘫软无力，束手就擒。黄帝的兵将精神大振，挥刀舞剑，如旋风般冲上前，将所有的鬼怪全部杀死了。蚩尤见大势已去，正准备腾云逃之夭夭，哪知黄帝早命神将应龙等在空中，蚩尤这一跳，正跳到应龙巨大的爪子里。应龙收紧爪子，蚩尤还没明白是怎么回事，就成了应龙的囊中物。

黄帝活捉了蚩尤，巩固了中央天帝的地位，再也没有人敢出来挑衅，从此百姓又过上了太平的日子。蚩尤被杀死后，他戴过的血迹斑斑的木枷，被扔到荒山野地，后来长成一片郁郁葱葱的枫树林。每到秋天，枫叶就会变得火红火红的，据说那就是蚩尤的血染成的。

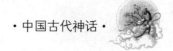

神女瑶姬化巫山

据说，炎帝有四个女儿，个个生得美丽又聪明。炎帝最疼爱的女儿叫瑶姬。瑶姬自幼生活在天上，最爱到天庭的后花园去玩耍。她喜欢那里潺（chán）潺的流水与和煦的微风，总是一整天一整天地待在那里，听着鸟儿悦耳的歌声，闻着花儿淡淡的香气。饿了，有翠绿色的小鸟为她衔来香甜美味的水果和佳肴；渴了，有鲜花绿草为她奉上甘甜可口的露水。那时的瑶姬，活泼开朗，能歌善舞，她银铃般的笑声终日回荡在后花园中。

炎帝最喜欢瑶姬，不仅仅因为她有着出众的美貌和天真无邪的本性，更因为她心地善良，体恤百姓。她常常因为看到人间百姓过着艰辛的生活而伤心落泪。瑶姬长大后，出落得更加美艳动人。可是，就在她成年的那一年，厄运却降临到她头上：她生了一场大病，来势汹汹的病魔很快就将她击倒了。从此，她便卧床不起，虽然脸上依旧挂着灿烂的笑容，但却苍白无力，显得非常憔悴。

瑶姬再也不能在溪流边梳妆打扮，不能在风中和蝴蝶翩翩起舞了。渐渐地，瑶姬已经病入膏肓，无药可医。炎帝心急如焚，但却束手无策。自己虽是医药之神，但药能医病，却不能让人起死回生。

不久，瑶姬就病死了。炎帝非常伤心，他将瑶姬安葬在花团锦簇的姑瑶山上。从此，天地间就少了一个精灵一般的少女。

瑶姬的仙体虽然幻灭了，精神与灵魂却是永生的。瑶姬的灵魂整日飘荡在天地之间，可是她不想再这样下去，于是，她让自己的香魂化成芬芳的草。这种草叶子双生，花色嫩黄，果实似菟 (tù) 丝子。女子若吃了其果实，便会变得明艳美丽，惹人喜欢。这草在姑瑶山上吸收了日月精华，若干年后，便修炼成了人形，这就是人们一直以来所说的巫山神女——瑶姬。

瑶姬虽然重生，但已不能重回天宫了。她生性活泼，不肯老老实实地待在姑瑶山上，就经常化身成各种形态在人间游走。和以前一样，她还是深切地关爱着人间的百姓，到处为人们排忧解难，救死扶伤。渐渐地，巫山上有神女的消息就流传开来。人们都很感谢这位美丽善良的女神。

有一年，巴蜀遇到了历史上罕见的洪水。一时间，富饶之地变为水泽，农民无以为生，流离失所。曾经安静祥和的巴蜀大地转眼间变成人间地狱，尸横遍野，惨不忍睹。孩子失去了母亲，妻子失去了丈夫，大水之上，一片凄凄惨惨的景象。

此时，大禹开始受命治水。他一路凿山通河，来到巫山脚下，准备修渠泄洪，却无意中触怒了一只在巫山上潜修了多年的蛤蟆精。这只蛤蟆精非常生气，于是使用法术阻挠大禹开山。它刮起狂风，一时间天昏地暗、地动山摇，层层叠叠的洪峰呼啸着向大禹压了过来。大禹猝（cù）不及防，立时陷入窘境，只好撤离江岸。在当地人的指点下，他决定去向巫山神女瑶姬求助。

大禹不求回报但求以利天下的精神感动了神女瑶姬，背井离乡、流离失所的灾民也让神女揪心，当下她就传授给大禹降妖除魔的法术，并赠给他一本能够防风治水的天书。有了巫山神女的指点，大禹很快制伏了蛤蟆精，平息了风波。

之后，瑶姬又派遣侍臣狂章、虞余、黄魔、大翳（yì）、庚辰等神仙，祭起法宝雷火珠和电蛇鞭，将巫山炸开一条道，令洪水经巫峡从巴蜀境内流出，涌入大江，成功解救了饱受洪灾之苦的巴蜀人民。神女关爱三峡人民，唯恐长江之水再度泛滥，遂化为神女峰，永驻三峡。

燧人氏钻木取火

在很久很久以前，人们的生活还十分原始，他们狩猎而生，捕获的鸟兽都是剥了皮生吃的。长期吃生食，导致那时的人很容易生病，而他们病了又不懂医治，所以很多人年纪轻轻就被疾病夺去生命。除此之外，寒冷也是人类面临的一大困难，很多人挨不过寒冬，总在严冬中一睡不起。

天神伏羲不忍心看到自己的子民受苦。他想，人们之所以这样，都是因为不懂得用火，我要想个办法把火种带给他们，让他们过上温暖的日子，吃上香喷喷的熟食。于是，伏羲用神力催动了一场雷雨。一时间电闪雷鸣，火光遍地，人们都吓得躲进了山洞里。突然，一记惊雷直向树林劈去，噼里啪啦一阵巨响后，树林燃起了熊熊烈火。大火越烧越旺，整片树林都燃成了灰烬。等火势逐渐小下来后，山洞中的人们战战兢兢地走了出来。他们走到一片焦黑的树林旁，惊异地看着那些还冒着火星的树桩，面面相觑。

这时，有一个胆大的年轻人走进焦黑的树林深处四处察看起来。他发现，原本生活在树林里的那些飞禽走兽都消失了踪影。他想："一定是这又热又亮的天火吓走了它们，原来，它们也和我们一样，害怕这东西啊！"想到这里，他转过身叫起来："不要怕，这是上天赐给我们的神力，这天火不仅不可怕，还能给我们带来光亮和温暖呢！"

人们听了他的话，将信将疑地走进了树林里。

有一些野兽没来得及逃出去，被火烧死了，这会儿正散发出香味，人们被这味道吸引，纷纷围了过来。大伙儿试探着撕下一块肉尝了一下，没想到，跟平时吃的生肉比起来，被火烧过的肉又香又嫩，不知道好吃多少倍。人们再也没有顾虑，很快就将烤熟的肉分吃光了。

原来火的好处这么多，可以照亮，可以取暖，可以赶跑野兽，还能制造美味……人们决定把火种小心收藏起来，让火苗一直燃烧下去，这样，他

们就能随时随地享受光明、温暖、安全和美味了。人们捡来树枝，架在一起，然后找了一根还未熄灭的树桩，用上面的火引燃了树枝。为了防止火熄灭，人们轮流值守，树枝烧光了就去捡，刮风下雨了就给火种搭上遮风避雨的棚子。可是，尽管他们小心翼翼地守护着火种，但还是有疏忽的时候。一天夜里，负责守护火种的人睡过头了，等他醒来时，树枝已经全部烧光，火种只剩下一点火星了。他连忙捡来树枝，试图重新引燃火种，但是已经迟了，那点火星闪烁了几下后，彻底地熄灭了。现在，人们又回到了黑暗和寒冷的世界中。

伏羲再次对人们伸出了援手，他托梦给那个勇敢的年轻人，说西方的燧（suì）明国存有火种。年轻人醒来后，决定到燧明国去碰碰运气。

去往燧明国的道路遥远而艰险，年轻人走了不知多少个日夜，翻过不知多少座大山，蹚过不知多少条大河，总算在西边的尽头找到了燧明国。

然而，这里是一个比他的家乡更加黑暗、更加寒冷的地方，放眼四周，黑漆漆一片，哪有火的影子啊！年轻人疲惫不堪，备受打击，瘫坐在一棵大树下。

他依靠的这棵大树是棵神木，名叫"燧木"。

年轻人坐了一会儿后，突然发现眼前不时有火光闪现。他突然来了精神，心想：梦里的大神果然没有骗我，这里真的有火种。于是，他一跃而起，开始寻找火光的来源。最后，他发现这火光就来自这棵燧木树，每当大鸟用那短而硬的喙（huì）

啄树干的时候，树上就会闪出明亮的火花。这个聪明的年轻人突然明白了，于是，他折了两根树枝，用一根尖一些的树枝模仿鸟啄树干的样子钻起来。钻了一会儿后，树枝上果然闪出了火光。年轻人更有劲儿了，他知道，只要他不停地钻，就能引燃树枝了。功夫不负有心人，在他的努力下，树枝终于燃烧起来了……年轻人喜极而泣，马不停蹄地赶回了家乡。

有了永不熄灭的火种——钻木取火的办法，人们的生活越来越好。为了纪念那个勇敢又聪明的青年，人们尊称他为"燧人氏"。

神农尝百草

　　古时候，人们靠捡草籽、采野果、渔猎为生。为了获得食物，部落里身强力壮的男人们必须冒着生命危险，去捕猎凶猛的野兽，很多人都因此丧命。

　　南方炎热潮湿的气候使得瘟疫（wēn yì）横行、疾病肆虐（sì nüè）。一到瘟疫暴发之时，许多人都会病倒在地，一些身体虚弱的老人和孩子甚至会痛苦地死去。有时候，人们吃了不该吃的东西，常常中毒，甚至死亡。人们对此束手无策，只能眼睁睁地看着亲人离去。

　　神农目睹了这一切，心中焦虑万分。他了解到，地上生长的诸多花草中有一部分是治病救命的良药，利用好了便可祛除百病，但也有一部分是毒草，人吃了轻则中毒，重则致死。为了拯救受疾病折磨的苍生，神农决定冒险以身试药。

　　天帝知道了，担心神农会因此送命，告诫他不可轻易尝药。神农诚恳地对天帝说："黎民百姓深受疾病的困扰，我怎么可以眼睁睁地看着他们身陷水深火热之中而不相救呢？"

经过尝试，神农找到了一些治疗瘟疫、解毒的草药，解除了人们的病痛。人们欢欣鼓舞，特地举行了一场宴会，拿出家里所有的美味佳肴招待神农，感谢他的救命之恩。一时间，大家似乎都忘记了那场灾难。

见到这样欢快的场面，神农却一点儿也高兴不起来。他忧心忡忡地说道："现在的安乐只是一时的，未来的路还长着呢！"他知道灾难并未就此结束，人类与病魔的战争才刚刚开始，后面的征途将会越来越坎坷。

为了更好地了解各种草的药性，他总是亲口品尝。神农并

没有忘记天帝的告诫，但是为了实现济世救民的愿望，他顾不了那么多了。神农每天从山上采回来各种草药，亲口品尝后，再依据自己的反应将其药性记下。

在尝药的过程中，神农随时都面临着中毒的危险。他常常因误吃毒草而被折磨得痛不欲生。

有一次，在一天中他竟中毒七十次！天帝再次被神农执着的奉献精神感动了，他知道神农的决心是不会改变的，只好叮嘱神农加倍小心谨慎。天帝告诉神农天底下有一种神奇的草，毒性巨大，任何人误食了它都会立刻毙命，就连神仙也不例外。

春去秋来，神农留在人间尝药已有三个年头了。他的足迹踏遍了大江南北的深山老林、湖水江畔、荆棘丛中、悬崖峭壁……

有一天，神农在山上采药时无意间看到一种外形奇特的草，它长在陡峭的山崖绝壁上，枝叶虽纤细但却能在岩石间顽强生长。神农兴奋不已，他心想：这一定是能包治百病的神草。神农好不容易攀上去，将它采了下来。他细细观察这株草，只见它纤细的茎秆生出两个小枝，每个小枝上都有一片薄薄的叶子，叶边呈齿形，紫中带黑，叶脉清晰而密集，酷似人手的经脉。神农高兴不已，他更加肯定这是包治百病的仙药了。神农顾不上考虑它是否有毒便摘下一片叶子放入口中，慢慢咀嚼起来。这株草叶面薄而多汁，而且味道极苦，神农不禁皱了皱眉头，但最后还是把它吞了下去。刚咽下去，他就感觉腹中仿佛有千万只蝼蚁在啮噬（niè shì）肠壁，剧痛难忍。他扑通一声跪倒在地，紧抱着肚子蜷缩成了一团。

神农意识到这便是天帝所说的那种能要神仙性命的毒草，自知必死无疑。临死前为了警示后人勿食此草，他用尽最后一点力气在地上写道：此草毒性极为剧烈，吞下后即刻毙命，名曰"断肠草"。

神农为人类做出如此大的贡献，最终因尝药草而亡，人们无比悲痛。

神农死后，千百年来人们都在不断地向上天祷告："神农您不必再担心我们受疾病困扰，您不但给我们留下了治病的草药，也给我们留下了您的精神——勇于探索和伟大的自我牺牲精神。"

鲧偷息壤堵洪水

在尧舜时代,洪水连续泛滥长达二十二个年头。大地上汪洋一片,屋倒田淹,庄稼也都毁了,百姓流离失所,苦不堪言。再加上野兽横行,人口迅速减少。尧非常焦急,召集各部落首领商量,大家决定派鲧(gǔn)去治理洪水。

鲧接受了命令,他终日看着洪水冥思苦想,最后终于想出一个办法。他想,若要保护民众安全,只要在村子周围建上高堤,不就可以挡住洪水了吗?可是,如此大的洪水,上哪里找这么多土石来修大堤呢?这时,从水里爬出一只灵龟,它告诉鲧:"天庭有一种宝物,名叫'息壤',只要将它撒向大地,它立时就会堆积成堤。"鲧非常高兴,按照灵龟的指示,迫不及待地向遥远的西方赶去。

鲧历尽千辛万苦,终于到了西方的昆仑山,见到了天帝。他把人间正在遭受洪水侵害之事禀报天帝,并乞求天帝把息壤赐给他治理洪水,拯救百姓。可是,天帝却说:"人类之所以遭逢此难,是人类咎(jiù)由自取。洪水是上天对人类的惩罚,应该让人类受此教训。"鲧心里挂念着在洪水中痛苦生活的百姓，眼看着大好机会就要错过，心里无比焦急。他无计可施，求天帝是没有用了，眼下只有一个办法，那就是去偷了。鲧下定决心后，便留在天庭，找了一个机会偷走了息壤。

鲧拿到息壤，急匆匆地赶回凡间，将息壤撒到洪水中。果然，息壤一落入水中便立刻迅速增长，很快就长成山一般高的堤，将洪水阻隔在大堤之外。人们脱离了洪水的包围，都欢呼鼓舞。洪水退去以后，土地更加肥沃了。人们抓紧耕种，很快就又过上了富足安康的生活。

天帝知道鲧偷走息壤，大发雷霆。他召集天兵天将即刻下凡，收回了息壤。息壤一撤，洪水立即反扑过来，百姓好不容易重建的家园又毁于一旦了。随后，天帝让祝融处死了鲧。

鲧死时，心中还惦记着受洪水祸害的百姓。后来，鲧的儿子禹继承父志，终于治理好了洪水。

尧 舜 让 位

　　传说黄帝以后，先后出了三个很出名的部落联盟首领，分别是尧、舜和禹。

　　每当遇到大事，部落联盟的首领都要找各部落的首领一起来商量。尧年老体弱，便想找一个继承他职位的人。他召集四方部落首领来商议。尧说出他的意图后，大家众说纷纭。有个名叫放齐的人说："我看首领您的儿子丹朱就很合适继承帝位。"

　　尧严肃地说："不行，这小子品德不好，经常跟人争吵，不能传给他。"

　　另一个叫谨（huān）兜的人说："掌管水利的共工是个一心为民谋利的人，让他继承帝位也不错。"

　　尧摇摇头说："共工能说会道，但表里不一，心机太重，我不放心用这种人。"

　　这次讨论没有结果，尧继续物色着合适的人选。过了一段时间，他又把四方部落首领找来商量，要大家推荐。这一次，各部落首领一致推荐舜来继承帝位。

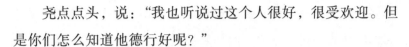

尧点点头，说："我也听说过这个人很好，很受欢迎。但是你们怎么知道他德行好呢？"

他们告诉尧，舜的父亲是个糊涂透顶的人，被人称作瞽叟(gǔ sǒu)，也就是瞎老头儿。舜的生母死得早，后母很坏。后母生的弟弟名叫象，傲慢得很，瞽叟却很宠他。舜生活在这样一个家庭里，依然孝敬父母，疼爱弟弟。所以，大家认为舜是个德行出众的人。

尧听了这番叙述，也觉得舜是个不可多得的人才，但尧做事一向谨慎，他决定还是先考察舜一下。于是，他把自己的两个女儿娥皇、女英嫁给舜，还替舜筑了粮仓，分给他很多牛羊，想试探一下他的管理能力。舜的后母和弟弟见到他突然得到这么多赏赐，又是羡慕，又是妒忌，便和瞽叟一起设下毒计，欲除之而后快。

他们设计好的第一个计谋是烧死舜。有一天，瞽叟故意叫舜去修补粮仓顶。当舜爬上仓顶的时候，瞽叟就在下面放起火来，准备把舜烧死。舜发现着火，便急着找梯子下来，可梯子早已被父亲和弟弟搬走。

幸好，舜随身带着两顶遮太阳用的大笠帽。他一手拿着一顶笠帽，张开双臂跳了下来。两顶笠帽就像鸟儿的翅膀一样，保护着舜轻轻地落在地上，一点也没受伤。

瞽叟和象并没有放弃害他的念头，他们又叫舜去淘井。舜跳下井后，瞽叟和象就在上面把一块块土石丢下去，把井填了。他们本来想把舜活活埋在里面，没想到舜却在井边挖了一个孔道成功逃生，又安全地回家了。

象和瞽叟不知道舜已经脱险，两人得意扬扬地准备去分舜的财产。哪知道，他们一走进舜的屋子，却看见舜毫发无损地坐在床边弹琴。象大吃一惊，假惺惺地说道："唉，我多么想念您呀！所以特地来看看您……"

舜也装作若无其事地说："正好，我正需要你帮我做些事呢。"

以后，舜还是像过去一样和和气气地对待他的父母和弟弟，瞽叟和象也不敢再谋害舜了。

娥皇和女英将这些事看在眼里，记在心头。回到尧身边后，便一五一十地汇报给了尧。尧听后，完全不敢相信世上居然有这么善良高尚的人。他对舜非常满意，毫不犹豫地将首领的位子让给了舜。

这种让位的方式就是后来所称的"禅让制"。舜后来也用这种方式将帝位传给了治水立功的禹。

仓颉造字

传说，黄帝有一名史官叫仓颉 (jié)。他相貌特异，天生重瞳。在他很小的时候，部落里德高望重的老者就预言他将来会成为一位流芳百世的大人物。而仓颉也不负众望，渐渐成长为一个做事认真负责、善于观察、勤于思考的青年。黄帝很赏识他，让他做了负责汇总牲畜数目和记录食物多少的官员。

在那个时候，人们记事是全凭记忆或者画图的。事情稍微复杂一些就让人们束手无策。开始时，仓颉管理的牲畜、粮食的数量和种类都不多，他凭借超强的记忆力很快就能顺利地整理好账目。

后来，随着人们生产能力逐渐提高，各种物资迅速增加，仓颉记起事务来渐渐感觉吃力了。好几次他都搞错了牛羊的数目，对各部落献上的粮食数量也没有及时地更新。大家对他颇有微词，黄帝对他也有一些责备之辞。

仓颉寝食难安，冥思苦想终于想出了一个"结绳记事"的办法：用不同颜色的绳子表示不同种类的牲畜和粮食，每增加一定数目，就在一条绳子上打一个结。这种记录数目的办法既省力又一目了然，仓颉的工作又顺利地开展起来。

可是几年之后，所有的颜色都已用了一遍，所有的绳子上也都打满了结，记录工作又变得困难起来。仓颉整日冥思苦想，却始终没想出好办法来。

黄帝见仓颉整日为记事烦心，就约他去狩猎散心。仓颉在林子里走着走着，突然看到两个老人在前面一个岔路口争执不休。原来两人是为该走哪条路而起了争执：一个老人坚持要向西去打野猪，另一个老人却说东边有一群鹿，再不去就错失良机了。

仓颉好奇地问："你们怎么知道两边各有什么猎物呢？"老人们指着动物留在地上的脚印说："鹿和猪有不同的脚印啊！"仓颉恍然大悟："每种动物的脚印都不相同，同样的，万物各有自己的特点，我若是用符号画下它们的特点，不就可以表示不同的事物了吗？"想到这里，他顾不得打猎，一路奔回家中，把家里牲畜的脚印都画了一遍，并给这些符号取了个名字——"字"。

可是兴奋之后，仓颉又陷入了苦恼之中：把造好的字记在哪里呢？画在地上，一场大雨就会把它们冲刷得无影无踪；刻在木头上，虽然短时期内能保存下来，但木头总有一天会腐烂，那时符号也就随之消失了；石头虽然不会腐烂，但却难于雕刻，也不便携带。仓颉苦思良久也没有好办法，便起身走到河边，想去放松一下心情。

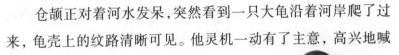

仓颉正对着河水发呆，突然看到一只大龟沿着河岸爬了过来，龟壳上的纹路清晰可见。他灵机一动有了主意，高兴地喊道："对啊，把字刻在龟壳上不就行了？这样既轻便、容易携带，又能长时间完好地保存！"

仓颉兴奋地把他的想法报告给了黄帝。黄帝听后非常赞同，让他抛开一切琐事，专心造字。

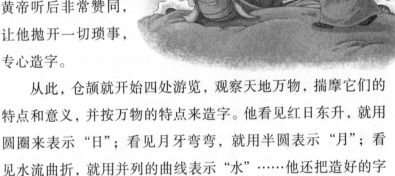

从此，仓颉就开始四处游览，观察天地万物，揣摩它们的特点和意义，并按万物的特点来造字。他看见红日东升，就用圆圈来表示"日"；看见月牙弯弯，就用半圆表示"月"；看见水流曲折，就用并列的曲线表示"水"……他还把造好的字刻在龟壳上，发到各个部落，供人们学习。

有了文字，人们的生活变得有条理起来。大家不用再担心话语无法传达给远方的亲人，也不必再担忧宝贵的经验不能代代流传。人们都对仓颉充满了感激和敬佩。

渐渐地，仓颉骄傲起来，变得狂妄自大、目中无人，造字时也不再像原来那么热情、仔细了。黄帝知道后很生气，他不想让这样的人才就此堕落，就想找个办法让仓颉认识到自己造的字还有很多不足，从而改正错误。于是他找来部落里最年长、最博学的一位老人，共同商议了一个计策。

第二天，老人找到仓颉，谦虚地对他说："仓颉啊，你造的字给大家的生活带来了很多方便。可是我年纪大了，有一些字左思右想都不能理解，你能给我解释一下吗？"

仓颉见部落里最有名望的老人也来向他请教，扬扬得意地应承了下来。

老人不慌不忙地说："牛、驴、马都有四条腿，可是在你造的字上，为什么独独只有牛没有画出四条腿而只是画了一条尾巴呢？这样不是容易让人理解错误吗？"

仓颉哑口无言，后悔自己造字时考虑不周，如今这些字已传到了各地，人们已经开始使用了，要改也来不及了。

看着仓颉追悔莫及的样子，老人安慰他道："你的功劳大家都看在眼里，但你要明白，造字工作只是开了个头，还有很多事要做，一定要继续努力，千万不能骄傲自大啊！"仓颉羞愧地点了点头。

经过这次教训，仓颉此后每造一个新字，都要向周围有见识的人请教，根据他们的意见反复修改。经年累月，仓颉终于把人们常用的字都造好了。这时，天上突然下了一场谷子雨。人们都说这雨是上天为表彰仓颉造字有功，庆贺人们从此能将智慧世代传递而下的。于是人们将这一天称作"谷雨节"，后世人常在这一天敲锣打鼓，缅怀和纪念仓颉。

仪狄造酒

　　大禹是继尧舜之后的又一位圣贤帝王。大禹有个十六岁的女儿，叫作帝女。她美丽动人，蕙质兰心，能做出各种美食，深得大禹的宠爱。

　　有一天，大禹带着帝女来到丞相家做客。欢谈过后，时至正午，丞相派人找来天下最好的厨师仪狄，为大禹和帝女烹制美食。

　　大禹对这顿美味佳肴赞不绝口，非常欣赏这位年轻的厨师。他有心想把这位厨师带回宫中专门为他烹调食物。在一旁的帝女见仪狄相貌堂堂，气度不凡，且厨艺精湛（zhàn），不由得怦然心动。听到父王说要带他回宫，帝女更是喜不自胜，而仪狄也早已为帝女的美貌和气质而倾倒。

　　仪狄的父亲也是一名厨子，他从小就跟随父亲学习厨艺。由于仪狄天生对各种味道很敏感，具有烹饪方面的天赋，所以学得很快。他想象力也很丰富，能在脑海中"画"出各种菜肴的味道，因此经常能做出令人赞不绝口的美味佳肴。

仪狄进入宫中以后，经常和帝女一起研究各种菜肴的做法，共同侍奉大禹的饮食。很快二人便倾心相爱，恨不能朝夕相处，一刻也不分离。单纯的幸福似乎总是短暂的，很快仪狄便开始担忧自己身份低微，配不上帝女。而帝女却一点儿也不介意他的身份，催促着他尽早向大禹提亲。

这天，大禹用完餐后，仪狄说出了自己想娶帝女的想法。大禹并没有斥责他，只是冷冷地说道："最近国事繁多，我十分劳累，身体多有不适，总是吃不下、睡不好。现在水神又趁机作乱，以我目前的状态恐怕难以对付他。若你能做出可以使我忘掉疲劳、倍感轻松、精力充沛的美食，我便答应你的请求。"听到大禹的这番话，仪狄有些沮丧。他还从未听说过世上有这样的食物。即使他精于烹调美食，对这种食物也是一点把握都没有。

满面愁容的仪狄来到宫外的深山中寻找灵感。他一路走一路思考，不知不觉地来到山间的一块平地上。这里有一个积年的水潭，一只猴子正趴在潭边喝水。喝饱之后，它摇摇晃晃地走了几步便跌倒在地。仪狄走上前去一看，只见那猴子脸色通红，已呼呼大睡起来了。

仪狄困惑不解，猴子怎么会走着走着路就睡着了呢？忽然，他想起猴子刚才喝过那潭里的水，于是便跑到潭边，用食指蘸了点水舔了舔，没想到这潭水不似一般的水，味道非常甘美。仪狄用水壶灌满潭水，咕噜咕噜地喝了起来。一壶下肚，他只感觉浑身发热，筋骨都活络开来，身体仿佛也轻了很多，只是头有些晕，脚像是站不稳了，只得倒地大睡起来。

一觉醒来，太阳早已下山，仪狄赶紧用水壶装了些潭水赶回宫中。

回宫后，仪狄心想："这水难道就是禹帝想要的东西？可是它让我沉睡了这么久，可不能随意让禹帝喝，还是待我研究清楚了再说吧。"

大禹的身体越来越差，以致无力批阅奏折，他深感愧对百姓。这时水神共工趁机出来作乱，眼看大水奔涌，即将水漫王城了，可大禹却无力迎战。紧急关头，仪狄顾不了那么多了，他拿出从深山里取回的潭水，献给大禹饮用。大禹被它那香浓醇厚的味道吸引了，胃口大开，吃喝过后，顿感精神百倍，浑身充满了力量，便精力充沛地率军迎战共工去了。

仪狄看到此情此景，终于敢肯定这香醇的潭水就是禹帝想要的佳酿。他决定凭借自己对美食超强的领悟力做出这种水来。

仪狄把自己关在屋子里做起试验来。但毕竟从来没有谁做出过跟这类似的东西，所以他一点头绪也没有，连该用哪些材料都不知道。身边的人开始嘲笑他，没人相信他能造出这种神水。帝女见他为此承受这么大的压力，于心不忍，也在一旁劝他趁早放弃算了。

　　仪狄又来到深山中的那个水潭，仔细琢磨这潭水形成的原因。他正凝神盯着水面，突然听到"扑通"一声响。他被吓了一跳，定睛一看，原来是树上的一个野果落入水中。时值盛夏，树上结满了果实，但因无人采摘，熟透后的野果便落到了潭里。

　　仪狄猛然想到：这果实白天经阳光曝（pù）晒，晚上再受地面上的热气蒸烤，野果落入水中与积水一起发酵，这便形成了神水。仪狄一下全明白了！回去以后，他精心挑选了一些鲜嫩多汁的野果，多番尝试，终于做出了和潭水一样清冽（liè）甘醇的神水。他给这种水取了一个名字，叫作"酒"。

　　不久，大禹战胜共工，班师回朝。仪狄将亲手酿制的美酒奉上。众人喝过以后，只觉得疲惫之感顿消，身体有如腾云驾雾般飘忽，舒服极了。大禹非常高兴，封仪狄为"造酒官"，令他专职造酒，并同意了他与帝女的婚事。

　　第二天早朝，大臣们盛服上殿，等候大禹的召见。谁知他们从天未亮一直等到日当正中，个个热得汗流浃背，却始终不见大禹的身影。原来大禹昨晚喝了太多酒，现在还沉睡不醒呢。大禹一觉醒来，已经是太阳西斜了。他立即更衣上朝，羞愧地对诸位大臣说："酒虽然是人间美味，但我却因酒荒废了朝政。唉，看来后世必有因酒而亡国的，我要引以为戒，从此不再喝酒了。"从此，大禹便真的不再饮酒了。

　　后来，仪狄带着帝女离开了王宫，在市井中开了一间酒坊。他的造酒技术越来越精湛，酿出了许多香醇的美酒，被后人尊奉为"酒神"。

沉香救母

　　有一年，王母娘娘大摆蟠桃宴庆祝寿诞，并邀请了天上的各路神仙来拜寿，三圣母和殿前金童也在其中。席间，两人不过相视一笑，没想到却引来了众神仙的非议！

　　"庄严的蟠桃盛会岂容得他们这种轻薄行为？"众仙议论纷纷。

　　玉帝知道后，雷霆震怒，把三圣母贬到了华山西岳庙旁的雪映宫修道；金童则被贬为凡人。

　　金童托生在一户姓刘的人家，取名叫刘玺 (xǐ)。刘玺聪明过人，年少时即通读诗书，年纪轻轻便中了秀才。

　　这一年，皇帝开恩科，刘玺进京赶考，路过华山。他早就听说三圣母十分灵验，遂进庙求签，卜问前程。不巧的是三圣母外出赴宴，刘玺连抽三把空签，只得失望而去。

　　三圣母赴宴归来，掐指一算，知道金童的凡身曾来向自己问卜，于是化作凡人前去追赶。刘玺一见到三圣母，便有种似曾相识的强烈感觉。二人相谈甚欢，刘玺情不自禁地爱上了三

圣母，三圣母也对他倾心爱慕，于是两个人私订终身，结成夫妻，从此过上了恩爱和美的生活。

一天，三圣母的哥哥二郎神杨戬（jiǎn）闲来无事到太上老君府中游玩，太上老君送给他几个仙桃。二郎神驾云来到华山西峰北面，边吃桃，边扔核，没想到一枚桃核恰好打在齐天大圣孙悟空的头上。

孙悟空正在保唐僧往西天取经，途经华山地界，忽然感到有东西打在脑门上，一怒之下便一个筋斗云腾上半空，想找那个砸他的人算账。他见杨戬正在那里一边吃桃一边向下界扔桃核，不由得大怒道："你这个害人精，自顾自地吃桃，却拿桃核伤人，看我怎么收拾你。"

杨戬一瞧来人是孙悟空，便满不在乎地嘲笑他道："我当是哪路大仙呢，原来是你这猴头。你不好生保护唐僧去西天取经，干吗跑到这里来撒野？"说罢放声大笑起来。

孙悟空听了这话，知他故意用言语激自己，气得咬牙跺脚，一时又不知道从何骂起。这时，他忽然想起途中听说关于三圣母与凡人通婚的事，便讥讽道："你家的丑事辱没了仙家名誉，你还有脸在这里撒野！"

杨戬被这一席话说得云里雾里，完全摸不着头脑。虽心中疑虑，还是装作不可冒犯地怒道："仙家的事，岂能容你在这里胡说八道！"

孙悟空也被激怒了，他把民间流传的歌谣给杨戬唱了一遍："天上三圣母，配了凡间人，如今身怀孕，羞煞众家神。

哈哈！"

杨戬满脸涨红地辩道："你胡说八道，血口喷人！"

"是不是胡说你回去一问便知，现在哪位神仙不晓得。"孙悟空解了气，丢下这么一句话就下去追赶师父去了。

杨戬羞愧难当，提起他的三尖两刃刀，匆匆地向雪映宫奔去。他发现那猴头所言非虚，三圣母果然做出辱没仙家名誉的丑事，不禁暴怒不已。他逼迫三圣母交出她掌管的宝物——宝莲灯，并把她压在了华山底下，让她永远不能出来。

可怜的三圣母在华山底下受尽苦难，终于生下了一个男孩，起名叫沉香。为了保护沉香，她写了一封血书，交给丫鬟灵芝，让她把孩子送往洛州刘玺那里。原来，刘玺和三圣母成婚后不久就进京参加科考，结果考取了进士，被皇上派去做了洛州知县。

沉香长到十来岁时，在一家书院读书。一天，有人讥笑沉香没有亲娘，是个私生子。沉香大怒，和那人打了一架，把别人打伤了。沉香见闯出大祸，吓得六神无主，只好急忙跑回家去，向父亲说了闯祸的根源。刘玺听后，惊诧不已，他现在才知道，原来沉香没有母亲这么受欺侮，这么痛苦。无奈之下，他将沉香的身世之谜向沉香和盘托出。沉香多盼望有一个疼自己、爱自己的母亲啊！以前，他一直以为自己的母亲死了，现在知道母亲尚在，只是被关了起来。他又悲又喜，发誓一定要救出母亲。

后来，沉香在孙悟空的指点下，知道想要救出母亲，必须先将宝莲灯拿到手，便来到二郎神的藏宝阁偷了钥匙，悄悄潜入密室，与护灯的侍卫巧妙周旋，终于夺回了母亲的法宝宝莲灯。此灯乃天界法器，法力无边。宝莲灯有灯无芯，要想点燃此灯，必须有百分百的真心。成功抢灯之后，沉香便踏上了寻母之路。

二郎神得知沉香偷走了宝莲灯，非常恼火。他担心沉香得到宝物法力大增，后患无穷，当即派兵一路追赶，并令哮天犬幻化成一位老奶奶，试图骗取宝莲灯，但都没有得逞。

沉香在寻母的途中经过了鬼城、荒漠、古堡，遭遇了雪崩、地裂、沙暴等重重险阻，但小沉香在困难与挫折面前丝毫不惧，从未放弃救母之志，最终成长为一名英勇的少年。

孙悟空为沉香的执着所感动，把白龙马借给沉香，让沉香骑着它去火湖炼制神斧。在大家的帮助下，沉香历尽磨难终于在火湖铸成了神斧。

沉香提着神斧来找二郎神，誓与他决一死战。沉香救母心切，越战越勇，令二郎神难以招架。二郎神见势不妙，便使出毒计，用暗器打伤了沉香，企图夺回宝莲灯。沉香中了暗器后体力逐渐不支，又连连被二郎神用三尖两刃刀刺伤，生命危在旦夕。就在这千钧一发之际，宝莲灯似乎感受到沉香救母的真心，突然发出金光，照进沉香体内，与沉香合为一体，产生了无穷法力，终于打败了二郎神。

云开雾散，大地回春，沉香劈开华山，最终救出了母亲，母子终于相会。两人抱头痛哭一番，回到洛州与刘玺团聚。从此，一家人过上了安定幸福的生活。

苦心望帝化杜鹃

　　话说很久以前，蜀国有个国王叫望帝。望帝是个爱民如子，受人尊敬的好皇帝。他勤勤恳恳，带领当地老百姓开荒种地，不久就让蜀国成为物产丰富，人民丰衣足食的天府之国。可不幸的是，蜀国经常闹水灾。望帝想尽办法来治理水灾，但始终不能见效。望帝为此十分苦恼。

　　有一年，岷 (mín) 江中逆流漂来一具男尸。人们见了感到十分惊奇：这具尸体是如何能逆流而上呢？有胆大的人把尸体捞了上来。更令人咂舌的事发生了，尸体被打捞上岸后居然复活了，而且能开口讲话。他告诉人们自己是楚国人，名叫鳖 (biē) 灵，因失足落水，从家乡一直漂到这里。不久这个消息传到了望帝那里，望帝将鳖灵召进宫中。两人一见如故，谈得十分投机。望帝觉得鳖灵能言善道又聪明过人，是个不可多得的人才，便任命他为蜀国的宰相。

　　鳖灵到来不久，蜀国暴发了一场大洪水。这场洪水很大，和尧舜时候的洪水相比几乎不相上下。老百姓深受其害，死伤

64

不计其数，国家陷入一片混乱。鳖灵看到这种情况，便主动向望帝请命："我有办法治水，凭着我们的才智一定能战胜洪魔。"

果然，鳖灵很有一套办法。他带了许多有本领的兵马和工匠，顺流来到巫山，着手把那一带的乱石高山凿成了许多个弯曲峡谷，汇积在蜀国的滔天洪水终于顺着七百里长的河道，流到东海去了。水患解除了，蜀国又恢复了往日的繁荣。

望帝十分爱才，他见鳖灵立了如此大的功劳，比自己更适合治理这个国家，便选了一个好日子，举行了隆重的仪式，将王位让给了鳖灵，自己则隐居到西山去了。

鳖灵做了国王，被叫作丛帝。他领导蜀人兴修水利，开垦田地，做了许多利国利民的大好事。

可没过多久，丛帝开始居功自傲起来，他任意妄为，不再关心老百姓的生活，国家也逐渐衰败。消息传到西山，望帝心急如焚，寝食难安，一直在思考如何劝导丛帝。最后，他决定亲自走一趟，进宫去劝丛帝。第二天早晨，望帝从西山动身进宫来了。消息很快传开，大家都纷纷跟在望帝身后，进宫请愿，诚心诚意地期盼丛帝能悔过。

不想，跟随望帝而来的百姓越聚越多，队伍越排越长，吓得丛帝以为是望帝带着老百姓来聚众谋乱想夺回大权，心中慌了，急忙下令紧闭城门，不让望帝进城。

望帝只好无奈地回西山去了。可是，他又觉得自己不能视若无睹，任其发展下去。他冥思苦想，终于想到只有变成一只会飞的鸟儿，才能飞进城门，飞进宫中，飞到高树枝头，把"爱安天下"的道理告诉丛帝。于是，他乞求神灵将他变成一只会飞会叫的杜鹃鸟。上天被其诚心打动，满足了他的愿望。

望帝变的杜鹃展翅飞翔，从西山飞进了城里，又飞过高高的宫墙，一边飞，一边高声叫着："民贵呀！民贵呀！"

那丛帝原也是个清明的皇帝，听了杜鹃的劝告后，终于明白了望帝的苦心。他知道自己错怪了望帝，心中很是愧疚，决心痛改前非。从此以后，丛帝勤理朝政，体恤民情，成了一个名副其实的好皇帝。

望帝变成了杜鹃鸟后，就再也无法变回原形了。于是，望帝索性下定决心做一只时刻劝诫君王的好杜鹃。从此，他以及他的杜鹃子孙后代们总是昼夜不停地叫着："民贵呀！民贵呀！"

后代的人都为杜鹃百折不挠的精神所感动，所以，世世代代的蜀人都恪（kè）守"不打杜鹃"的祖训，以示对望帝的敬意。

精卫填海

　　太阳神炎帝有四个女儿，其中有一个名叫女娃，炎帝非常钟爱她。女娃每天看着太阳从东海那边升起，便对东海产生了很大兴趣。她总是缠着炎帝带她去东海看一看，可炎帝公事太忙，实在没有时间陪她去。女娃不死心，决定独自去游东海。

　　这一天，女娃独自驾着小船，到东海去游玩。可非常不幸，海上起了大风，大风卷起的巨大海浪把小船打翻了，女娃跌落到无边无际的大海里。尽管她奋力挣扎，大声呼救，无奈大海茫茫，海浪又大，她的求救声立时就被淹没在风波之中。过了很久很久，女娃已经筋疲力尽，她再也

游不动了，嗓子再也发不出一点儿声音，冰冷的海水已经把女娃冻僵了，可怜的女娃就这样淹死在大海里了。

炎帝得知女娃丧命的消息后，伤心欲绝。即使他是天地首领也没能阻止厄运降临，更无法救回爱女的性命。炎帝忍着万分悲痛的心情，把女娃葬在了东海岸边。

然而女娃却不甘心就这么死去，她的魂灵变成了一只小鸟。这只小鸟长着花脑袋、白嘴壳、红脚爪，住在北方的发鸠(jiū)山上，它总是不停地发出"精卫、精卫"的叫声，所以人们就叫它为"精卫"。化为精卫的女娃怨恨无情的大海夺去了她年轻的生命，因此她常常飞到西山去衔一粒小石子，或是一段小树枝，然后展翅高飞，一直飞到东海。她在波涛汹涌的海面上回旋着，把石子或树枝投下去，立誓要把大海填平。

奔腾的大海不停地咆哮着、怒吼着，仿佛是在嘲笑精卫自不量力的行为。而精卫用她娇小的身躯与波涛汹涌的大海斗争着，用无比执着的信念告诉大海她终有一天会完成心愿，填平大海。

精卫飞翔着、鸣叫着，来来回回地飞翔在大海与发鸠山之间。她衔呀，扔呀，长年累月，往复飞翔，从不停息。直到今天，她还在不知疲倦地做着这件事。

精卫填海的事迹感动了人们，人们同情精卫，钦佩精卫。今天，在东海边上就有一处古迹，叫作"精卫誓水处"。

后羿射日

天帝有十个儿子，他们有个共同的名字——太阳。十兄弟住在西天的一棵大树上。天帝规定：他们每天只能有一个到东方的宫殿中去。太阳们也非常听父亲的话，自觉地排着队轮流坐着八匹骏马拉着的大车去东方的宫殿。十个太阳轮流更替，给人间带来了光明和温暖。

人们每天日出而作，日落而息。每当太阳初升，他们就纷纷醒来，开始一天的劳作：男人们拿着工具在田间干起农活，妇女们在家忙活家务，准备饭食，小孩子们则无忧无虑地玩耍。傍晚，天官驾着车将值班的太阳从宫殿中送回到西天的大树上，黑夜便降临了。这时妇女们便开始收拾晾晒的衣物并将热腾腾的饭菜端上桌，男人们陆续回到家中，玩耍了一天的孩子也不得不依依不舍地告别朋友回家去。当天完全黑下来后，大地便又重归寂静，人们都已熟睡。一切都井井有条，非常和美。

有一天傍晚，十个太阳躺在大树上闲聊起来。其中一个太阳说道："明天终于轮到我了，真是太好了！我都盼了十天了。"

"唉，还有好几天才到我，真是等不及了。"另一个太阳附和道。

"是啊，在东宫多有意思啊，每天待在这树上实在太无聊了！"

"我们为什么不一起去呢？反正天帝是我们的父亲，他不会责罚我们的。"

"好啊！""对啊！"其他太阳纷纷附和道。

第二天，所有太阳都起了个大早，不等天官的马车来，便一起飞到了东方的宫殿。

人们从睡梦中苏醒过来，忽然发现不对劲：天比往日亮多了，照得大地一片明亮，就连远处的景物都能看得格外清晰，一切都显得特别耀眼。抬头望向天空，大家惊讶地发现，天空中竟悬挂着十个太阳！

"大家都来看啊，天上有十个太阳！"人们奔走相告，兴奋异常，并没有觉得有什么不妥，反而觉得这样也不错：天空亮堂了许多，而且庄稼可以吸收更多的阳光，必会长得更苗壮。唯有村里的一个老巫师捶胸顿足，连连惊呼："不祥之兆啊，不祥之兆啊！"可大家都不以为然。

第一天，除了那个老巫师，所有人都过得很开心，不仅因为看到这样的奇观，而且他们相信这是上天对他们的恩赐。

可是到了第二天，人们明显感到热了许多，光线也更加刺眼，但他们还是没有太在意，仍旧埋头耕种。谁也不会想到，一场灾难正在慢慢逼近。而天上的太阳们此刻正在为愿望实现而高兴不已。

第三天，人们终于体会到太阳可怕的威力了，地里刚浇下去的水马上就干了，人们只能不停地来回奔走取水灌田。可一遍又一遍地浇水也是徒劳无功，禾苗还是很快就枯萎了，大地都裂开了一个个口子。人们感到酷热难当，即便在屋子里头，也觉得像是被放在蒸笼里一样，喝下去的水很快随着汗水蒸发掉了。每个人都觉得又热又渴又疲倦，可是躺下又睡不着，心情烦躁极了。外面的一切似乎都被熔化了，一片萧条。

第四天，十个太阳依旧一起来到东宫，他们玩得非常开心，却没发现他们给大地带来了巨大的灾难。大地开裂，河水干涸，草木枯死，动物们也都纷纷中暑。人们这才真正感到了恐慌。老巫师开始作法祈雨，却起不了任何作用。

第五天，大地上的口子裂得有一人那么宽了；湖泊里的水像开水一样沸腾着，鱼儿都被煮熟了；人类也都已奄奄一息，天地间一片凄凉的景象。太阳们看到自己的"杰作"，却丝毫没有歉疚（qiàn jiù）之心，反而还觉得非常有趣。瞅着被地面烫得乱蹦乱跳的人们，他们都哈哈大笑起来。

第六天，大地上已经成了人间地狱：森林都在燃烧，越来越多的人被热死，飞禽走兽也死伤无数。可太阳们却继续在天空中怡然自得，看戏般地欣赏着人间的这场灾难。此时人们连抱怨的力气都没有了，勉强活下来的人都躺在滚烫的土地上苟延残喘。

村子里的老巫师痛心极了，可是他的力量实在太微弱了。老巫师又渴又累，感觉自己就要死了。他拼尽了最后一点力气，用自己的鲜血画成一道神符,将人间正遭受的灾难告知了天帝。

天帝忙于政事,许久没有关注凡间的事情了。这天,他接到老巫师的鲜血神符,大吃一惊,没想到才几天的疏忽,凡间就已变成炼狱。他急忙出去察看,只见十个太阳正高悬在空中嬉戏游玩。他顿时勃然大怒,当即命令十个太阳返回。可他们都不理会天帝,依旧玩闹着。天帝被彻底激怒了,他决定惩罚这十个逆子。

仙官中有一个司箭仙官,名叫后羿(yì),是著名的神箭手,能在空中射落飞龙,在百里之外射中彩虹。天帝决定派他和妻子嫦娥一起下凡,去拯救黎民苍生。

后羿来到人间,看到如此惨状,心里很难过,再看看那十个太阳,依旧是一副悠然自得的样子。他顿时怒不可遏(è),大叫道:"你们已犯下滔天大罪,若再不知悔改,就别怪我箭下无情。"

突然听到地面有人冲他们大喊,太阳们好奇地向下看去,见原来不过是一个小小的司箭仙官,便都笑了起来:"你只不过是个小小的仙官,我们会怕你?不要多管闲事,回去做你的官去吧!"

"你们给大地带来如此大的灾难,还不知悔过吗?"

"哈哈,悔过?我们是天帝的儿子,我们根本不会错的。是吧,兄弟们?"

后羿又气又恼:"你们违反天条,天帝已经发怒了,我就是天帝派下来惩治你们的。"

"哼！你用不着拿天帝来吓我们，我们只不过一起出来玩玩而已，有什么罪？是人类自己无能，怪不得我们。"

后羿见这些太阳不思悔改，愤怒不已，不由得厉声喝道："你们这样冥顽不灵，我就只好对不起了！"

太阳们嘲笑道："兄弟们，听听吧，一个小小的仙官，要对天帝的儿子不客气了。你们说好笑不好笑？"

"哈哈……"天上的太阳笑成了一片。

后羿自知多说无益，当即取出了天帝所赐的红色弓箭。他拉开了万斤之力才能拉开的弓弩，搭上千斤重的利箭，瞄准了天上火辣辣的太阳。太阳们这才开始害怕了，慌忙叫道："别乱来，我们可是天帝的儿子，你要干什么？"话音未落，后羿已大手一松，将一支箭射了出去。

只见箭如流星，在天空中划过像一道长长的闪电，一下子射中了一个太阳。顿时，天空中传来一阵惨烈的叫声，一个巨大的火球应声而落，摔在地上，砸出了一个大坑。过了一会儿，坑里的火灭了，胆大的人凑过去看，发现坑底躺着一只金色的三足乌。原来三足金乌正是太阳的本形。随后，后羿继续拉弓射日，且越射越勇，天空中又落下了第二只、第三只三足金乌……

后羿连着射下了九个太阳，天气渐渐凉了下来，光线也没有那么刺眼了，池塘里的水停止了沸腾，动物们不再焦躁不安了，人们欢呼雀跃起来。这时，天上的最后一个太阳早已收敛了嚣张的气焰，吓得全身打战，团团乱转。后羿拔出最后一支箭，瞄准了最后一个太阳。那太阳见此情景早已吓得魂不附

体，向后羿求饶道："大仙，求你手下留情，放过我吧！我再也不敢造次了！"

后羿正欲射箭，转念一想：大地上的生灵还是需要太阳的，如果把最后一个太阳也射死，人类可能面临更大的灾难。于是后羿放下了手中的弓箭。

第十个太阳见状，忙乖乖地退到云层后边去了。

从此，世间又恢复了原来祥和的样子。

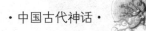

湘妃竹的由来

传说在尧舜时代，湖南九嶷（yí）山上住着九条恶龙，它们经常到湘江来戏水玩乐，每次都使得洪水暴涨，庄稼被冲毁，房屋被冲塌，老百姓叫苦不迭（dié）。舜帝关心百姓疾苦，他得知这个消息后，一心想要到南方去惩治恶龙，为百姓除害解难。

尧帝曾将自己的两个女儿许配给舜帝，她们就是娥皇和女英。她们虽然出身帝王家，又身为帝妃，但却深受尧舜的影响和教诲，从不贪图享乐，而是将百姓的疾苦时时挂在心头。她们虽然舍不得舜的离开，但想到湘江百姓的灾难和痛苦，还是毅然决然地送舜上路了。

舜帝走了，娥皇和女英在家翘首企盼着他凯旋的喜讯。她们日夜祈祷，乞求上天保佑舜胜利归来。可是，几年已经过去了，还是没有舜帝的消息。

终于有一天，娥皇和女英再也坐不住了。娥皇说："舜帝这么久不回，莫非是被恶龙所伤，又或是在外面病倒了？"女英说："是他在途中遇到了危险，还是山路遥远迷失了方向？"她们心急如焚，心想：与其苦苦在家等候，见不到归人，还不如前去寻找。于是，娥皇和女英排除万难，跋 (bá) 山涉水，到南方湘江去寻找丈夫。

翻越崇山峻岭，涉过河流湖泊，她们终于来到了九嶷山。她们沿着崎岖的山路，不辞辛苦地找遍了九嶷山的每个山村，踏遍了九嶷山的每条小路，却始终没见着舜帝的踪影。

这天，她们来到了一个被当地人叫作三峰石的地方，这儿耸立着三块大石头，四周围绕着翠竹，有一座珍珠贝壳垒成的高大坟墓立在此处，十分显眼。她们感到惊异，便问附近的乡亲："是谁的坟墓这么壮观美丽呀？为什么还有三块大石险峻地耸立着？"乡亲们不知道二人身份，含着眼泪告诉她们："这是舜帝的坟墓，他从遥远的北方来到这里，帮助我们消灭了九条恶龙，可他耗尽了最后的精力，最终病死在这里了。"

原来，舜帝病逝之后，湘江的父老乡亲们特地为他修了这座坟墓，以此来感激舜帝的厚恩。九嶷山上的一群仙鹤也被他感动了，它们不远万里地从南海衔来贝壳和一颗颗灿烂夺目的珍珠，撒在舜帝的坟墓上。三块巨石，是舜帝灭除恶龙用的三齿耙插在地上变成的。

得知实情后，娥皇和女英难过极了，二人抱头痛哭起来。她们悲痛万分，一直哭了九天九夜，眼睛哭肿了，嗓子哭哑了，眼泪也哭干了，只有血往外淌了。悲伤至极的二人最终也死在了舜帝的坟旁。

娥皇和女英的眼泪，洒在了九嶷山的竹子上，竹竿上便呈现出点点泪斑，有紫色的，有雪白的，还有血红的，这便是"湘妃竹"。有的竹子上有一些指纹一样的花纹，传说是二妃在竹子上抹眼泪印上的；有的竹子上有鲜红的血斑，据说这是两位妃子眼中流出来的血泪染成的。

嫦 娥 奔 月

　　嫦娥本是天上的女神，与后羿结为夫妻以后，二人一直在天上过着神仙眷侣的美满生活。直到后羿受天帝之命，下凡惩治十个危害人间的太阳时，嫦娥才跟随丈夫后羿来到了凡间。

　　后羿为了解救受苦受难的人们，迫不得已用神箭射死了九个太阳。然而，太阳毕竟是天帝的儿子，天帝本来是想让后羿下凡惩罚一下太阳们，让他们不敢再胡作非为，并没有让后羿杀死他们。天帝一连失去了九个儿子，下令要杀死后羿为太阳们报仇。人们感激后羿，纷纷祈求天帝饶后羿一命，众神也站出来替后羿求情。天帝没有办法，只好免了后羿的死罪，但是还是将后羿贬为凡人，从此不得再跨入天庭半步。后羿对天帝感激不尽，决心留在人间帮助人们消灾解难。只可惜嫦娥也因此受到牵连，由仙变成了人。

　　后羿下凡后，成天在外斩妖除魔，完全顾不上家，而嫦娥也常常埋怨丈夫连累了自己，夫妻感情渐渐疏远。后羿觉得自己愧对嫦娥，他看着妻子终日忧愁，心里很不好受，便下定决心去寻找长生不死的灵药，以弥补妻子所受的委屈。

这长生不死的灵药，据说只有王母娘娘才有。可是，王母娘娘住在昆仑山上，要想到那里必须克服重重险阻，历经水火的考验，非一般常人能忍受。后羿毕竟是天神下凡又是斩妖除魔的英雄，经过一路艰苦跋涉，他终于找到了王母娘娘。

后羿向王母娘娘说明了来意。王母娘娘很同情他的遭遇，便答应送给他两颗长生不死的灵药。临走，王母娘娘特别叮嘱后羿

说："这长生不死的灵药采自昆仑山上的不死神树。这神树三千年才开一次花，又三千年才结一次果，所以灵药得来极其不易。如果你们夫妻二人一人吃一颗灵药，便可长生不死；但若一人独吃两颗，就能升天为仙。"

后羿千恩万谢后，兴冲冲地回到家中，把药交给嫦娥，让她好好保管，并约定好在月圆之夜一起服下灵药。

嫦娥却多了一个心眼，她想："如果我们一人吃一颗，虽可保长生不老，却再也不可返回天宫做神仙。我何不一人吃了它们，飞升上天后再恳求天帝饶恕后羿，恢复他的司箭仙官之

职呢？如果成功的话,我们又可以回到往日的幸福生活中了!"

虽然如此作想,嫦娥毕竟觉得心虚,所以一时犹豫不决。可是她非常怀念以前做神仙的日子,左思右想实在不愿放弃这大好机会。嫦娥决心已定,第二天,后羿一出门,她便独自吞下了两颗灵药。

嫦娥吞下灵药后,顿觉身体轻飘飘的,不由自主地飞出窗户,直向天上飞去。回到天庭后,嫦娥本想求得天帝原谅,恢复他们夫妻二人神仙的身份。

谁知,天帝得知嫦娥独自回到天庭后,非常愤怒。于是下令惩罚嫦娥永远居住在清冷的月宫,不准离开半步。

月宫里冷冷清清,嫦娥的生活非常寂寞,唯有一只捣药的白兔和一棵桂树陪伴她。嫦娥念起丈夫的种种好处,后悔万分。她想重回丈夫身边,可是她踏不出月宫半步,只能在这里孤独地守望。

再说后羿回到家中后,发现妻子偷吃灵药升了仙,虽然很生气,却也无可奈何,只得接受现实。虽然他遭逢如此变故,但他并未心灰意冷,丧失意志,而是继续尽着斩妖除魔的责任,并帮助人们解决困难,和人们一起幸福地生活。

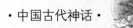

吴刚伐桂

从前有个叫吴刚的人，天资聪慧，远胜他人。可惜的是他自恃聪明，目中无人，而且做事缺乏耐心，有头无尾。

起初，吴刚见农民地里的庄稼绿油油的，鲜嫩好看，十分好奇，不禁对种庄稼产生了兴趣，就央求老农教他种地。没几天工夫，他就把地种得像模像样了。不久后，他就觉得种地太简单了，像自己这么聪明的人，做如此简单的事实在是大材小用。

于是吴刚决心离开家乡，到京城去学真本事。他先后拜过许多人为师，学习了很多不同的行当，但结果却是一样的：当他自认为学会的时候，就甩手不干了。

吴刚总是这样告诉自己："人间的事情呀，实在太简单，而且单调乏味，毫无趣味可言。看来，像我这么聪明的人，只有去做神仙，才会让我满意。"于是，他又离开京城，跑到深山中去寻仙问道去了。

"人间的生活太没劲了，我想做神仙，您教我做神仙吧。"吴刚向一位神仙请求道。

81

神仙听了他的请求，哈哈一笑，说："神仙可不是想做就做的，这需要有坚强的毅力。不过，既然你想学，我可以教你。首先你要学的是医术，这是做神仙的基础，好好学吧！"

吴刚兴奋极了，心想现在终于有机会做神仙了。此后，他每天跟着神仙翻山越岭，采集草药，学习药理。但是，才半个月工夫，吴刚就厌烦了这种四处奔波的生活和枯燥乏味的医术。他央求神仙道："我看医术也挺简单的，没什么好学的，您还是教我点别的吧！"

神仙凝神想了想说："好吧，明天我就教你下围棋。这里面学问可深了，可以培养你的悟性和耐心，帮助你修身养性，助你早日成仙。"

吴刚凭借聪明的头脑，很快就下得一手好棋，大有超过神仙之势。但他觉得这样下去十分无趣，便又缠着神仙说："我看下棋这东西太简单，我已经掌握了要领了，你还是教我些难懂的吧！"

神仙无奈地长叹一声，神色不悦地说："那你去读天书吧！等你能读懂天书时，我们再相见吧！”

吴刚见神仙如此坚决，便下定决心要读懂天书。他把自己关在一个石洞里，没日没夜地研读。神仙将这一切都看在眼里，欣慰地笑了："这下他终于安定下来了。"

哪知几个月过去，吴刚老毛病又犯了，他将天书抛在一边，急匆匆地跑去对神仙说："这本书读来读去都一样，没什么特别，而且每天都这样读实在太乏味。您不是神仙吗，听说神仙可以上天入海，您不如带我到处看看，开开眼界，那可比死读天书有趣啊！"

"好吧。"神仙无可奈何地说，"你想去哪里？"

吴刚想了又想，脑中突然闪过月亮的影子：晚上的月亮又大又美，想必上面一定很好玩。于是他兴冲冲地说："师父，我们到月亮上去走走吧！"

"没问题。"神仙微笑着说，"你闭上眼睛，我带你去。"

吴刚闭上眼睛，忽然觉得自己轻飘飘地飞了起来，就像一片羽毛般在空中飘荡着。一眨眼工夫，他们就飞到了月宫，神仙说道："好了，你睁开眼睛吧。月宫到了！"

吴刚举目四望，只见眼前一片萧索冷清的景象，只有一棵大桂树，长得根深叶茂、郁郁葱葱、耸入云霄。

"唉，原来月宫就是这个样子啊，还不如人间呢！"吴刚失望极了，转而请求神仙带他再回人间。

神仙摸着胡子，面带微笑地看着吴刚，说："你这么没有耐性，是成不了仙的。看到这棵桂树了吗？它叫作'三百斧

头',也就是说,有耐性的人砍它三百斧头,就可以把它砍倒;而没有耐性的人无论砍上多少斧头,它都不会有丝毫损伤。如果有一天你能把它砍倒,就证明你有了当神仙的资格,那我就来接你回去,并请求玉帝恩准你成为神仙;要是你砍不倒它,那你就永远在这里砍桂树吧!"

神仙说完,便化作一缕轻烟,消失在天际了。

吴刚悔恨不已,他骂自己"偷鸡不成反蚀一把米"。可是事已至此,他除了拼命地砍那棵桂树,别无他计。但是他禀性难移,总是缺乏耐性,虽历经千万年,时至今日依然在月亮上东一斧头、西一斧头,无精打采地砍着那棵桂树……

天 女 散 花

开创天地的盘古有两个儿子、一个女儿。盘古开天辟地以后，大自然被创造了出来，但盘古却因耗尽心力而即将走到生命的尽头。

奄奄一息之际，盘古叫来自己的三个孩子，吩咐大儿子管理天上的事，称玉帝；小儿子管理地上的事，称皇帝。

"父亲，那我呢？"小女儿摇着父亲的手问。

盘古望着秀丽端庄的女儿，眼神中透露着慈祥，说："你做花神，掌管百花好吗？"

小女儿兴奋得连连点头。

"你看，这就是百花种子，现在我把它交付给你。但是，要育出百花必须得有足够的虔诚、耐心，还有毅力，这可不是件容易的事，你能做到吗？"盘古意味深长地说。

小女儿坚定地望着父亲说："父亲，您就放心吧。"

盘古勉强支撑起自己虚弱的身体，嘱咐道："你要往西走二万二千二百二十二里，从那儿的净土山挑一担净土回来，铺在天石之上，只有这净土才能使百花种子生根发芽。然后你还要从东边四万四千四百四十四里外担回真水浇灌净土，这样才能让百花的幼苗破土而出。接下来，你还得往南走六万六千六百六十六里，那儿有一潭善水，你取一担善水回来浇灌花苗，花苗才会长出花蕾。最后，你还得再往北走八万八千八百八十八里，那儿有一潭美水，你取回一担美水滋润花蕾，百花才会盛开。你要用这些花儿为你大哥的天庭和二哥的江山增添秀色，明白了吗？"

盘古说完便闭目而逝。已经成为花神的女儿含泪捧着父亲留给她的百花种子，坚定地说："父亲，我不会令您失望，一定培育出百花。"

告别了二位哥哥，花神踏上了漫漫路途。她先往西走了二

万二千二百二十二里，抵达净土山，挑回一担净土铺在天石之上，把百花种子撒进了土里。然后，她不畏艰险，勇往直前，又向东走、向南行、向北赶，依次取回了真、善、美三潭的清水，精心培育百花。

在花神的精心呵护照顾下，花儿争相怒放，一时间五彩斑斓、芳香扑鼻。花神高兴地将百花盛开的喜讯传给大哥玉帝。玉帝听后十分开心，说道："妹妹，你历尽千辛万苦，终于完成了父亲的嘱托，培育出了百花。将这百花撒向天地，天地一定会花团锦簇（cù），生机盎然啊！"

花神说："培育出百花并用它们装点天地既是我作为女儿对父亲的承诺，也是妹妹该为哥哥们做的事啊。现在百花已培育出来，还需要哥哥相助，将这百花撒向人间呢！"

玉帝欣然应允。他挑选了一百位仙女，对她们说："朕要封你们为百花仙子，归花神所管。现在你们去采百花，谁采到哪种花谁就做哪种花的仙子。采完花之后，你们就跟随花神去将百花撒向人间吧。"

众仙女领命后，在花神的引领下来到百花丛中。她们手托花篮，往来穿梭，各自采着自己喜爱的花。按照她们各自选定的花儿，她们分别被封为荷花仙子、牡丹仙子、菊花仙子……

花神带领着采花完毕的众仙女，一手挽着花篮，一手抓起花朵，将百花纷纷扬扬地撒向人间。

百花飘落到九州大地上，立即生根发芽，之后开出了鲜艳的花朵。从此人间便有了百花，山河变得更加绚丽多姿了。

龙女拜观音

在观音菩萨身边，有一对金童玉女，金童叫善财，玉女叫龙女。龙女原是东海龙王的小女儿，生得眉清目秀，聪明伶俐，深得龙王的宠爱。龙女放弃龙宫的生活，来到观音身边，其实还有一段感人故事呢。

一天，龙女听说人间正在玩鱼灯，异常热闹，就吵着要去观看。龙王捋（lǚ）捋龙须，摇摇头说："那里可不是你龙公主去的地方啊！"龙女恳求了半天，龙王始终不依。龙女嘟起小嘴巴心里想道："你不让我去，我偏要去！"她等到深夜大家熟睡之际，便悄悄溜出水晶宫，化身成渔家少女，踏着朦胧月色，来到闹鱼灯的地方。

龙女来到一个小渔镇，只见小镇的集市上到处是鱼灯，各式各样的鱼灯漂亮极了，龙女一下子就被吸引住了。龙女东瞧瞧、西望望，越看越高兴，她情不自禁地挤进人群，高兴得有些忘乎所以了。龙女随着人群来到一个十字路口，这里的鱼灯比之前看到的更好看，更有趣，龙女看得出了神，呆呆地站在

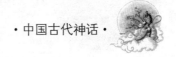

那里忘了走。

就在这时候，不知是谁猛地从阁楼上泼下半杯冷茶来，不偏不倚正泼在龙女头上。龙女猛地一惊，还没来得及反应，她就感觉到身体的异样。

原来，变成人形的龙女只要一碰到水就会立刻变成鱼。龙女没有办法控制自己的身体，她看着自己从脚往上渐渐变成了鱼，焦急万分。一旦她完全变成鱼，就会招来狂风暴雨，致使凡间遭难，而且很可能触怒龙王，被逐出龙宫。龙女惊得花容失色，不顾一切地挤出人群，向海边狂奔而去。刚刚跑到海滩，只听见"哗啦啦"一声，龙女就变成一条很大很大的鱼，躺在海滩上动弹不得。

正巧，海滩上来了一瘦一胖的两个捕鱼小子，看到这条金光灿灿的大鱼，一下子惊呆了。"这是什么鱼呀！怎么会搁浅

在沙滩上呢？"胖小子胆子小，站得远远地说，"从来没有看过这种鱼，怪吓人的，快走吧！"

瘦小子胆子大，不肯离去，边拨弄着鱼边说："这么大一条鱼，扛到街上去卖，准能赚笔大钱！"两人嘀咕了一阵，胖小子虽然害怕，但还是被说服了，在瘦小子的带领下，战战兢(jīng)兢地抬起大鱼，上街叫卖去了。

那天晚上，观音菩萨正在紫竹林打坐，刚刚发生的这一幕被她看得一清二楚。观音菩萨不忍心看着龙女被斩开卖掉，决定救出龙女，于是便对站在身后的善财童子说："你快到镇上去，将这条大鱼买下来，送到海里放生。"善财两手一摊，说道："菩萨，弟子哪有银两去买鱼呀？"观音菩萨笑着说："你从香炉里抓一把去就是了。"

善财抓了一把香灰，踏上一朵莲花，飞也似的直奔镇上。这时，两个小子已将鱼扛到街上，看灯的人一下子围了上来。称奇的、赞叹的、问价的，叽叽喳喳，议论纷纷，可是谁也不敢贸然买这么一条大鱼。有个白胡子老头说："小子，这条鱼太大了，你们把它斩开来零卖吧？"胖小子一想，觉得老头说得有理，于是向肉铺借来一把肉斧，举起来就要斩鱼。

突然，一个小孩子叫开了："快看呀，大鱼流眼泪了。"胖小子停斧一看，大鱼果然流着两串晶莹的眼泪，吓得他丢掉肉斧就往人群外面钻。瘦小子可不惧怕，他捡起肉斧，正要斩下，却被一个跑得气喘吁吁的小沙弥阻止住了："手下留情，这条鱼我买下了。"众人一看，十分诧异："小沙弥买鱼做什么？难不成是要开荤还俗？"小沙弥见众人冷语讥笑，不觉脸红了，赶紧说："上天有好生之德，我买这条鱼是去放生的！"说着，掏出一把碎银，递给瘦小子。接着，小沙弥又掏出一些碎银，说："你帮我把鱼送到海边，这银子就归你了。"瘦小子欢喜地收下银子，与胖小子一起照原路把大鱼扛回海边。

三人来到海边，小沙弥叫他们将大鱼放到海里。那鱼碰到海水，立即打了一个水花，往大海深处游去，游到中途又掉转身来，望了望小沙弥然后不见了。瘦小子见鱼游走了，摸出碎银，要分给胖小子。不料摊开手心一看，碎银变成了一把香灰，被一阵风吹得无影无踪。转身再找小沙弥，也不知去向了。

再说东海龙宫里，自从不见了小公主，宫里宫外乱成一团。龙王气得龙须直翘，海龟丞相急得满头大汗，守门的蟹将军吓得口吐白沫，玉虾宫女们吓得跪在地上直打哆嗦……一直闹到天亮，龙女回到水晶宫，大家才松了口气。龙王瞪起眼睛，怒气冲冲地呵斥道："小孽畜，你胆敢冒犯宫规，私自外出！老实交代，到哪里去了？"

龙女一看龙王动了怒，知道自己犯下大错，便将自己的遭遇一五一十地讲了一遍。龙王听了，脸上黯然失色。他怕此事让玉皇大帝知道了，自己会落个"教女不严"的罪名。他越想越气，一怒之下，竟将龙女逐出了水晶宫。

龙女被父王赶出宫后伤心极了，一时之间又不知该到哪儿去，心里十分害怕。

第二天，她哭哭啼啼来到莲花洋。哭声传到紫竹林，观音菩萨一听就知道是龙女来了，她吩咐善财去接龙女上来。善财蹦蹦跳跳地来到龙女面前，笑着问道："龙女妹妹，你还记得我这个小沙弥吗？"说着他就变成了小沙弥的样子。龙女连忙揩掉眼泪，红着脸说："原来你就是小沙弥呀！你是我的救命恩人呢！"说着就要叩拜。

善财一把拉住了她，说道："走，跟我去见观音菩萨，是她让我来接你的。"善财和龙女手拉手走进紫竹林。龙女一见观音菩萨端坐在莲花台上，俯身便拜。观音菩萨见龙女不仅长

得清秀可人，而且特别乖巧伶俐，非常喜欢，便留她在自己身旁，还让她和善财一起住在潮音洞附近的一个岩洞里，这个岩洞就是后来的"善财龙女洞"。

龙女成了观音菩萨的侍从后，龙王便后悔了，他思念女儿，经常派人来叫龙女回去。但龙女依恋普陀山的优美风光和观音菩萨身边自由的生活，根本不愿回到禁锢（gù）她的水晶宫去。

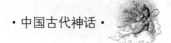

三戏海龙王

东海上有个岛，岛上有个村庄叫鲁家村。很久以前，这个村子里住着十几户姓鲁的庄稼人。他们依山傍海的种着一些地，在海里捉些沙蟹鱼虾，勉强过着日子。岛上天旱少雨，为了向龙王求雨，人们只好杀猪宰羊，作为贡品献给龙王。倘若龙王高兴，赐一点雨水，种田人就能得到一点好收成。可是这样年年供猪献羊，贫困的小村庄是难以承受的。这一年又遇大旱，人们生活不下去，便陆续离乡背井，外出谋生，最后只剩下鲁大一家。

这天，鲁大的老婆对他说道："鲁大呀！我们已经没办法在这里生活了，所有人都逃到外地去了。"

"不！我们不能离开这里。"鲁大说，"马上要开春下种了，季节不能错过。"

第二天，鲁大来到龙王庙，只见庙堂破旧不堪。端坐在上的海龙王，全身上下布满蜘蛛网，供桌也破了，当中有一个像头一般大的洞。鲁大走到龙王像跟前，作了个揖说："龙王呀！

看看你如今门庭冷落，香火全无，满身灰尘也无人打扫。落到今天这个田地只能怪你不通人情。要是你能下一场大雨，让我今年秋天丰收，我许你一场大戏。你不稀罕人家用全猪全羊供奉你，我就供你一个活人头，你看好不好？如果好，我们一言为定，今天就降雨。"

龙王庙内，这天当值的是蟹精。他听了鲁大一番话，不敢延迟，忙回水晶宫向龙王禀告。龙王听完之后沉吟起来："这世间什么山珍海味我没吃过，可这活人头我倒真没尝过，值得试一试。况且这几年弄得我庙宇不整，又断了香火，应该趁此机会兴旺起来。"于是，他招来风婆、雷公，带了虾兵蟹将到鲁家村来布雨。

再说鲁大回到家中整理农具。将近中午，突然听到一声惊雷，倾盆大雨随即而来。这雨势好似东海潮涨万顷浪，天河决口水倾泻。

雨过天晴，鲁大趁着土地湿润耕耘播种。龙王为了尽早尝到人头滋味，暗中派虾兵蟹将在鲁大田中帮忙施肥除虫。禾苗长势喜人，到收获季节，稻谷一片金黄，如碎金铺满地。鲁大一家兴高采烈地收割翻晒。龙王也喜滋滋地直等着人头上供。

到了该上供的日子，鲁大提了一把扫帚来到龙王庙。龙王见他空手而来，心里正疑惑，只见鲁大作揖道："龙王呀！我们有约在先，我许你一场大戏，一个活人头，今天我带来了，请先看戏，再尝人头。"

说罢，鲁大便手执扫帚，在庙内手舞足蹈，前翻后滚好一番戏闹，弄得庙内尘土飞扬。龙王正想发怒，转而一想：算了，可能是村里人都离开了，他请不到戏班子，胡乱代替，反正看不看戏不打紧，还是等着尝人头吧！

鲁大舞毕，便丢开扫帚，笑嘻嘻来到供桌前面说道："现在请龙王品尝人头！"

说着，便趴到供桌下面，把头从供桌的破洞里钻出来。龙王见供桌上突然冒出一颗人头，好不惊奇，想吃，又不知如何下手。四面一看，连把刀子也不见，想想只有用手撕。于是，龙王伸出一双枯瘦如柴、指甲三寸长的龙爪，向鲁大的头抓去。鲁大一见，连忙把头一缩，笑眯眯地从桌底下钻了出来："龙王啊！我已完成了我们的约定，给你看了戏，也尝了头。我们互不亏欠，望来年再照顾照顾。"

说完，鲁大拿起扫帚，扬长而去。把龙王气得龙眼圆睁，龙须倒竖，说道："好你个穷小子，胆敢捉弄大王，还想要我来年照顾呢。好，我定照顾得你颗粒无收。"他吩咐蟹精道："到来年，鲁大的田里只准其长根，不使其结果。"

第二年，鲁大刚巧种了番薯，多亏蟹精尽力，番薯长得似大腿。龙王听闻鲁大又获丰收，便叫蟹精下次只准肥叶不使其壮根开花。可巧鲁大这次种了大白菜，那蟹精又把大白菜养得像小谷箩一般。

龙王两次报复未逞反被鲁大得了许多好处，气得暴跳如雷。一旁的龟丞相禀道："大王息怒，我们何不派兵直接将鲁大捉来，岂不省事。"

龙王一听，拍案称好。龙王叫来蟹将交代一番，便急忙打发他启程了。

再说，鲁家村这一年已是另一番景象，外出的乡亲们都已陆续回乡。这蟹精来到鲁大门前时，鲁大夫妇正在厨房里商量家务。只听见鲁大说："叫阿大提蟹去，煮熟了好吃。"

其实，鲁大的意思是叫大儿子下海去捉沙蟹，蟹精听了却大吃一惊："不好！原来他们早已知道我要来，准备捉住我当下酒菜啊！"吓得他连滚带爬，逃回水晶宫，把经过添油加醋地向龙王禀告一番，说鲁大是个神人，未卜先知，早有准备，要不是自己逃得快，恐怕早已没命了。

龙王闻言，将信将疑。龟丞相在一旁说："大王不必着急，下官陪同大王亲自前去，便知分晓。"

傍晚，龙王与龟丞相出了海面，施了一个法术，隐身来到鲁家村。龟丞相提议道："大王，我从前门进去，你从后门围截，这样鲁大就插翅难逃了。"

这时，鲁大刚耕田回来，把从田沟里捉到的一只乌龟扔给门前玩耍的孩子，自己进屋去了。正准备吃饭时，一位邻居在门外高声叫道："鲁大叔，你家门口的大黄跑了！"

原来，鲁大家 拴在后门口的大黄 牛挣断牛绳跑了。鲁 大听到后，连忙朝 门口叫道："阿大， 把乌龟交给阿小，快 拿根绳来，跟我到 后门抓大黄去。"

这一番话却把 龟丞相和龙王吓坏

了。原来，他们把"大黄"听成了"大王"。前门的龟丞相一 听，鲁大要把自己交给阿小，还要到后门去捉大王，暗想还是 溜之大吉为妙；后门的龙王一听，前门的乌龟已被捉住交给阿 小，鲁大和阿大拿着绳子来后门捉拿自己，吓得顾不得龟丞相 的死活，没命地逃回龙宫去了。

龙王和龟丞相在海边相遇，两人相互埋怨，暗中又各自庆 幸。从此，龙王再也不敢与鲁大为难了，鲁家村收成也一年比 一年好起来。

哪吒闹海

商纣王时期，陈塘关总兵李靖有两个儿子，大儿子叫金吒，二儿子叫木吒。后来，李夫人又怀了身孕，李靖夫妇欣喜不已。然而，胎儿在殷夫人肚子里待了三年多还没有生出来，众人都说这个胎儿一定是天上的神仙下凡，李靖高兴极了。当胎儿待足了三年零六个月后，终于出来了。

谁知，一朝分娩，生下来的竟是一个圆滚滚的肉球。肉球落地的一刹那，房里一团红光，满屋异香。肉球在地上滚来滚去，从里面传出一个小孩的声音："父亲母亲，快放我出来！"

李靖大吃一惊，没想到盼了这么久，没有生出一个神仙，倒出来一个妖怪。他气得咬牙切齿，当即拔出宝剑将肉球一劈为二。霎时，只见那被劈开的肉球放射出万丈红光，里面蹦出一个小孩儿来。只见他面如敷粉，右手套一金镯，肚腹上围着一块红绫，金光射目。小孩儿起身走了出来，笑呵呵地来到李靖面前拜道："孩儿见过父亲大人。"然后又径直走到李夫人面前拜道："母亲大人为我受累了，请受孩儿一拜。"

李靖对此甚感不快，心想这孩子生得不正常，倘若是妖怪，将来必定会祸害人间，于是便想将他杀死，以绝后患。

　　李夫人爱子心切，三年才生下这般可爱的孩子，不忍心自己的亲骨肉刚落地就死在亲生父亲的手下。她苦苦哀求李靖，以性命担保这个孩子绝不是妖魔鬼怪，并答应会好好管教孩子，不让他日后有半点差错。

　　李靖心中虽有不忍，但更加担心这孩子是个妖怪，等他长大想杀就难了。于是便趁夫人不备拔出宝剑向孩子刺了过去。

　　眼看小孩即将命丧剑下，太乙真人突然从天而降，喊道："剑下留人！"他对李靖说道："这孩子生得聪明伶俐，我想将他收为徒弟，赐名'哪吒'。由我来教导他，李大人尽管放心。"说罢，他送给哪吒一个乾坤圈和一条七尺混天绫，然后就飘然而去了。李靖见太乙真人做了哪吒的师父，之前的顾虑都消除了，从此便打消了杀他的念头。

　　陈塘关外就是东海，东海龙王敖广有一个儿子，名叫敖丙。敖丙仗着自己是龙太子，到处兴风作浪，祸害百姓。每到丰收时节，百姓都盼望晴天，以便顺利收割谷物。敖丙却偏偏要在这个时候呼风唤雨，使得狂风大作、大雨滂沱，于是百姓们辛苦了一年的劳动成果就白白地付诸东流了。

　　百姓虽有怨言，但又无可奈何。每月十五，百姓都要用十头肥羊、五头肥猪、十坛美酒来供奉他。即便如此，敖丙也不买账，依然在人们收割之时故意降下大雨致使庄稼颗粒无收。

　　这还不算，敖丙还威逼百姓筹钱建了一座龙王庙，庙建成后，东海龙王要求每逢初一、十五必得人人前来参拜，一年到头香火不可断，否则就水淹陈塘。老百姓对龙王和敖丙的行为极为痛恨，但却敢怒不敢言，只得每月都来龙王庙烧香。虽然人们谨小慎微，好好地供奉着龙王，可那敖丙闲来无事时仍会带一班虾兵蟹将蹿上岸来，调戏妇女、欺凌弱小，无恶不作。百姓深受其害，但因龙王父子势力太大，只好忍气吞声，没有人敢站出来与他们作对。

这天午后，李靖一家都在午睡，没人陪哪吒玩耍。烦闷的哪吒便拿着师父赐给他的两件宝贝偷偷溜出了家门，蹦蹦跳跳地赶往海边。

"大海真美，海水如此干净，何不洗个澡呢？"一来到海边，哪吒便迫不及待地跳了进去。"这水里面可真舒服啊！"他一会儿游泳，一会儿和鱼儿们戏水，玩得十分高兴。

一眨眼，日已偏西，哪吒起身准备回家。这时他发现混天绫脏了，便弯腰在水里洗了起来。这七尺混天绫是一件宝物，又被太乙真人施了法，力量了得。哪吒将此宝放在水中，把水都映红了，摆一摆，海水翻滚，摇一摇，乾坤动撼，连水晶宫也随之剧烈震颤摇晃起来。

龙王正坐在龙椅上打盹儿，猛地被摇晃得摔了下来，急忙让龟丞相去一探究竟。

虾兵奉命来到岸上察看，见一个小孩正在海里洗一条红绸带，就大声呵斥道："何方妖孽（niè），竟敢在这里胡闹！"

哪吒一看，原来是一只小虾，便说："我是陈塘关总兵李

靖之子哪吒。我为何不能在这里玩耍，这儿是你家的吗？"

虾兵吹胡子瞪眼地说："你这小毛孩，简直不知天高地厚！这里是东海龙王的地盘，看我如何收拾你！"说着便挥叉向哪吒扑去。

哪吒顺势一闪，虾兵扑了个空。哪吒随即将手中的混天绫将它一缠，那虾兵便一命呜呼了。龙王闻听此事，大怒不已。敖丙说："父王莫气，待孩儿上去和他会会。"

那敖丙平时骄横跋扈(bá hù)惯了，一上岸就摆出一副趾高气扬的架势，根本没把哪吒放在眼里。可是没几个回合，敖丙就败下阵来。他急忙命手下们一哄而上，自己则准备伺(sì)机逃走。

哪吒发现敖丙要逃，便抛出混天绫，从背后缠住了他。敖丙被混天绫一缠，立刻原形毕露，变成了一条小白龙。

哪吒笑道："原来是条小白龙啊！你整日兴风作浪，祸害百姓，看我不扒了你的皮，抽了你的筋，为陈塘关百姓出口气，顺便给爹爹做条龙筋腰带！"说完他一跃骑到龙背上，用乾坤圈不停地砸敖丙的龙头。敖丙哪受过这份罪，疼得他嗷嗷直叫。哪吒哈哈大笑，三两下便把那龙筋抽出，将敖丙的皮丢在海里，高高兴兴地回家去了。

龙王见龟丞相手捧一张龙皮站在殿下，顿感头晕目眩，一时间老泪纵横，发誓要割下哪吒的头来为自己的爱子报仇。

龙王请来了西海、北海、南海龙王，一起兴兵来到陈塘关，狂妄叫嚣 (xiāo)："若是不把哪吒交出来，就水淹陈塘关！"

这时李靖方才得知哪吒闯下这等大祸。他立即向龙王赔罪，恳求龙王看在自己的面子上放过哪吒和全城百姓。那龙王异常愤怒，怎肯善罢甘休。李靖迫于无奈，只好大义灭亲，他怀着满腔怒火，将哪吒带到城门前，拔出宝剑，准备砍下儿子的头颅向龙王谢罪。

李夫人在一旁竭尽全力阻拦，李靖怒道："这个逆子不知天高地厚，得罪龙王、牵连父母不说，连陈塘关这些无辜百姓也要遭殃 (yāng)，你还替他求情，小心我连你一起处罚！"

跪在一旁的哪吒平静地说道："父亲母亲，孩儿不孝，闯下大祸，连累父母和众乡亲。孩儿死不足惜，愿死后割肉还母，剔 (tī) 骨还父，以报答你们的养育之恩。"说完便自刎 (wěn) 于城门前，全城百姓无不为之涕下。

为了纪念为民除害的哪吒，陈塘百姓特意为他修建了一座哪吒庙。后来，哪吒的魂魄被太乙真人救得。太乙真人以莲藕做骨骼，以莲叶做肌肉，以莲花做魂魄，使哪吒起死回生，成了神仙。玉皇大帝封哪吒为"哪吒三太子"，专门惩奸除恶，替天行道。

八 仙 过 海

　　话说蓬莱仙岛牡丹盛开时，那真是难得一见的美景，白云仙长邀请八仙及五圣共享美景。神仙们赏过花，品尝了白云仙长珍藏的各种珍馐（xiū）美味后，依依不舍地离开了蓬莱仙岛。

　　八仙一行走到东海边，正要施仙法腾云过海。吕洞宾突然制止道："驾云过海，不算仙家本事。咱们不如用自家的拿手本领，踏浪过海，各显神通，岂不妙哉？"

　　众仙自从成了神仙以后，能施仙法的时候就施仙法，自己的真本事还真是很久没有用了。听吕洞宾这么一提议，个个都表示赞同，都想展示一下各自的神通。

　　铁拐李走在最前面，他转身对众仙说道："那就让我第一个过海吧。"众仙做了一个请的动作。

　　铁拐李定定神，胸有成竹地面对大海站好。只见他把手中的拐杖轻轻抛入东海，那拐杖便像一叶小舟，浮在水面上，铁拐李跃身跳上拐杖，借着风势，顺顺当当地到达了对岸。

紧接着，汉钟离站了出来，他摇着手中的芭蕉扇说："看我的。"只见他把芭蕉扇往海里一扔，再盘腿往上一坐，不一会儿便渡过了东海。

张果老这时笑眯眯靠近海边站好，说："他们不过是借风力水流过海，我的法术可比他们高明。"只见他掏出一张纸来，折成了一头毛驴，纸驴四蹄落地后，仰天一声长叫，便活了过来。张果老跨上毛驴背，悠闲地骑着毛驴踏浪而去。张果老倒骑在驴背上，扬扬得意地向众仙挥挥手，一会儿就到了对岸。

接着，吕洞宾以箫管为舟、韩湘子以花篮为船、何仙姑拿竹罩当船、曹国舅用玉版作舟，陆续渡过了东海。

七位仙人到了对岸，左等右等却不见蓝采和的身影。七仙以为蓝采和在海中央落了水，于是大声朝海面呼叫起来。

这时，东海龙王的蟹将军浮出水面，他怒气冲冲地说道："喊什么喊，你们这群无聊的神仙，刚才在水面上兴风作浪，惊扰了龙宫，你们的同伴已被龙太子捉了。你们还在这里大声嚷嚷，是不是也想一起下去受惩罚？"

原来，刚才八仙过海时，惊动了东海龙王的太子，他派虾兵蟹将抓走了蓝采和，还抢去了他的拍板。

吕洞宾见蟹将军如此狂妄，又急又恼，他对着东海大声喊道："龙太子听着，赶快把蓝采和送上来，否则，休怪我不客气！"

太子听了，勃然大怒，冲出海面大骂众仙。吕洞宾拔出宝剑就砍，太子带领虾兵蟹将与七仙打斗起来。七仙运用神力，将龙王太子和他的虾兵蟹将打得七零八落，龙王太子眼见形势不妙，自己就要输了，倏(shū)地一下便潜入了海底。铁拐李哪肯放走他，拔出腰间的火葫芦，把东海烧成了一片火海。

龙王正在宫里打盹儿，突然感觉非常热，他见水晶宫完全变成了火球，吓得魂不附体，忙问出了什么事。太子只得老老实实地讲出了事情的来龙去脉。龙王自知理亏，立即下令放了蓝采和。八位仙人告别了东海，逍遥自在地回他们的仙山去了。

董永与七仙女

  孝昌县的西溪河边有一户姓董的贫寒人家。他们一家人勤勤恳恳，日子过得还算舒心。他们家的儿子董永憨厚老实又非常孝顺，令老两口十分欣慰。

  然而，好景不长，这样平静和美的生活就被打破了。有一天，董永的父亲下地劳作时不小心被一条毒蛇咬伤了。村里人把他抬回家，还没来得及医治，他就毒发身亡了。董永眼看着辛苦了一辈子的父亲还没有享一天福就被这飞来横祸夺去了性命，心中悲痛不已。为了让父亲尽早入土为安，他不得已只好去向邻村的财主傅老爷借银子买棺材来安葬父亲。

  贪心的傅老爷见董永长得壮壮实实，人也是老实巴交的，于是便想让董永成为自己家的长工。他对董永说："要想借钱不难，但我看你也没办法还钱，除非你到我家来做长工抵债，否则就别指望我借给你一文钱。"憨厚老实的董永一心只想借到钱好好殓葬父亲，想都不想便答应了。傅老爷见计谋得逞，高兴不已，迅速拿出银子交给董永，并叫他办完丧事尽快来上工。董永谢过傅老爷，拿着银子回家了。

这一切都被玉皇大帝的七个女儿看在了眼里，大家虽都为董永抱不平，但也气他实在太过呆傻。姐妹们气气也就罢了，但谁也没想到，年纪最小的七仙女却被这个小伙子的孝心感动了，对他动了凡心。

这天，董永收拾好包袱，准备到傅老爷家去上工。临走前，他来到父亲的坟前磕了三个头，然后便神情哀伤地向傅老爷家走去了。

七仙女十分同情董永，便鼓起勇气对六个姐

姐说："我要下凡去帮助董永，怎么能让这么孝顺的人受这种欺负呢？"

六个姐姐听了大吃一惊，她们提醒七妹私自下凡是触犯天条的，被玉帝和王母娘娘知道了一定会被打入天牢，永远不能出来。大家都劝七仙女不要干傻事，但善良而固执的七仙女决心已定，谁也说服不了她。

大家没有办法，只好答应尽力帮七仙女隐瞒。大姐从怀里掏出一支玉笛递给七仙女，说："如果遇到困难，就吹响这支玉笛，我们会立即飞到你身边帮助你的。"七仙女谢过了六个姐姐，俯身向九重天下的人间飞去。

　　七仙女来到西溪边，却不知该怎样帮助董永。这时她抬头看见了旁边一颗老槐树，七仙女灵机一动，施了个法术，在槐树上敲了三下，又在地上跺了三下，只听"嘭"的一声，从地里钻出了两个白胡子老头——一位是土地公公，一位是住在这棵老树里的槐树精。

　　七仙女把董永卖身葬父的事，和自己想要帮助他并与他结成夫妻的愿望告诉给土地公公和槐树精，希望他们能帮助自己。两个老仙虽知七仙女这样做是触犯天条的，但见她一片善心，还是决定成全她的愿望。

　　这时，董永正好走到西溪边。七仙女勇敢地走上前去，向他表明了自己的心意。可是董永觉得自己出身寒微又身无分文，而且还要去给财主当长工，根本给不了七仙女幸福，便推说没有人媒物证，拒绝了她。

　　七仙女见董永要走，着急地说："我愿意跟你同甘共苦，决不后悔，就以槐树为媒，土地为证。"

　　董永始终觉得自己配不上她，于是故意出了个难题给七仙女，叫她打消念头。他说："除非土地爷现身作证，老槐树开口说话，否则，我万万不会答应的。"

　　谁知他话音刚落，老槐树干巴巴的树皮就皱成了一张脸，嘴巴张开，用低沉的声音说道："你们俩是前世的姻缘，今生由我来给你们做媒成婚。"

　　土地公公也从地里跳了出来，笑呵呵地说："我来当你们的证婚人。"

董永惊得目瞪口呆，回过头来看七仙女，见她正笑吟吟地看着自己。董永心想，这一定是上天可怜他，赐给他这个貌美如仙的妻子。于是，董永在老槐树下高高兴兴地与七仙女拜了天地成了婚。

董永带着新婚妻子来到傅老爷家上工。傅老爷看见董永忽然带来个妻子，心下疑惑。同时一想，这一下多了个吃闲饭的人，岂不是吃亏了，便不肯收留七仙女。董永和傅老爷争执了起来，三言两语过后，财主贪心又起，趁机刁难说："如果你们能在一个晚上织出十匹云锦，三年长工就改为百日；但如果织不出来，三年长工就得延长到六年。"

董永听了又气又急，正要与他争辩，七仙女却拦住了他，并答应了傅老爷的条件。董永在一旁急得直跳脚。

到了晚上，财主一家都睡着了，董永却在为那十匹云锦犯愁，坐在房里不住地唉声叹气。七仙女安慰他说："董郎不必担心，我自有办法，你只管歇息吧。"

董永做了一天工，实在累了，躺在床上翻来覆去一会儿就沉沉睡去了。等董永睡熟后，七仙女来到院子里，她吹响了大姐给的玉笛，笛声传到六个姐姐那里。不一会儿，她们就从天庭赶了来。听了小妹的倾诉后，姐妹们一齐动手，几个时辰就把财主给的乱丝织成了十匹精美绝伦的云锦。

第二天一早，董永看见码得整整齐齐的十匹云锦，简直不敢相信自己的眼睛。夫妻俩高高兴兴地把云锦交给了傅老爷。傅老爷没有办法，只得答应缩减他们的工期。

一百天很快就过去了，董永带着七仙女离开了财主家。他们终于自由了！夫妻俩的心情非常愉快。在回家的路上，他们又途经那棵老槐树。在树下歇息的时候，七仙女羞怯地告诉董永自己已经有了身孕，董永听了欣喜若狂，发誓回家后一定努力劳动，让七仙女过上安稳幸福的日子。

自从七仙女私下凡间以后，她的六个姐姐想尽办法帮她遮掩，可是纸终归包不住火，最终还是没能瞒过玉帝和王母娘娘。原来，玉帝和王母娘娘对七个女儿疼爱有加，每隔一段时间一定要和七个女儿一起聚会谈心。这天早上，仙殿上已摆好各种珍馐美味，玉帝和王母娘娘等着七位仙女一起来分享。不一会儿，六位仙女都来了，唯独缺了七妹。王母娘娘便问道："你们的七妹为何到现在还没来，她到哪里去了？"其他六位仙女见隐瞒不下去了，只好将七仙女私自下凡的事告诉了玉帝和王母娘娘。玉皇大帝听后勃然大怒，当即派天兵天将下凡捉拿她。

正当董永和七仙女夫妻俩憧憬着未来的美好生活时，突然天昏地暗，狂风大作，一位凶神恶煞(shà)的天将骤然降临。这位天将正是奉旨

前来捉拿七仙女的，他要她午时三刻必须回天庭，否则就祸及董永，将他碎尸万段。七仙女无奈，只好答应了。她痛苦地将真相告诉了董永，让他好好照顾自己，说等来年春天桃花盛开的时候在这老槐树下把孩子交给他。董永听了，悲痛欲绝，他紧紧地抓住七仙女的手不让她走。七仙女自知惹恼了玉帝，后果不堪设想，只得狠下心含泪挥别，缓缓地飞上了九重天……

后来，人们将董永的故乡孝昌改名为"孝感"，以纪念董永感天动地的赤诚孝心。董永和七仙女的故事也成为一段佳话流传下来。

牛郎织女的故事

　　传说天上有个织女星，还有一个牵牛星。织女和牵牛情投意合，心心相印。可是，天条律令是不允许神仙们私自谈情说爱的。织女是王母娘娘的孙女，王母娘娘为了阻断织女与牵牛的爱情，便将牵牛贬下凡间，又令织女不停地织云锦以作惩罚。

　　一天，几个仙女向王母娘娘恳求想去人间碧莲池一游，王母娘娘那日心情正好，便答应了她们。她们见织女终日苦闷，便一起向王母娘娘求情让织女一同前往，王母娘娘也心疼受惩后的孙女，便令她们速去速归。

　　话说牵牛被贬之后，落生在一个农民家中，取名叫牛郎。后来父母离世，他便跟着哥嫂度日。哥嫂待牛郎非常刻薄，他们与牛郎分了家，却只分给牛郎一头老牛和一辆破车，其余的都自己独占了。

　　从此，牛郎和老牛相依为命，他们在荒地上披荆斩棘，耕田种地，盖造房屋，日子过得倒也充实。一两年后，牛郎凭借自己的辛勤劳动建起了一个小小的家，勉强糊口度日。可是，

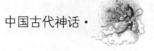

除了那头不会说话的老牛以外，冷清清的家只有牛郎一个人，难免显得寂寞。牛郎并不知道，原来那条老牛是天上的金牛星下凡，专门来帮助他的。

有一天，牛郎没有活干，正在家里休息。老牛突然开口说话了，它对牛郎说："牛郎，今天你去碧莲池一趟，那儿有些仙女在洗澡，你把那件红色的仙衣藏起来，穿红仙衣的仙女就会成为你的妻子。"牛郎见老牛口吐人言，又惊又喜，问道："牛大哥，你会说话了？"老牛点了点头，说："按我说的快去吧！"牛郎便悄悄来到碧莲池，躲在一旁的芦苇里等候仙女们的来临。

不一会儿，仙女们果然翩翩飘至。她们一个个脱下轻罗衣裳，纵身跃入碧莲池的池水中。牛郎趁她们不注意，迅速从芦苇丛里跑出来，拿走

了红色的仙衣。仙女们见有人来了，忙乱纷纷地穿上自己的衣裳，像飞鸟般地飞走了，只剩下那位穿红色仙衣的仙女因为没有衣服无法逃走，她正是织女。织女见自己的仙衣被一个小伙子抢走，又羞又急，却又无可奈何。这时，牛郎走上前来，对她说："你若答应做我的妻子，我便把衣服还给你。"织女听

完牛郎的话，大吃一惊，她定睛一看，发现牛郎正是自己日思夜想的牵牛。织女惊喜交加，便含羞答应了他。牛郎轻而易举得到了一个美丽的妻子，兴奋不已。二人高高兴兴地回了家。

他们成亲以后，男耕女织，相亲相爱，日子过得非常美满幸福。不久，他们生下了一儿一女，十分可爱。牛郎织女满以为能这样厮（sī）守终生，白头到老。可是，这件事还是被王母娘娘知道了，她怒不可遏，马上派遣天兵天将捉织女回天庭问罪。

这一天，织女正在做饭，牛郎匆匆从地里赶回来，眼睛红肿地告诉织女："牛大哥死了，他临死前说，要我在他死后，将他的牛皮剥下放好，有朝一日，披上它，就可飞上天去。"织女听完，顿时一惊。她知道，老牛就是天上的金牛星，只因替被贬下凡的牵牛说了几句求情的话，也被贬下天庭。它怎么会突然死去呢？织女让牛郎好好剥下牛皮，埋葬了老牛。

正在这时，天空狂风大作，天兵天将从天而降，不容分说，押解着织女便飞上了天空。

快到南天门的时候，织女听到牛郎的呼喊声："织女，等等我！"织女回头一看，只见牛郎披着牛皮，担着一双儿女，正往这里赶。慢慢地，他们之间的距离越来越近了，织女可以看清儿女们可爱的模样了，孩子们都张开双臂，大声呼叫着"娘"，眼看牛郎和织女就要相逢了。就在这时，王母娘娘驾着祥云赶来了，她拔下她头上的金簪，往他们中间一划，霎时间，一条波涛滚滚的银河横在了织女和牛郎之间，使牛郎无法跨越。

　　织女望着天河对岸的牛郎和儿女们，直哭得声嘶力竭。他们的哭声，孩子们一声声"娘"的喊声，是那样撕心裂肺，催人泪下，连在旁观望的仙女、天神们都觉得心酸难过、于心不忍。王母娘娘见此情此景，也被牛郎织女的坚贞爱情所打动了，她同意让牛郎和孩子们留在天上，但只准他们在每年七月初七跨过银河，在鹊桥上和织女相会一次。

　　从此，牛郎和他的儿女就住在了天上，隔着一条天河，和织女遥遥相望。在秋夜天空的繁星当中，我们至今还可以看见银河两边有两颗较大的星星，晶莹地闪烁着，那便是织女星和牛郎星。和牛郎星在一起的还有两颗小星星，那便是牛郎织女的一儿一女。

　　牛郎织女相会的七月七日，成千上万只喜鹊飞来为他们搭桥。鹊桥之上，牛郎织女终于可以团聚了！

　　传说，每年的七月七日，如果你用心在葡萄架下葡萄藤中静静地听，可以隐隐听到仙乐奏鸣，织女和牛郎在深情地交谈。

后来，每到农历七月初七，姑娘们就会来到花前月下，抬头仰望星空，寻找银河两边的牛郎星和织女星，希望能看到他们一年一度的鹊桥相会，乞求上天让自己能像织女那样心灵手巧，祈祷自己拥有称心如意的美满婚姻和美丽爱情，并由此有了"七夕节"，也叫"乞巧节"。

百鸟之王少昊

　　许多人都喜欢仰望天空，看那变幻莫测的流云，看那漆黑如墨的夜空。天空中最美的要数云霞了，它们流光溢彩，形态各异，时而如棉花一般堆积着，时而又像裂帛（bó）一样铺撒在天空之中。传说这天空中的云霞都是用七色云锦织成的，你知道是谁如此心灵手巧吗？她就是皇娥——一位美丽、聪颖的仙女。

　　黎明时分，天空中总是有一颗闪耀着金色光芒的星星，这颗星星就是启明星。他是一位很英俊的神仙，不仅潇洒儒雅，而且笛艺超群。他的笛声，如行云流水一般悠扬流畅，深深地打动了皇娥的心。美丽的皇娥和英俊的启明星相爱了。他们在一起不久，就有了一个可爱的儿子——少昊（hào）。

　　少昊从小就和鸟类十分投缘，只要一看到鸟，他就会开心地笑，鸟儿们也都十分喜欢他。启明星和皇娥的家中，总是飞舞着各种各样的鸟儿，它们和少昊一起嬉戏玩耍，叽叽喳喳地唱歌给他听。少昊天资聪颖，继承了母亲的美貌和父亲对音律

的敏感，在很小的时候就会和着歌声手舞足蹈了。

渐渐地，少昊长大了。在父母的精心抚育下，他长成了一个英俊的少年，知书达理，精通音律。启明星教他吹笛，把自己毕生的笛艺一一传授给了他；皇娥则教他为人处世的道理。父母真诚、善良、勤劳的品质深深地影响了少昊。眼看着少昊一步步成长为一个出类拔萃、英伟不凡的青年，皇娥和启明星无比欣慰，心中充溢着无尽的幸福与快乐。

少昊长大成人后，强烈的使命感使他深知不能辜负父母对自己的期望，于是决定离开父母到外面游历，并建立自己的国度，造福苍生。皇娥和启明星都十分理解并支持儿子的志向，他们忍受着内心的不舍送别了儿子，告诫他一定要不负众望，早日创立基业，造福黎民。

少昊在东方大海之外的地方建立了少昊国，并别出心裁地以鸟为民。这个百鸟之国在少昊的治理下秩序井然，充溢着和平祥瑞之气。百鸟各得其所，物尽其用，各司其职，各展所长，生活得既快乐又美满。它们无不感激少昊的慈爱和仁德，无不佩服少昊的智慧和才华。

少昊看到百鸟之国到处呈现出繁荣向上的景象，十分欣慰。为了使百鸟之国更加兴旺发达，他请来颇有才干的侄儿颛顼帮助他料理朝政。颛顼不负众望，干得很出色，深得叔父的赏识。少昊国的鸟儿百姓更加爱戴少昊这位圣明的君主了，并纷纷赞叹颛顼的聪明能干。它们都十分敬重这对叔侄。

颛顼兢兢业业，废寝忘食地治理着朝政。少昊见侄子十分辛苦，娇嫩的脸上常常挂满了汗珠，感到十分心疼，就将父亲传下来的那支笛子送给了颛顼，并手把手地教他吹奏。

颛顼十分聪明，他的笛艺飞长，很快就成为吹奏高手。他笛艺精湛，笛声悠扬婉转，能够穿云透雾，绵延千里，令听者顿觉神清气爽、心情愉悦，将所有的劳累和烦恼都忘得一干二净，变得精神百倍起来。除此之外，他还能自己谱曲，所作的《忘忧曲》《劳作歌》深受百鸟喜爱，成为百鸟之国生活中不可或缺的一部分。颛顼在音乐方面的造诣赢得了百鸟的齐声喝彩，大家都为能够听到这样的音乐而无比庆幸。它们都说，颛顼的笛艺已远远超过了叔父少昊。

时光荏苒（rěn rǎn），日月如梭。几年后，颛顼长大成人，就要回到自己的家乡去了。

少昊是多么舍不得侄儿离开啊！他甚至想把王位传给侄儿，好使侄儿留在自己的身边。颛顼也舍不得离开这块培育他成长的土地，舍不得爱戴他、喜欢听他吹笛的百鸟。更舍不得

疼他爱他的叔叔。可是颛顼明白，自己的国家也需要自己，必须回去。颛顼离开后，少昊常常怀念起颛顼在的日子，睹物思人，更加惆怅。

终于有一天，少昊将笛子扔进了东海。从此，每当夜深人静、月朗星稀的时候，那平静的海面就会飘荡起婉转悠扬、凄凉无比的笛声，仿佛诉说着无尽的离愁与哀伤，一波又一波，激荡着心扉，绵绵不绝，催人泪下……

老 子 出 世

在中国历史长河中，春秋战国时期出了不少名人，老子便是其中的一个。他的思想深深影响着一代又一代的后人。

话说春秋时期，鹿邑 (yì) 城东十里有个村庄，叫曲仁里。村前有条蜿蜒 (wān yán) 的赖乡沟，沟水清凌凌的，两岸有许多李子树。沟边住着一户人家，这家有个闺女，芳龄十八，模样俊俏，聪明伶俐，是父母的掌上明珠。这闺女脾气倔强，她为了照顾父母，决定终身不嫁，一生守在二老身旁，安心攻读诗书，侍奉爹娘。

一天，这闺女到赖乡沟洗衣裳，在石头上搓了一阵，举起棒槌正要往下捶，忽然看见水面上漂着一枚模样怪异的李

121

子，她放下棒槌伸手把李子捞起来。只见这枚李子长得就像两只连在一起的耳朵，闺女很好奇，便一口咬了下去，没想到这枚李子酸甜可口，好吃极了。这闺女顾不上仔细品味，几口就吃完了。

刚吃完李子，她就感觉肚子里翻腾难受起来，直想呕吐，可又吐不出来。她刚想站起来回家，忽然肚子里传出了声音："娘啊，请再忍耐一会儿，等孩儿坐正了就不难受了。"她红着脸，小声对着肚子问："你是谁？咋钻到我肚里了？"

肚里的声音又传了出来："你刚才吃下李子，怀上了我，我是你的孩子呀。"

"我的孩子？天啊，你都已经会说话啦！既然如此，那你快出来吧。"

"不行，很多问题我还没考虑清楚，还不能出来呀！"

"那你要等到什么时候才出来呢？"

"要等到东方的天长严实了，牵骆驼的人来了，我才能出去。"

转眼过了十个月，孩子还没有降生，这闺女害怕了。她偷偷跑到一个僻静的地方，小声问肚里的孩子："儿啦，别人怀胎十月就生了，你都过了十个月了，咋还不出来呢？"

肚里的孩子问："天长严没有？"

"天没长严，牵骆驼的没来。"

"时间不到，我不能出来。"

就这样，母子俩经常隔着肚皮说话，可孩子一直不肯出生。整整过了九九八十一个年头，这闺女变成了白发苍苍的老太太，

她觉得自己活不了几年了，真的不能再等下去了。这天她走进
自己的屋子，坐在床上，问肚里的儿子说："我的儿呀，整整八
十一年了，你还不该降生吗？"

儿子又问："天长严了没有？牵骆驼的来了没有？"

"你为什么老问这两句话呢？到底是啥意思？"

"娘啊娘，天机不可泄露，反正天不长严，牵骆驼的不来，
我就不能出去。"

又过几天，老闺女想：反正天就剩了一点没长严了，今天
我干脆骗孩子说天长严了，牵骆驼的来了，把孩子给哄出来。
主意拿定，她坐在床上，对着肚子说："孩子，快出来吧，天
长严了，牵骆驼的也来了。"话音刚落，肚里的孩子就顶开母

亲的右肋，拱了出来。咦，原来是个小孩模样的白胡子老头，连头发眉毛都是白的。

母亲右肋流血不止，儿子见牵骆驼的没来，知道是母亲骗了他，一时慌乱无措，哭着说："母亲大人，牵骆驼的没来，我无法撕下骆驼皮补在您身上，这样血流不止您会没命的，这该如何是好呢？"说着，双膝跪地，给母亲磕了三个响头。

母亲说："别伤心了，我不埋怨你。你是娘吃了李子怀孕生下来的，那枚李子长得像两个耳朵，以后你就叫李耳吧。"因为李耳出生时就是老头模样，后来人们就把李耳称为老子。

语文阅读经典丛书·第十辑

聊斋志异

〔清〕蒲松龄 著

文 质 改编

长江出版社
CHANGJIANG PRESS

图书在版编目（CIP）数据

语文阅读经典丛书.第十辑 / 文质改编.
—武汉：长江出版社，2021.3
ISBN 978-7-5492-7613-4

Ⅰ.①语… Ⅱ.①文… Ⅲ.①世界文学－作品综合集
Ⅳ.①I11

中国版本图书馆 CIP 数据核字（2021）第 050191 号

语文阅读经典丛书.第十辑　　　　　　　　　　　　　文质　改编
责任编辑:江水
出版发行:长江出版社
地　　址:武汉市解放大道 1863 号　　　　　　　**邮　　编:**430010
网　　址:http://www.cjpress.com.cn
电　　话:(027)82926557(总编室)
　　　　　　(027)82926806(市场营销部)
经　　销:各地新华书店
印　　刷:湖北嘉仑文化发展有限公司
规　　格:880mm × 1230mm　　　1/32　　　12 印张　　　240 千字
版　　次:2021 年 3 月第 1 版　　　　　2021 年 3 月第 1 次印刷
ISBN 978-7-5492-7613-4
定　　价:74.80 元(共三册)

MULU

目录

画 皮

　　山西有个姓王的书生，人称王大郎。他为人还算不错，只不过有个小毛病，那就是为人轻浮，喜欢拈花惹草。

　　这天清晨，王大郎去赶集，路上遇见一个女子，怀里抱着一个包裹，正在高一脚低一脚地赶路。王大郎快步赶上去，发现是个美丽的少妇，心里十分喜欢。他用挑逗的口气搭讪道："小娘子，大清早的，怎么孤身一人走在荒郊野外呀？"那女子斜睃了他一眼，说："你不过是个过路的人，问我这些干什么？"王大郎讨好地说："你若有什么困难，就跟我说吧，也许我能帮上忙。"

　　那女子便停下脚步，叹口气说："好心人啊，告诉你吧，我是个逃亡的人。我父母贪图钱财，将我卖给别人做了小老婆。那家的大老婆吃醋，天天打骂我，我实在忍受不了，才逃了出来。"

　　王大郎关切地问："你要逃到哪里去呢？"女子眼泪汪汪地看着他说："我现在是无家可归啊。"王大郎心生同情，加

上贪恋她的美貌，就热情地说："我家离这儿不远，你可以去躲一躲。"那女子连声道谢，然后开始跟着王大郎走。

王大郎替那少妇提着包裹，一路扶着她回到了家。女子见屋里空无一人，感到十分奇怪。王大郎说："这儿是我的书房，比较僻静，所以家眷不住在这儿。"女子听了非常高兴，诡秘地说："僻静一点儿好。你真想救我，就要把我藏好，并且不能向任何人泄露我的行踪。"王大郎答应了她的要求。

王大郎的妻子姓陈，是个很贤惠的媳妇，她听说了这事后很不高兴。她倒不是嫉妒，而是为丈夫担心。她怀疑那女子是从大户人家里逃出来的妇女，怕惹出官司，就劝丈夫快打发那女子离开。王大郎却以为她是在吃醋，根本不听劝告。

王大郎整日和那少妇私会，没过多久就感到身体越来越虚弱，像是得了大病。

有一天，他出门去散心，在青帝庙门口遇到了一个红脸道士。道士看见王大郎后猛然一惊，厉声问道："你这书生，刚才和谁在一起？"王大郎心中有鬼，心虚地说："没和谁在一起。"道士说："我看你浑身妖气缠绕，一定是遇到了邪祟！"王大郎装出无辜的样子，怎么也不肯承认。

红脸道士转身便走，冷冰冰地丢下一句话："贪色送命，天下到处都有这样的蠢人！"王大郎听他话说得蹊跷，有心拉住他细问，又怕他是骗钱的，就犹豫不决地站住了。

不一会儿，王大郎回到自己的书房，见大门从里面插上了，院子里面悄然无声。大白天的插门干什么？王大郎联想

到道士的话，不禁起了疑心。他悄悄翻墙进去，发现里面的房门也紧闭着。他来到窗户下，往里面偷看，结果吓得差点叫了出来。

原来，他看见一个狰狞的瘦鬼，浑身长着黑毛，牙齿如锯子，指甲如锥子，正趴在床上不知在干什么。他仔细一看，发现床上铺着一张人皮，瘦鬼正拿着彩笔在上面描画。画好之后，她拎起人皮，抖了一抖，像穿衣服似的往身上一套，转眼就变成了妖娆的女子。亲眼看到这一幕，王大郎吓得掉了魂，腿一软，跪倒在地站不起来了。他连滚带爬地逃了出去。

王大郎慌忙到青帝庙去寻找那红脸道士，可是那道士已经离开了。他到处寻找，后来终于在郊外找到了那个道士。王大郎向他下跪，磕头如捣蒜，乞求他救自己一命。道士说："好吧，我帮你赶走那妖怪。不过，这个妖怪好不容易才找到替身，我也不忍杀了她。"他把自己手中的拂尘借给了王大郎，说是能够镇住那妖怪。王大郎回家后，不敢再进书房。他睡进了妻子的卧室，把道士给的拂尘悬挂在门口。

天黑了之后，他们听见门外有老鼠咬东西般的响动。王大郎自己不敢去看，就让妻子去看看。陈氏透过门缝，看见那女子站在门口，面对着道士的拂尘徘徊不前。过了很久，她咬牙切齿地骂道："你竟敢拿臭道士的拂尘来吓唬我，难道我到嘴的肉还要吐出来不成？"

她愤然扯下拂尘，折为两段，扔在地上，然后破门而入，越过了陈氏，直扑到王大郎身上，伸出利爪，撕开他的胸腔，

掏了他的心就走。陈氏吓得失声尖叫，昏倒在地。仆人们点灯一看，王大郎被开膛破肚，血流满床，已经彻底断了气。

第二天，陈氏找到了王大郎的弟弟王二郎，哭诉了家里的不幸，让他去青帝庙求那个红脸道士帮助。道士听了，又后悔又生气，说："我不该怜悯那妖怪，让她害了一条人命！"说罢，跟着二郎到王大郎家去捉妖。那女妖却早已逃得不见踪影了。

道士掐指一算，说："好在她还没有逃远。"他指着南边的院子问："那儿是谁的家？"二郎说："是我家。"道士说妖怪藏到了二郎家，二郎不太相信。道士说："不信你回家问问，今日一定有生人来过。"二郎悄悄回家，问过家里人，回来告诉道士说："早晨我出门后，家里来了个老婆子，想到我家当佣工，我家里人同意了。我家里只有她是个生人。"道士十分肯定地说："就是她！"

道士与二郎赶回家，站在院子里，举起桃木宝剑作起法来。他厉声喝道："恶鬼，赔我的拂尘！"那老太婆在屋里变了脸色，惊慌失措，蹿出门来想逃走，结果被道士迎头一剑砍倒在地。只听"哗啦"一声，她身上的画皮脱落了下来，变成野猪般的模样，躺在地上哀号。

道士割下它的头，怪物随即化为黑烟，盘旋成一团。道士用腰间的葫芦去收那股烟，黑烟被吱吱响地吸了进去。道士拾起画皮给大家看，只见上面五官俱全，画得惟妙惟肖。道士卷起画皮，就像卷一张纸一样。

道士收了妖怪，向大家告别。陈氏跪在他面前，拦着不让他走，求道士施展法术，救活自己的丈夫。道士推辞说，自己不会起死回生之术，爱莫能助。陈氏大哭起来，抱住道士的腿死活不肯放。道士沉思了片刻说："我自己确实没有办法，因为我法力不够，我给你另外介绍一个高人，你去找他吧。"

他说的那个高人，竟然是集市上的一个疯子。这个疯子常在粪土中打滚，人们都讨厌他。道士再三嘱咐陈氏说："哪怕他发疯，侮辱你，你也要竭力忍受。除了他，谁也救不了你丈夫。"二郎曾经见过那疯子，就辞别了道士，带着陈氏去找他。

在集市的拐角处，二郎和陈氏找到了道士说的那个疯子。只见他正坐在泥坑里唱歌，口水、鼻涕拖得老长。陈氏顾不得脏臭，跪着爬到他的面前求助。疯子调戏她说："小娘子啊，你喜欢我吗？"陈氏哭诉自己丈夫的遭遇，请他解救。他听了放声大笑说："天下男人多的是，为何你偏要救那个好色的家伙呢？"

陈氏继续苦苦哀求，疯子勃然大怒，反问说："为什么要我救他？难道我长得像救苦救难的观音菩萨吗？"说着，他举起手中的拐杖劈头向陈氏打来。陈氏为了救丈夫，不躲闪也不喊疼，咬牙强忍着。

集市上的人纷纷围过来看热闹，把他们围得密不透风。疯子往手中吐了一口浓痰，递到陈氏面前，调笑着说："这是好东西，小娘子吃了吧！"

陈氏看着那污浊的浓痰，感到十分恶心，几乎要吐出来。

·聊斋志异·

但她心里记着道士的话，便强忍着恶心去舔疯子的手，把痰吞进口中。她实在咽不下去，痰堵在了喉头。疯子跳起身，大喊："小娘子爱上我了！小娘子爱上我了！"他口中乱喊着，疯疯癫癫地跑了。陈氏追不上他，失望地回家去了。

丈夫惨死，自己又被疯子愚弄了一番，陈氏简直痛不欲生。她强忍着悲愤，回到家里为丈夫收敛尸体，把他拖在体外的肠子塞回到腹中。忽然，她感到一阵恶心，翻肠倒肚地呕吐起来。原本堵在喉头的那口浓痰也被吐了出来，只见它瞬间幻化为一颗鲜红的心脏，正落在王大郎的胸腔里，咚咚地跳动着。陈氏一阵惊喜，觉得有了希望。她像补衣服一样，小心翼翼地把丈夫的胸腔缝合起来，然后给他盖上被子，又虔诚地为丈夫祈祷了半夜。后来，她掀开被子一看，王大郎僵硬的身体变软、变热了，似乎有了气息。她又继续跪在地上，向天祈祷。到了早晨，王大郎自己醒了过来，面带愧色地问妻子："是谁救了我？"

陈氏叙说了事情的经过，王大郎面红耳赤，感到非常后悔，深深地自责说："我枉为读书人，分不清善恶美丑！还是娘子贤惠，救了我性命。"

从此，王大郎变成了一个善人，爱做好事，为人正派。他胸口上的伤疤也变得越来越小，最后缩为铜钱那么大，不仔细看根本看不到。

聂 小 倩

　　有个浙江男人叫宁采臣，性格豪放而又品格端方。别的男人都爱炫耀自己的艳遇，他却老老实实地说："我只爱自己的老婆，从没沾过第二个女人。"

　　一次，他去金华县办事，来到郊外的寺庙里歇脚。寺庙的禅房和宝塔巍峨高大，但是有些破旧衰败，院子里面荒草蔽路，似乎很少有人走动。宁采臣胆子大，又喜欢安静，就想在这里借宿，可是找不到主事的和尚，就自己摸进了一间破屋。

　　太阳落山后，有个书生模样的人走进庙里来，打开了隔壁的房门。宁采臣上前打招呼，表示想在庙里借宿。那书生笑着说："你尽管住好了。这里没人管，我也是自己闯进来住的。你来了，我们也好做伴说说话。"

　　宁采臣随他进了南边的屋子，两人席地而坐，促膝谈心到半夜。宁采臣这才知道，他不是普通的书生，而是一个豪侠剑客，名叫燕赤霞。

　　宁采臣因谈话而兴奋，回屋后一直睡不着。他听到窗子外

面有人窃窃私语，过了一会儿，又安静了下来，万籁俱寂。他迷迷糊糊地正要入睡，觉得有人进了屋，借着月光一看，原来是个妙龄女郎。

他警惕地问："你是谁呀？来我这里干吗？"女郎用绵软的小手抚摸着他的脸，调戏说："你失眠，我也失眠，不如我俩共度良宵嘛。"

宁采臣推开她的手，严词拒绝说："女孩子要庄重点，你找错人了！"

女郎妖媚地诱惑他说："我们玩玩嘛，反正是深更半夜，没人管的。"宁采臣严肃地赶她走，她还是赖着不走。

宁采臣急了，提高嗓门说："再不走，我要喊隔壁的客人了！"女郎这才显出害怕的样子，退到门外。她似乎还不死心，返身回来，将一锭亮闪闪的黄金放在了宁采臣的床头。宁采臣拿起黄金，看也不看，奋力扔到门外，愤愤地说："别用不义之财来玷污我的床铺！"

女郎捂着脸，羞愧地逃走了，她自言自语说："这汉子真是铁石心肠啊！"

第二天，另一个赶考书生也进了庙，带着仆人住在了北屋。他当夜突然暴死，脚底有个小洞，流出丝丝污血来。过了一夜，他的仆人也死了，死法完全相同，脚底下也有个流血的小洞。宁采臣感到很蹊跷，猜测庙里有鬼怪害人，等住在南屋的燕赤霞回来后，就向他谈起这件怪事。燕赤霞也认定是鬼怪害人，要宁采臣多加提防。

夜里，宁采臣正想着鬼怪的事，那个神秘女郎又一次出现了。

这回，她收起了淫荡的表情，显得很诚恳，对宁采臣说："我诱惑了许多男人，几乎百发百中，很少见到你这样坐怀不乱、正直坦荡的人，我佩服你是条汉子。告诉你实话，我叫聂小倩，十八岁就死了，葬在寺庙旁。不幸被蝙蝠妖胁迫，帮她害人，其实我心里是很不情愿的。"

宁采臣问小倩怎样害人，她说："谁玩弄我，蝙蝠妖就会趁机偷袭，用利齿插进他的脚心吸血。或者把腐朽的尸骨化为黄金迷惑人，偷割人的心肝。"说完，小倩又警告宁采臣说："现在寺庙中已无人可害，下回就轮到你了。因为你不受诱惑，蝙蝠妖可能要来硬的。"

宁采臣有些害怕，小倩安慰他说："别怕，我告诉你一个躲避的办法。你去南屋，与那个姓燕的剑客住在一起，就可以免去灾害。"宁采臣感谢她的提醒，不知怎么报答才好。小倩说："如果你肯迁移我的尸骨，另外选一个平安的地方下葬，救我脱离苦海，就是最好的报答了。"宁采臣一口答应了她的请求。

小倩细致地交代说："庙门外有棵白杨树，树上有个乌鸦窝，我的坟就在树下面，千万别忘了。"说完，她飘然而去，融入了夜色之中。

天亮以后，宁采臣到南屋邀请燕赤霞一起吃早饭，与他商量，要在他的屋里过夜。燕赤霞开始时有点不愿意，说他喜欢

独自住。宁采臣因为性命攸关，厚着脸皮，硬把行李搬进了他的房间。燕赤霞只得认可，但他告诫说："我们虽然是朋友，但是各有隐私，希望你不要翻动我的箱子和包裹，以免出事。"宁采臣连忙点头答应。

当晚，燕赤霞把箱子摆上窗台，倒头大睡。宁采臣有心事，睡不着。天黑透之后，窗外忽然现出憧憧鬼影，有双巨大的眼睛抵到窗户上，绿光闪烁。宁采臣又惊又怕，正要喊醒燕赤霞，窗台上的箱子突然发出巨响，闪出一道耀眼的白光，撞断了石条窗棂，向外飞射，倏忽又飞回箱中，如同闪电忽明忽灭。

燕赤霞闻声起床，俯身在箱子上的破口处取出个两寸长短的东西，对着月光反复察看，然后包扎起来，仍旧收入箱中，口中喃喃地说："可恶的蝙蝠妖，把我的箱子弄坏了！"宁采臣觉得好奇，起身问燕赤霞发生了什么事，并把自己看见的都告诉了他。燕赤霞说："刚才妖怪想来害你，被我箱中飞出的宝剑击中，受伤逃走了。可惜宝剑被窗棂挡了一下，不然，那蝙蝠妖肯定已经送命了。"宁采臣很想见识见识那会飞的宝剑。燕赤霞便慷慨地拿给他看，原来那是一把精致的微型宝剑，银光夺目，上面还带有难闻的血腥味。

次日一早，宁采臣起了床，在窗外发现一摊血迹。顺着血迹寻找，在寺庙北面看到一片荒坟，附近果然有棵白杨树，乌鸦在树顶盘旋鸣叫。宁采臣就地掘出了聂小倩的尸骨，脱下自己的衣服，小心包好，准备带回家迁葬。

　　宁采臣要走了，燕赤霞给他摆酒送行。他将一只破旧的皮袋送给宁采臣，郑重交代说："这是剑袋，千万要保存好，别看它破旧，它能帮你战胜鬼怪！"宁采臣想留下来跟燕赤霞学剑术，燕赤霞意味深长地笑着说："你是个讲信义的大丈夫，本来是可以学剑术的，但你命中注定要享受荣华富贵，还要去为聂小倩下葬，就不要学剑了吧！"宁采臣与燕赤霞依依不舍地告别，雇了条船，带着聂小倩的尸骨回家了。

　　回家之后，宁采臣在自己的书斋附近选了块好地，将小倩的尸骨下了葬，还奉上祭品，端着酒杯说："小倩啊，可怜你无依无靠，就把你葬在我书房附近，让你能听到我的读书声、说笑声，这样一来，想必野鬼就不敢欺侮你了。"说着，将酒洒在地上，祭奠了一番。

　　完事之后，宁采臣转身要回家，只听见有女子在后面娇声喊道："宁大哥，等等我！"宁采臣回头一看，原来是聂小倩。她一副欢天喜地的神情，完全改变了模样，皮肤红润，明眸皓齿，显得光彩照人。她诚恳地对宁采臣说："谢谢你救了我！让我跟你回家，当小老婆也好，当女仆也好，我都乐意。"宁采臣就把她带到了书房，向母亲报告了这件离奇的事。

　　宁母感到很惊奇，嗟叹不已，叮嘱宁采臣说："这事先不要告诉你老婆，她正重病在床，别惊吓了她。"母子俩正商量着，小倩进来了，很礼貌地向宁母行了礼。宁母从未见过鬼，看到小倩容貌美丽，言语温和，心里有些喜欢，但也有点害怕。

　　小倩说："孩儿我孤苦伶仃，受到野鬼欺侮，幸而公子相救，我才脱离苦海，所以愿意服侍他一辈子。"宁母见她如此彬彬有礼，才放胆与她交谈，说："小娘子啊，你肯照料我儿子，是他的福气。可是我要靠他这独生儿子传宗接代，可你——怎么行呢？"

小倩固执地请求说："我不要妻子的名分，只是想服侍他和您老人家，让我留下，就当是他的妹妹吧！"宁母见她一片诚意，不好拒绝，就点头答应下来。小倩马上换了旧衣服，下厨煮饭、炒菜，熟门熟路，像是住了好久似的。

天黑后，小倩到了书房，在门口徘徊着不敢进门。宁采臣招呼她进去，她说："你房里剑气逼人，我好害怕。"宁采臣知道是燕赤霞赠的皮袋的缘故，就把它收了起来。

小倩很懂事，孝敬宁母，操持家务，晚上陪同宁采臣读书，直到他打哈欠，催促几遍才依依不舍地离开。

宁采臣的妻子生病卧床，什么事情都干不了。幸而小倩能干，宁母才过上了安逸的生活，心里暗暗感激小倩。时间长了，老人觉得小倩亲得像女儿，几乎忘了她是个鬼。因为不忍心叫她独自睡在荒坟地，就留她在家里，和自己同床而睡。

不久，宁采臣的妻子病死了，宁母想让儿子续娶小倩，但心里还有些忌讳，拿不定主意。小倩就劝慰她说："孩儿跟您相处一年多了，您也能看出来，我对您儿子是真心的。另外，我还有点私心，想服侍他几年，等他做了大官，受皇帝封诰，我也好在阴间扬眉吐气。"

宁母很看重传宗接代的事，就问："那么，你能像别人一

样生儿育女吗？"小倩笑着说："您老放心，宁哥人好，命中注定会生三个有出息的儿子。而我呢，会做个好母亲的。"

宁采臣接受母命，光明正大地续娶了小倩为妻。亲戚朋友们听说他娶了鬼女做妻子，蜂拥而来看新娘子。小倩并不怕生人，大大方方走出来给众人看。只见她衣裙华丽，容貌如花，人们看呆了，都称她是天仙下凡，不但不害怕，还向她赠送了许多礼物。小倩很高兴，拿出纸笔作画，画出漂亮的兰花和梅花，作为回赠。人们争相索要。

一天，小倩忽然显得惊恐不安，问宁采臣要那个破旧的皮袋子。宁采臣说："你不是害怕吗？我早就收起来了。"

小倩说："现在拿出来吧，我在人间待久了，不再怕剑气了。"她又不安地说："这几天，我的眼皮乱跳，不知预兆有何祸事，恐怕是金华的蝙蝠妖要来侵犯了。"宁采臣就依了她的话，点着蜡烛，把皮袋挂在床头。

夜里，忽然有个巨大的黑蝙蝠飞进了屋，张牙舞爪地往床上扑。小倩吓得发抖，躲进了帐子里，宁采臣也惊慌失措。这时候，旧皮袋子发出敲鼓一样的响声，瞬间膨胀了十倍，里面冒出个灵巧的小人儿，揪住蝙蝠的脚往下一拖，就把它拖进了袋子里。袋子又缩小了，恢复了原状。小倩跳了起来，欢呼说："妖怪除掉了，没事了！"两人打开皮袋一看，里面只有一些污血。

后来，小倩的话果然应验了。她生了三个儿子，一个做官，两个经商，都很有出息。

王 成

　　山东平原县有个懒汉叫王成。他本是官宦人家的后代，品行还不错，只是太懒惰。后来家境日渐衰败，住着破草屋，披着乱麻衣，夫妻之间互相埋怨，过着穷苦的日子。

　　盛夏时节，天气炎热，村民们到凉亭里过夜，王成也混在其中。天亮后，别人都下地干活去了，只剩下王成一人，直睡到太阳晒屁股，才卷起席子回家。路上，他看见草丛中有支亮闪闪的金簪子，拾起细看，上面刻有"仪宾府造"四个小字。王成的祖父是皇亲，他隐隐约约记得，过去家里用的金银用品上似乎刻有这几个字。他把金簪子拿在手里，不知怎么办好。

　　忽然，有个白白净净的老太太走来，低头在草丛中寻找东西，样子很焦急。王成将金簪子递给她看，问："您找的是这个吗？"金簪子失而复得，老太太很高兴，告诉他说："一根金簪子不值多少钱，可它是我亡夫的遗物啊！"王成顺口问了句："请问，您的先夫是谁啊？"老太太回答说："是仪宾王柬之。"

　　王成惊讶地说："他明明是我的祖父，怎么成了您的先夫，我不认识您呀！"老太太也感到惊讶，说："你真是王柬之的孙子吗？你知道他曾经和一个狐仙有过一段情缘吗？那狐仙就是我呀！"王成小时候确实听过祖父与狐仙相恋的故事，相信

老太太说的是实话，就邀请她回家做客。

老太太到了王成家，见他妻子穿的是渔网似的破麻衣，脸色土黄，叹息道："王柬之的孙子，竟然穷困到如此地步！"王成想烧点粥待客，可是缺柴少米的做不成。老太太同情地说："算了吧。这样的穷日子，你们怎么过得下去！"王妻哭诉家里的窘迫，一把眼泪一把鼻涕的。老太太打断她，把金簪子交给她说："你先拿它换钱，买点柴米度日吧。"

王成挽留老太太，要向长辈尽点孝道。她说："你呀，家无隔夜粮，连老婆都养不活，我怎么住得下去！我还是先回去，替你想点办法吧！"说着，转身出了屋，倏忽不见了。王成将老太太的来历告诉了妻子，妻子吓得把金簪子扔在了地上。王成笑着说别怕，狐仙也有善良的，要妻子把她当作太婆婆来服侍。

三天之后，老太太又来了，这回她带来了些银子和粮食，晚上就和王妻睡一个床。王妻开始有些害怕，睡了一会儿也没有觉得有什么异常，就睡踏实了。后来，她见老人一片赤诚地帮助自己理家，渐渐也就放心了。

老太太教导王成说："孙儿，你不能懒惰，应该学会做生意，不然有再多钱财也会坐吃山空。"说着，她拿出些银两，说是以前存的私房钱，给王成做本钱，要他尽快购买五十匹葛布，进京去贩卖。她特别叮嘱说："一定要勤快，路上千万不能耽搁，务必要在七天内赶到京城，迟了就会后悔。"

王成推着小车上了路，日夜兼程地赶路，开始倒也没有偷

18

懒。后来他半路遇雨，浑身湿透了，就在旅店歇息下来，到火炉边烤烤衣服。这一歇，人就松了劲。眼看大雨滂沱，他趁机睡了一大觉。第二天早晨，雨虽然停了，可是道路泥泞，王成想等天晴了再走，犹豫了半天，又下雨了，只好又多住了一夜。

到了京城，王成进了旅店。店主人看到他的货，连声叹"可惜"，说他来迟了一步。前些天，王府大量收购葛布，所以价格上涨了三倍。如今王府收购已满，价格又回落了。

王成出门四处打听，果然如店主人所说。王成舍不得将葛布贱卖，在店里住了十几天，吃喝花费不少，葛布价格却急剧下跌，急得他直跺脚。店主人劝说他把葛布贱卖了，改作别的打算。他没有办法，只好照办，白白赔了十几两银子。谁知倒霉的事还在后面，他收拾行李准备回家时，发现银子全丢了。同住的客人劝王成去告状，责令店主赔偿。王成叹息说："算了，是我自己运气不佳，不能赖店主人。"店主人见他为人忠厚，就退还了他吃住所用的花费，有好几两银子。

王成觉得这样两手空空地回家没脸见人，拼命想办法扳本。他看到街上流行斗鹌鹑，赌本动辄成千上万，而一只善斗的好鹌鹑开价在百钱以上。他算算口袋里的银子，够买卖鹌鹑的，就想做这个生意。店主人也竭力赞同，提出让他免费吃住，赚钱了再分成。

王成下乡去收购了满满一担子鹌鹑，返回京城，在店里住下。谁知第二天下大雨，赌场不开门，鹌鹑卖不出去。连续下了几天雨，那些活蹦乱跳的鹌鹑一只只死去了。他把剩下来的合并在一只笼子里饲养，祈祷天气转晴。等到天气晴好了，他打开笼子一看，可怜，只剩下一只活鹌鹑！他捧着这只鹌鹑去告诉店主人，急得要上吊。

店主人是很有经验的人，接过那只仅存的鹌鹑，捧在手里，端详了片刻，安慰王成说："你不要急，还有救。我看剩下的这只鹌鹑不寻常，也许其他鹌鹑都是被它斗死的，你训练好它，就是笔财富。"王成想，死马当作活马医吧。就试着训练那只鹌鹑，带它到赌场里试斗。

果然，这只鹌鹑表现神勇，屡战屡胜，为王成赢来许多酒饭钱。店主人借给他赌本，让他与公子哥儿们赌，又赢了几次。王成还清了店主人的本钱，还赚了十几两银子。

这时，皇宫里的大亲王正迷恋斗鹌鹑。每逢元宵节，大亲王便要招民间善战的鹌鹑到王府里去赌斗。店主人对王成说："我们进王府去吧，发财的机会到了。"他亲自陪同王成前去，一路叮嘱说："假如咱们的鹌鹑斗败了，万事皆休，只有夹着尾巴回家。若是斗胜了，亲王肯定要买你的鹌鹑，你不要轻易松口答应，看我的眼色行事，保证你满意而归。"王成回答说："好啊。"可是心里一点儿也没底。

亲王府里，人山人海，驯鹌鹑的人被安排在前面，并肩坐在台阶下面。过了一会儿，亲王坐到了大堂里，有个侍从出来宣布："愿意斗鹌鹑的上殿来！"马上就有人响应，捧着两只鹌鹑进殿，不一会儿就败下阵来。接着，又有几个人进去斗鹌鹑，个个败下阵来。大堂里传出亲王爽朗的大笑声，他说："看

来今天我又没有对手了。"

　　店主人对王成示意：时机已到。两人同时上殿，放出了鹌鹑。亲王是个行家，看到王成的鹌鹑，马上竖起拇指称赞说："你的鸟儿眼有怒脉，必定勇健善斗。"他不敢轻敌，吩咐取一只铁嘴鹌鹑来斗。两只鹌鹑见面就扑在一起，跳跃腾飞。几个回合后，亲王的铁嘴鹌鹑羽毛散落，掉头逃跑。亲王命再选几只善斗的鹌鹑来斗，结果都不是对手。

　　亲王来了兴趣，命令太监去王宫拿来看家的宝贝——玉鹌鹑。太监送来了玉鹌鹑，只见它身架高大，浑身雪白，如同白鹭，神情高傲。王成害怕了，跪地求饶说："大王，我不敢再斗了。大王这只是神鸟，若是啄死了小人的鹌鹑，小人就没有饭碗了。"

　　亲王豪爽地笑着说："斗吧，难得看到精彩的搏斗。若真是把你的鸟儿斗坏了，我会赔偿你的。"玉鹌鹑直扑向王成的鹌鹑，后者纵身躲避，待玉鹌鹑扑空几次，挫了锐气之后，它突然掉头，连番猛攻。两只鸟儿互相扑斗，持续了一段时间，玉鹌鹑已明显落在了下风。亲王连忙挥手说："好，别斗了，把它们分开，别伤了两只好鸟。我的玉鹌鹑输了。"

　　亲王向王成要过鹌鹑，捧在手里把玩，从嘴到脚，看了个仔细，流露出爱不释手的神情。他问王成："这鸟你愿意卖给我吗？"王成正要答应，见店主人朝他使眼色，就回答说："小人没有土地和产业，就靠这鹌鹑谋生，舍不得卖。"亲王笑着说："来斗鹌鹑的，没有不想卖的。你是想要个好价钱吧？我

给你五百两银子，如何？"

王成偷眼看看店主人，见他竖着一根手指头，就下狠心说："大王，我想要一千两。"亲王摇头说："一只鹌鹑，又不是什么珍宝，要那么多！你莫非想钱想疯了？"王成辩解说："大王多的是宝贝，我可只有这一个宝贝。每日靠它赚来柴米油盐，不敢贱卖了。"亲王又加了五十两银子，王成仍不松口。亲王板起脸来，厉声说："小子，我给你六百两，不卖就算了。"王成看了看店主人，店主人仍然神色自若，暗示他继续抬价。但王成怕失去机会，更怕因此得罪了亲王，就答应按六百两卖了。亲王大喜，马上命人取来银子兑付，把鹌鹑拿走了。

回到店里，店主人埋怨王成说："再坚持一会儿，要八百两没问题，你怎么自作主张就卖了呢？"王成自己还是很知足的，将银子堆在桌上，让店主人随便拿。店主人不愿拿，只算了店钱，王成就按店钱的十倍付了银子给他。

王成满载而归，全家欢天喜地，笑成一团。老太太让王成购买良田，兴建房屋，置办农具和家具，恢复了王家往日的气派。老太太每日清早起身，督促王成夫妇起床做事，一看到他们懒惰就大声呵斥，王成夫妇从不敢抱怨。

几年后，王家更富裕了，夫妻俩也逐渐养成了勤俭的好习惯，不用老太太督促就自己早起了。老太太提出要告辞，夫妻俩跪着求她留下。老太太笑着说："看到你们这么有出息，我放心了，也该走了。"说完，就飘然而去。

促　　织

　　明朝宣德年间，皇宫中斗蟋蟀风行一时，皇帝也爱好这玩意儿。官员们便向民间征收，进贡到皇宫，以巴结权贵。陕西本来不出产蟋蟀，但是华阴县令想向上爬，就搜罗了一只送上去。这只蟋蟀还挺善斗的，结果惹来了麻烦，朝廷命令陕西从此每年都要上贡，成了常例。华阴县令就向下摊派，让乡长们去搜罗。好蟋蟀难得，市价被抬得很高。每次上贡一只善斗的蟋蟀，就会使几户小康之家破产。

　　县里有个叫成名的读书人，苦读几十年也没有"成名"，连秀才都没有考取。他为人善良而又懦弱，被套上了一个乡长的差事，推也推不掉。每次派捐收税，他抹不开情面，下不了狠手，所以不但捞不到钱，反而要拿出自己家的钱倒贴，一点儿微薄的家产快赔完了。正在他愁眉不展时，征集蟋蟀的差事又到了。他不愿摊派给贫苦的乡民，自己又没有钱倒贴，愁得在家里乱打转。

　　他妻子呵斥说："在家里瞎转什么，还不如出去找找，也许能抓到一两只中用的蟋蟀。"成名觉得妻子的话有道理，就提着装蟋蟀用的竹筒和篾笼，从早到晚地在村里和野外转悠。他翻墙头，钻坟岗，费尽心机，却只逮到一两只不中用的蟋蟀。送到县里后，结果挨了县令大人的责打，屁股被打得鲜血淋漓，摇晃着走回家，躺在床上直叹气，恨不得自杀了事。

这时候，村里来了一个驼背的女巫，据说她料事如神，成名让妻子去向她问卜。女巫那里求助的人挤满了屋，男女老少都有。成名的妻子好不容易挨到跟前，递上了香火钱，恭敬地跪下磕头，说出了心事。只见女巫朝天祈祷，嘴里念念有词，不知说些什么。不到一顿饭的工夫，香案上飘落一张纸，成名的妻子拾起一看，上面没有字，却是一幅画：画当中有楼台殿堂，像是寺庙的样子。庙后面有座小山，怪石嶙峋，荒草萋萋。草丛中趴着一只蟋蟀，像是上等的"青麻头"品种。蟋蟀旁边还蹲着一只蛤蟆，好像要跳起来的样子。成名的妻子不知这幅画有何用意，就拿回家给丈夫看。

成名拿着画，心里琢磨开了，画上的楼堂像是村东的大佛阁，估计女巫是指点他捉蟋蟀的地点。他心中升起了一线希望。

他挣扎起身，拄着拐杖去了大佛阁。对照图画，他找到乱石岗和草丛，却连蟋蟀的叫声也听不见。他不甘心，蹲下身子在地下乱摸，突然看见一只癞蛤蟆从他眼前跳过，这正应验了图上的暗示。他更加仔细，拨开草丛，一棵棵地寻找。忽然，他看见一只硕大的蟋蟀，不声不响地伏在草根上。他刚想下手抓，蟋蟀就跳进了石头缝里，用草尖撩它也不出来。

　　他用竹筒灌水进去，蟋蟀往外一跳，正巧落在他手里。这蟋蟀身大腿长，牙齿尖利，一看就知道是个上好的货色。成名如获至宝，把蟋蟀带回家精心饲养，自家舍不得吃的蛋黄留给它吃，只等期限到时好上缴县里，应付差事。

　　成名有个九岁的儿子，活泼好动。他趁父亲出门，偷偷打开了藏蟋蟀的瓦盆。谁知那蟋蟀一跃而出，跳到门外。孩子慌了手脚，猛扑上去抓它。蟋蟀是抓住了，可是已经被压死了。孩子捧着死蟋蟀，哭哭啼啼地告诉母亲。成名妻子大吃一惊，破口大骂道："小冤孽！你弄死了你爸爸的命根子，找死呀！他回来非扒了你的皮不可！"儿子吓得放声大哭，逃出门去。

　　成名回家得知蟋蟀已死后，像被劈头浇了盆凉水，几乎背过气去！他找了根棍子，怒骂着要揍儿子，却到处找不到人影。后来，他们终于在井里找到了，原来儿子已经投井而死了，他满腔怒火顿时化为悲伤。夫妻相拥而泣，悲痛欲绝。

　　夫妻俩饭也没有心思做，沉默不语地对坐了许久，起身去埋葬孩子。成名抱起孩子往外走，觉得他口中还有一丝微弱的气息，就放回了床上，又揉又喊，孩子居然恢复了呼吸。夫妻俩稍感安慰，松了口气。但是儿子昏睡不醒，不死不活，又令他们万分苦恼。再看看空荡荡的瓦盆，想想无法交代的差事，成名唉声叹气地上了床，辗转反侧地睡不着觉。

　　天明之后，成名仍然躺在床上，百无聊赖。忽然，他听见了蟋蟀的叫声。他如同听到天籁，浑身来了精神，赶紧到门外寻找，果然在墙根下发现了一只蟋蟀。他兴奋地扑上去，三抓

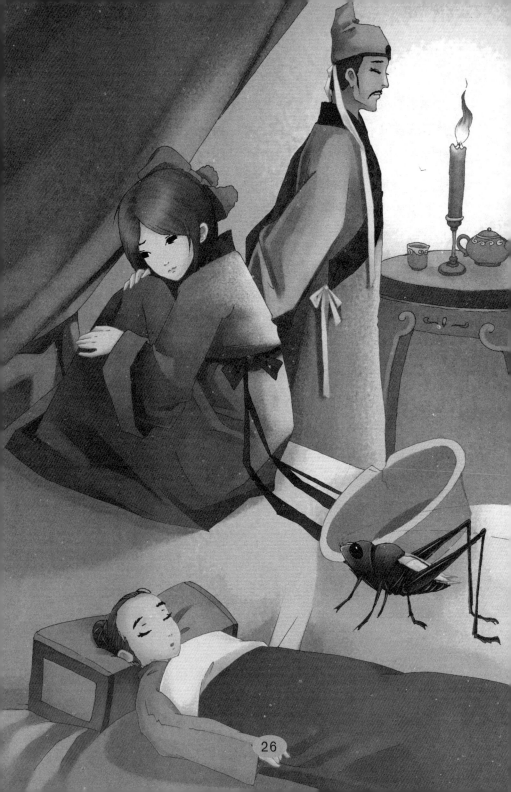

两抓，把蟋蟀罩在了手中。他小心地察看，发觉这蟋蟀根本比不上原来的那一只，个子要小得多，很不起眼。成名很失望，随手把它扔了。谁知蟋蟀不肯跑，竟然又跳回他的袖子上，龇着牙，弹着腿，显得很神气。成名再仔细一看，这蟋蟀个头虽小，身架却很结实，长着梅花翅，方头大牙，看来很好斗。成名就把它捉了起来，准备把它献给官府。

村里有个闲汉，养了一只"蟹壳青"，斗遍方圆几十里没有对手，靠它赢得了不少彩头。听说成名新近逮了只蟋蟀，就上门挑战，打算赢点零花钱。两人各自放出蟋蟀，相比之下，成名的蟋蟀个头小了一半，那闲汉捂着嘴笑。成名感到后悔，要收回蟋蟀，却被闲汉拦住了。成名想，若是这小蟋蟀不能斗，留着它也没有用，不如试试看，就随他去了。闲汉用猪鬃毛去撩拨小蟋蟀的尾巴，它纹丝不动，呆若木鸡。闲汉笑了，再三撩拨，小蟋蟀才振翅鸣叫，龇牙示威，忽然向前扑去，与"蟹壳青"咬在一起。斗了几个回合，小蟋蟀愈战愈勇，竟然跳到"蟹壳青"背上骑着，死死咬住了它的脖子。闲汉连声称奇，一边认输，一边用猪鬃毛将两只蟋蟀分开。小蟋蟀仰头长鸣，弹腿振翅，得意地向主人报捷。成名拍手叫好，喜出望外。

两人正称赞小蟋蟀的神奇，一只公鸡闯了进来，悄悄走到瓦盆旁，伸颈就要啄小蟋蟀。成名吓得掉了魂，失声大叫。幸而小蟋蟀机灵，跳出一尺多远。公鸡一啄不中，紧追过去，爪子几乎就要踩住小蟋蟀。

成名急得跺脚拍手，脸色都变了，口中直喊老天爷！小蟋蟀却从容不迫，跳上了鸡头，咬住鸡冠，公鸡怎么甩头也甩不掉它。成名十分惊喜，小心谨慎地收起了小蟋蟀，把它当作宝贝。闲汉愿出十两银子买下小蟋蟀，他也不肯卖。

第二天，成名将小蟋蟀送到县里，县令嫌它个头太小，骂成名应付差事，又要打板子。成名不慌不忙地说："秤砣虽小，能压千斤。"县令不信，要当场试验。结果几只上好的蟋蟀，都不是小蟋蟀的对手。再用公鸡来试，果真被它咬住了鸡冠败下阵来。县令笑逐颜开，当场赏了成名二十两银子。

县令将小蟋蟀送到府里，巡抚也开了眼界，视若珍宝，用金丝笼子装了，专车送到京城，献给皇帝。巡抚还附上了一篇奏文，详细说明小蟋蟀的神奇之处。

小蟋蟀进了宫，大显身手，不仅斗败了全国各地进贡的上等蟋蟀，而且斗败了各种吃虫的鸟儿。更奇妙的是，这虫儿懂得音乐，听到宫中奏乐，它就会引颈而鸣，弹腿跳舞，连外国的使节看了都连声称妙。皇帝因而龙颜大悦，赏赐给巡抚骏马和绸缎。巡抚高兴极了，表扬华阴县令"政绩优异"，表示有机会要提拔他。县令也没有忘记成名，又加倍赏给他银子，还向县学的主考官打了招呼，让成名补了个名额，成为一名秀才。

过了一些日子，成名那昏睡不醒的儿子醒了过来，说自己做了场梦，化身为蟋蟀，机敏灵巧，神勇好斗。成名这才知道，是老天爷可怜他为人正直，让他儿子化身为蟋蟀，救了他一难。不几年，成名家就有良田百顷，建有高楼大院，牛羊等牲口不计其数。他好动的儿子也很好学上进，考中了秀才。

青　凤

　　山西太原的耿家，以前世代为官，留下了广阔宽敞的大宅子。后来家道衰落了，整片的楼房空闲起来，被怪物侵占，闹得人心惶惶。深更半夜，院子的门会忽然地自开自合，吓得家人一片惊呼。房主耿叔感到害怕，就带着家人搬到别处去住，只留下一个老仆人看守门户。从此，耿家的大宅子更加荒凉冷清。

　　奇怪的是，有时大宅子深夜间会忽然热闹起来，传出欢歌笑语，村里不少人都听见过。耿叔有个叫耿去病的侄子，从小胆大，不拘小节。他叮嘱看守大宅的老仆人，听到有什么动静就告诉他，他要看个究竟。

　　一天深夜，老仆人看到楼上有了灯光，忽明忽暗的，伴随着喧哗声。老仆人感到可疑，就马上叫来了耿去病。耿去病想去察看清楚，到底是什么东西作怪。老仆人阻拦不住。他熟悉路径，拨开荒草，拂去蜘蛛网，拐弯抹角地上了楼。

　　他到了二楼一间卧室的门口，听见里面有喧闹的说话声，便从门缝向里窥探。只见屋内灯火通明，摆着一桌丰盛的酒席。一个汉子头戴儒巾，朝南坐着，他的旁边是个妇女，看来是一对中年夫妻。有个青年朝东坐着，二十来岁的样子。还有个少女，背朝着门，背影窈窕秀美，但看不见面目。四个人正在饮酒谈笑。

耿去病突然撞开门，闯了进去，恶作剧地喊叫："不速之客来了，快接待呀！"几个人惊慌地起身逃避，只有那汉子镇定自若，迎了上来，厉声责问："你是什么人，乱闯我家！"

耿去病大笑道："这儿明明是我家的房子，怎么倒说是你家的？你占了我家房子，饮酒作乐，主人来了还不请到上座，未免太小气了吧！"

那汉子打量着耿去病，疑惑地说："可你并不是这里的主人啊。"耿去病就报出了自己的姓名，那汉子换上了笑脸，拱手说："啊，原来你是主人的侄子，久仰你好酒量，请入座同饮。"

他吩咐仆人重新置办一桌酒菜，又对耿去病说："我们两家是世交，聊聊家常吧，家属也不必回避，请他们回到酒席上吧。"那汉子给耿去病斟了酒，自我介绍说他姓胡，名叫义君。然后朝里屋喊："孝儿——"

一会儿，那个青年回到了房间里。汉子介绍说："这是小儿，名叫孝儿。"青年向耿去病作了个揖，也来敬酒。耿去病喝得很畅快，与父子俩谈笑风生，十分融洽。兴头之上，与胡家认了干亲，把孝儿称为弟弟。老胡说："你的祖父编过一本书，叫《涂山氏外传》，你可知道？"耿去病点头说知道。老胡自豪地说："我就是涂山氏的后代啊，唐代以前的家谱还能

记得，再早的就记不清了。不知你能否指点一二？"耿去病借着酒兴讲起古代故事，把涂山氏帮助大禹治水的传说讲得绘声绘色。老胡听了十分高兴，对孝儿说："耿郎说得真妙，他也不是外人，让你母亲和青凤一起来听听，好知道我们先祖的功德嘛。"

又过了一会儿，夫人和少女一起出来了。夫人很漂亮，仪态万方。少女更是娇媚无比，身如弱柳扶风，眼如秋波流转。老胡指着夫人说："这是老妻，颇通文字。"又指着少女说："这是青凤，我的侄女。她聪慧过人，听过的东西，一遍就能记牢。"

耿去病卖弄口才，重新把涂山氏与大禹的故事说了一遍，这回增加了"三过家门而不入"等许多细节，说得更加生动、精彩。说话间，他的目光盯着青凤，一刻也舍不得移开。青凤被他看得不好意思，羞涩地低下了头。

耿去病看出青凤对自己有好感，神采焕发，猛干一杯酒，拍着桌子说："若能娶到青凤这样的好女人，就是拿皇位给我，我也不换！"夫人见他醉得发狂，难以自控，就拉起青凤，躲进里屋去了。

耿去病看着她们的背影，大为失望，没了酒兴，起身告别了老胡。回家后，他心里一直牵挂着青凤。

到了晚上，耿去病正在灯下看书，突然闯进一个恶鬼来，披散头发，脸色漆黑，瞪大眼睛，恶狠狠地盯着他。耿去病并不害怕，笑着说："你是黑脸鬼吗？脸黑有什么了不起？看我的！"他用墨汁涂黑了自己的脸，也瞪起眼睛，伸头与那黑脸鬼对视。鬼似乎受不了他旺盛的阳刚之气，掉头逃跑了。

第二天深夜，耿去病熄了灯，正要睡觉，忽然听见外面的楼门"吱呀"一响，好像被打开了。他悄悄上了楼，到曾经遇到过青凤的房间去察看。只见房门半开，一个少女轻手轻脚走出来，与他碰个满怀，正是青凤。

青凤说："昨晚吓唬你的鬼，是叔父假扮的。他觉得你性格狂放，不愿与你在一起。吓不走你，他另外选了住处，全家都搬走了。我今晚在这里留守，明天也要跟过去了。"青凤说着就要离开。

耿去病哪里舍得放她走，两人正拉拉扯扯，老胡突然闯了进来。青凤羞愧不已，退到一边，揉弄着衣角，低头不语。老胡恶声恶气地训斥她："贱货！你败坏了我胡家门风，看我怎么收拾你，还不快走！"

青凤又羞又怕，连招呼也不敢打，急忙逃出了门。老胡怒气冲冲的，也跟在她后面走了。耿去病尾随其后，听见他一路上连吓带骂，羞辱青凤，感到十分心疼，高声大叫："姓胡的，有错的是我，你不要责骂青凤。你尽管对我刀劈斧砍，我决不在乎！"老胡不答话，拖着青凤疾走，转眼就不见了。

耿叔听侄儿耿去病说了青凤的故事，觉得挺有意思，有心成全他，就把大宅廉价卖给了他。耿去病很高兴，带着全家搬了进去。家人开头有些害怕，住了一年多，倒也平安无事，没有丝毫的异常。耿去病却是暗暗失望，心里仍然牵挂着青凤。

　　清明节时，耿去病上坟归来，路上碰见一大一小两只狐狸，被野狗追赶着。那只大的狐狸落荒而逃，小狐狸跑到耿去病面前，依偎在他脚边，仰着头，口中呜呜哀鸣，似乎在求救。耿去病可怜它，就将它抱在怀里，赶走了野狗。回到家里，他刚把小狐狸放在床上，它忽然摇身一变，变成了青凤。耿去病喜出望外，拉住她的手，问长问短。

　　青凤含泪说："我刚才正与婶婶散步，路上遇到了野狗，险遭不幸，多亏你相救。你现在知道了，我是狐狸变的，希望你不要嫌弃！"

　　耿去病说："怎么会呢，这段时间以来，我日夜思念你，真是魂牵梦萦啊。今天有幸碰见，高兴得不知如何是好，哪里会嫌弃你呢？"

　　耿去病与青凤相亲相爱，转眼过了两年多时光。

　　一天晚上，耿去病正在读书，忽然见孝儿来了，进门就伏地磕头。耿去病放下书本，神色淡然地问他有什么事。孝儿哭诉说："我父亲遭到飞来横祸，只有你能救得了他，所以我厚着脸皮来求救。"耿去病让他说明白，他就说："你不是认识莫三郎吗？他明天要经过贵府，他带着猎获的一只黑狐狸，求你务必把它留下来！"

　　耿去病笑了，趾高气扬地说："当年我在楼下受到胡叔的羞辱，至今耿耿于怀。若想让我出手帮忙，除非青凤妹妹亲自来求情。"

　　孝儿不知道青凤在耿家，伤心地说："青凤死去已经三年

了，让我到哪里找去！"

　　耿去病装出生气的样子，挥手赶他走，说："既然青凤已死，这事就没有商量的余地了，你走吧！"说罢，他拿起书本朗读，不再理睬孝儿的哭诉。孝儿绝望了，掩面大哭而去。

　　耿去病到了青凤的房间，把这件事当笑话说给她听。青凤

变了脸色，关切地问："你真的不肯救我叔叔吗？"

耿去病说："我哪里会见死不救，只是恨他当年蛮横无理，戏弄他们一番罢了。"

青凤转忧为喜，说："叔父虽然脾气不好，时常责骂我，但对我毕竟有养育之恩，你就替我报答他吧！"

耿去病笑着说："行呀。若你真的不在了，我才不会管他的闲事！"青凤亲昵地捶打他说："你真是铁石心肠。"

第二天，莫三郎真的来了。他骑马挎弓，仆从如云，猎物扔得满地都是。其中有一只黑狐狸，嘴巴流血，伸直了腿，好像死了，但身体还是热的，没有僵硬。耿去病假托补皮袄要用皮子，向莫三郎讨要这只黑狐。莫三郎很慷慨，想也不想就答应了，顺手拿给了他。耿去病马上把黑狐转交给青凤，招呼客人们去喝酒了。

一连三天，青凤都一直把黑狐抱在怀里，终于把它暖了过来。黑狐一打滚变成了老胡，他先感谢了青凤，又向耿去病下拜，忏悔过去的过错。耿去病很大度地原谅了他。青凤又对耿去病求情说："你把好事做到底，再借几间屋子给我，让我安置叔叔一家人。"耿去病点头答应。老胡又感激又惭愧，连连作揖。

后来，老胡带着夫人和孝儿，与耿去病一家同住在一起。两家人亲密往来，没有丝毫猜忌。大宅里从此人丁兴旺，家业发达。

席 方 平

　　在东安的乡下，有个叫席廉的老汉，性情耿直。他看不惯本村姓羊的财主为富不仁、欺压百姓，多次当众怒骂财主，与财主结下了冤仇。

　　羊财主先死了。过了几年，席廉突然生了场怪病，浑身肿痛，像是被打伤的样子。他在咽气之前，把儿子席方平叫到床头，愤怒地说："羊财主死了也不放过我，在阴间里行贿，给地府的差役塞钱，让他们拷打我，我熬不住，就要死了。"一会儿，他浑身红肿得更加厉害，痛苦地呻吟了一阵，就蹬腿去了。

　　席方平悲愤难平，饭也吃不下，对乡亲们说："我父亲是个老实人，从不说瞎话。他说在阴间受恶鬼的欺负，一定是真的。我这做儿子的岂能袖手旁观？我要到阴间去告状！"说罢，他就不再说话和动弹，灵魂出了窍，到阴间去了。

　　席方平觉得走出了家门，茫然不知往哪儿去，就向行人打听，找到了地府的县城。在县城的监狱里，他看到父亲躺在屋檐下，浑身是伤，神情凄惨悲伤。他抹着眼泪对儿子控诉说：

"地狱里的小鬼们全都收了羊财主的钱，听他的指使，对我鞭抽棍打，用尽酷刑，可怜我两腿没有一块好的皮肉了。"席方平怒火万丈，指着小鬼们大骂："你们这些牛头马面的混蛋！我父亲若有什么错处，自有王法审判，你们贪赃枉法，我要告你们！"

于是，他提笔写了状纸，递交给城隍老爷。羊财主害怕了，连夜打通关节，对衙门里的大鬼小鬼通通给了好处。结果，第二天升堂审案时，城隍老爷根本不认真听席方平的控诉，草草宣判他告状没有证据，就赶他出了门。

憋了一肚子气的席方平不肯甘休，还要上告，摸黑走了一百多里路，到郡府去告状。他把城隍老爷和衙役们受贿的罪行告到郡司那里。郡司拖了十几天，才开庭审案，也不肯主持正义，反而把席方平责打一顿，又把案子批回县里审理。席方平被押回县城，挨打受骂，吃尽苦头。城隍老爷怕他再告状，命衙役们把他押送回人间的家里去。

可是，席方平仍不服气，根本没有进自己家门，等衙役一转身，他又悄悄跟在他们后面，回到了地府。这一回，他进一步往上面告，告到了阎王爷案前，控诉郡司和城隍两级衙门贪赃枉法。

阎王派人传令，让郡司和城隍前来对质。郡司和城隍做贼心虚，暗中派人与席方平讲和，答应给他一千两银子。席方平拒不接受，偏要讨个公道。

地狱里的旅店老板听说了这件事情，劝说席方平屈从。他说："你不要再赌气了，和官府作对没有好下场，还是见好就收吧。听说姓羊的财主已经偷偷摸摸地给阎王爷送了重礼，恐怕你斗不过他们。"席方平不太相信他的话，还是满怀信心的样子。

一会儿，有个黑衣差役来了，宣席方平进阎王殿听审。升堂之后，只见阎王爷不问青红皂白，喝令先痛打席方平二十大板。席方平大叫冤枉，问自己犯了什么罪。阎王爷脸色铁青，不理不睬。席方平大叫："我只有一个罪名，那就是我没有向你们塞钱！"阎王爷闻言大发雷霆，下令将席方平拉到火床上受刑。

火床在堂下，是一张铁床，下面燃烧着熊熊烈火，铁床烧得通红。两个鬼差把席方平拉到跟前，剥去了衣服，扔到火床上，按着他翻来覆去地搓揉，烙得席方平皮焦肉烂，全身冒烟，疼得死去活来。折磨了好一会儿，两个鬼差把他拉起来，拖到堂前。阎王爷厉声问："你还敢再诬告吗？"

席方平扬起头，倔强地说："我怒在心头，冤沉海底，只要心还在跳，就要告到底，绝不屈服！大王，你睁眼看着好了。"

阎王爷被激怒了，下令用锯子锯开他的身体。两个鬼差把他拉到堂下，夹在两块木板之间，捆了起来。木板上血迹斑斑，十分恐怖。阎王爷居高临下地问："你后悔吗？现在后悔还来得及。"席方平斩钉截铁地说："我绝不后悔，还要上告！"两个鬼差把铁锯架在席方平头上，像锯木头一样锯了起来。席方平感到头顶剧痛，血水从头上流下来。他觉得自己从头到颈都裂开了，疼得昏过去。

　　昏迷中，他隐隐约约听见两个鬼差之间的对话。一个赞叹说："这姓席的是条少见的硬汉！"另一个同情地说："他是个孝子，没有罪。我们把锯子拐个弯，别锯坏了他的心。"席方平觉得锯子划了个曲线，锯过了胸膛，连血带肉锯到下身，把整个身体锯成了两半。夹板一解开，他的身体分成两半，向两边倒下，失去了知觉。

　　堂上还要审讯，鬼差就把席方平两半身体凑到一起，拖他上堂。席方平刚迈出一步，身体中间就冒血开裂，跌倒在地上。一个鬼差从腰间抽出一根丝带，给他扎上，低声说："我可怜你是好人，想救你一命。你别在这里告了，这里告不通，你另想办法吧。"席方平的身体就粘在一起，恢复了原样，疼痛也骤然减轻了许多。

　　阎王爷冷冷地问："受刑的滋味怎么样？还要上告吗？"席方平想，鬼差提醒得对，阴间告不通，就改口说："我不在这里告状了，我走！"阎王爷以为他屈服了，命鬼差送他回阳间。

　　席方平没有料到，阴间的黑暗比阳间还厉害。他思来想去，只有上天告状了，可是凡人怎能上天呢？他听民间传说二郎神是天上玉皇大帝的功臣，又是他的外甥，廉洁而正直，一定会为自己申冤，便打算去找二郎神庙。结果没走几步，就被一个鬼差抓住了，他说："阎王爷对你不放心，让我看着你，果然你还想告状！"于是又把他抓回到阎王爷面前。

　　席方平想，这回恐怕要受死罪了。谁知阎王爷却换上了笑脸，对他说："我刚才给你上刑，是为了考验你。现在我全弄清楚了，你父亲确实是冤枉的，我已替他平反，让他投胎到了富贵人家，过好日子去了。所以，你不用再替他告状了，回家吧，我赐给你百年长寿，千金财产，满意吗？"阎王爷怕他不相信，还把这些都写在了生死簿上，加盖了大印给他看。席方平心里不服，佯装被收买了的样子，低头道了谢。

两个鬼差把席方平带回人间，到了一户陌生的人家门口，里面有个孕妇就要生了。席方平赖着不愿进去，鬼差用力一推，他跌进了门槛。席方平被转生为婴儿，他大为气愤，立志要报仇申冤。他哇哇啼哭，拒不喝奶，三天就饿死了。

席方平的魂魄在旷野里四处飘荡，寻找着二郎神庙。忽然，他看见大路上走来了一大队仪仗，旗帜招展，车马堂皇。席方平来不及躲避，被前哨抓住，押到一辆彩车前面。他抬头一看，车中坐着一个神采非凡的少年，身材魁梧，声音洪亮，问他："你是什么人呀，有事吗？"

席方平鼓起勇气说："我要找二郎神告状！"

那少年问："告状的地方多的是，为什么偏要找他呀？"

席方平说："我有冤枉，告遍了阴间，没有说理的地方。听说二郎神廉洁正直，所以我宁可不投胎，做个孤魂野鬼，也要找二郎神告状。"

那少年笑了，说："我就是二郎神，你说说案情吧。"他一边听席方平申诉，一边派人出去核实。等席方平说完了，派出去的人也回来了，证实了席方平说的句句是实话。二郎神拉席方平上了车，与自己并肩而坐，说："走，我替你申冤。"

41

到了一个宽大的厅堂里，席方平见父亲和羊财主跪在堂下；阎王爷、郡司和城隍跪在一旁瑟瑟发抖，早没了往日的威风。

席方平扬眉吐气，大声控诉了父亲和自己在阴间遭受的不公和酷刑。羊财主不敢抵赖，低头认罪，自己打自己的嘴巴，打得啪啪响。阎王爷、郡司和城隍跪地磕头，磕得头破血流，向二郎神求饶。

只见二郎神提起笔，洋洋洒洒地写下判词：

> 阎王撤职，贬为小鬼，以观后效；郡司和城隍到阳间，投胎为猪狗；羊财主判下地狱，财产全部归席家所有。

二郎神发落了犯人，转而对席廉老人和蔼地说："老人家，你为人正直，勇于抗争，儿子更是坚强不屈，帮助我铲除阴间的腐败。作为奖励，我让你回到人间，再给你加三十年阳寿。"

席方平仿佛做了场大梦，忽然醒来。他说出梦境，让家人打开父亲的棺材看看。他摸摸父亲的尸体，发现竟是温热的，急忙搬到床上，向父亲嘴里灌热水，老人渐渐活了过来。

此后，席家一天天富起来，而羊家则一路衰败，房屋、田产都卖给了席家。本来羊家不愿把田地卖给席家，而是卖给了别人。买田的人梦中听到神人说："羊家的田产要归席家所有，你不能占有！"而且羊家这些田种庄稼年年颗粒无收，只好把田转卖给席家。

席方平的父亲享尽清福，九十岁才去世。

红 玉

河北省的广平府有位冯老先生，六十多岁了，是个老秀才，很重礼节，但是脾气急躁。他有个独养儿子叫冯相如，也是个秀才，比较风流。近年来，家门不幸，冯先生的老伴和儿媳妇先后去世了，家里贫穷，又没有女人料理，弄得一团糟。

一天夜里，冯相如在院中赏月，无意中发现东边院墙上有个女子探出身子，正偷眼打量自己。月色之下，女子的美貌格外诱人。相如走上前去，跟那女子打招呼，邀请她进院子。她甜甜地笑着，没有答话，但也没有走开。相如殷勤邀请，她似乎动心了，顺着梯子走下来，跟着相如来到卧室。两人说说笑笑，非常投缘。相如问她的姓名和来历，她说："我叫红玉，就住在你家的隔壁。"相如打心里喜欢这个不期而遇的美丽女子，要与她相好一辈子。她点点头，含羞答应了。

趁着夜色的掩护，两个年轻人偷偷往来了有半年时光，后来被冯老先生发现了。原来老人夜间上茅房，听见儿子的卧室里有男女的说笑声，起了疑心，隔窗看见儿子和一个陌生的女人在一起。老人闯进门去，把儿子叫出来，一顿训斥："你这个没出息的混蛋，竟敢干出这样有辱门风的丑事！家里一贫如洗，你不思进取，却找女人鬼混！这事传扬出去，会败坏你的名声；即使不传出去，也会折损你的寿命！"

相如是个文弱秀才，又孝顺父亲，见父亲怒气冲天，心里害怕，就跪下认了错。冯老先生又把红玉叫出来，严厉地斥责她说："女儿家要守规矩，爱惜自己的名声，不要图一时的快乐，害了自己，也害了别人！"他痛骂了两个年轻人之后，才回自己的房间去睡觉。

红玉满面羞惭，面对着相如，泪如雨下，痛心地说："你的父亲这样责备和辱骂，让我羞愧难当，无地自容，只好与你分手了。"相如恳求说："别离开我！父亲活着，我不能顶撞他，也不能自作主张娶你进门。我们先私下来往，姑且忍耐一些日子，好吗？"红玉摇头拒绝，相如伤心地落泪了。红玉劝慰他说："相如啊，我们之间没有婚聘之礼，家里老人又不赞成，这样翻墙幽会到底难以长久。依我看，你不如另外娶个好姑娘。"不等相如答应，她就要给他介绍一个村姑。相如摇头叹气，说："别瞎说了，我家穷，娶不起媳妇。"红玉似乎很有把握地安慰他说："你别急。我既然说了，就会替你想办法。"

第二天夜里，红玉又悄悄地来了。她把一锭四十两的白银放在他面前，一本正经地向他交代说："这是给你娶亲用的。在南边六十里地之外有个吴村，村里有户姓卫的人家，姑娘十八岁了，人品相貌都好。只是因为她家索要的聘礼太高，至今

45

无人问津。你拿了这锭银子去，一定能把她娶回家。”

相如收起银子，不愿去说亲，夜夜等待红玉回来，却久久不见音信，只好死了心，照红玉说的去提亲。

他对父亲说，要去吴村向卫家提亲，但是没有说出红玉赠送银子的事。冯老先生说：“听说卫家要的聘礼很高，你可不要自取其辱。”相如坚持要去，他也没有阻拦。

相如向邻居借了马匹和仆人，穿上体面的衣服，很风光地去吴村提亲。卫老汉是个农民，为人挺实在的。他听说过冯家是世族，见相如一表人才，也很满意，唯一担心的是聘礼的多少。相如从老汉吞吞吐吐的口气中明白了他的意思，爽快地把四十两的银锭子搁在了桌上。卫老汉见了银子，喜笑颜开，马上请来邻居做保人，写下了订婚的红帖子。

相如拜见丈母娘时，借机打量了藏在她身后的未来的新娘子，见她虽然穿着粗衣布裙，但掩盖不住天生丽质。相如觉得她长得依稀与红玉有些相像，不禁暗自欢喜。

卫老汉杀鸡割肉，热情招待了新女婿，与他商定了成亲的日期。到了婚礼那天，卫家用一抬小轿送女儿到了冯家。新媳妇不仅美貌，而且做事勤快，夫妻感情很好。冯老先生也很满意，但是他绝对没有想到，这是红玉暗中做的媒。

两年过去了，相如有了一个儿子，取名叫福儿。

清明节时，相如带着媳妇和儿子去给母亲上坟，路上遇到本地一个姓宋的恶霸。此人以前做过大官，因为贪污被免职了，回到乡下仍然作威作福。他窥见了相如妻子的美貌，垂涎

三尺，向村里人打听。当他得知是冯相如的妻子，觉得他家贫可欺，有机可乘。

他居然托人给冯相如捎话，说要用重金买下卫女。相如没有理睬他，心里很生气，把这话告诉了父亲。冯老先生一听，觉得受到了奇耻大辱，怒火万丈，指着捎话人的鼻子一通臭骂，撵他出了门。恶霸听说冯家敢骂他，恼羞成怒，派出一伙流氓无赖，闯入冯家，打倒冯家父子，强行抢走了卫女。冯老先生口吐鲜血，含恨死去。

相如丢了妻子，死了父亲，满腔悲愤，怀抱着幼小的福儿去告状。不料，官司从县里打到府里，到处官官相护，不能伸张正义。没过多久，相如听说妻子被抢进宋家后，趁人不备，悬梁自尽了。他心里咽不下这口气，曾经想拼下一条命，去刺杀了姓宋的。但是他又怕宋家仆从众多，自己不能得逞，反而白送了性命，留下幼小的福儿无人抚养，只好把仇恨和悲痛强压在心里，等待时机。

有一天，冯家突然来了一个壮士，说是来吊唁的，可是相如与他素不相识。他身材魁梧，脸上长满了络腮胡子，说话声如洪钟。相如按常礼与他客气地寒暄，他却不讲客套，开门见山地逼问相如："听说你有杀父之仇，夺妻之恨，怎么还有心思与客人寒暄？"

相如听了他的话，感到很突然，怀疑是宋家派来的探子，故意装出无所谓的样子。那壮士瞪着眼睛，拍案而起，指着相如说："我以为你是个有血性的汉子，谁知你是个软弱无用的

书生！"

相如看出他是个奇人，才说出心里的话："刚才，我担心你是宋家派来的探子，看来你不是。说老实话，我日夜想的就是报仇雪恨。现在忍辱偷生，只是为了抚养襁褓中的幼儿。若是壮士能为我抚养幼儿，我立刻就去宋家拼命！"

那壮士笑了，摸着脸上的胡须说："抚养孩子是妇女的事，壮夫不为。这样吧，你刚才托我的事由你自己干，你心里想的事由我来干！"相如感动地跪倒，向壮士磕头。那壮士扶起相如，扭身就走。

相如追在后面问他的姓名，他豪爽地说："别问了！事情成功，我也不要报答；事情失败，你也不要埋怨！"说着，他就不见了。相如猜测壮士去为自己报仇，必有血光之灾，自己得保护好孩子。他和邻居打了个招呼，抱着福儿躲到深山老林里去了。

当天夜间，宋家果然发生了惊人的大血案。宋家人正在熟睡，有人翻进了围墙，潜入屋里，杀掉了恶霸父子三人。宋家怀疑是冯相如干的，到官府告他报复杀人。

官府的捕快和宋家的仆人一起，到冯家去抓人，见屋里空空如也。他们听邻居说冯相如带着孩子上山了，就进山去搜捕。他们听见了小孩子的哭声，循着声音，找到了躲在山洞里的相如，拖着就走。福儿吓得号啕大哭，被如狼似虎的捕快从相如手里夺下来，残忍地抛弃在山谷里。

到了县里的大堂上，县官厉声问相如："你这个秀才，好

大的胆，怎敢越墙入室，连杀数人？"

相如大叫冤枉，辩解说："宋家是夜里发案的，而我白天就上山去了，有邻居可以作证。再说，我是一介文弱书生，怀抱着两岁的孩子，怎么有本事越过高墙，连杀数人？"

县官又问："你既然没有杀人，为何要躲藏进深山，恐怕是做贼心虚吧？"

相如为保护壮士，不能说穿真相，没法回答县官的诘问，叹气说："唉！我就是承担罪名，死了也不后悔，只可惜我两岁的儿子被扔在山里，不知死活。"

县官冷笑说："你杀了人家两个儿子，你的儿子就是死了，有什么可抱怨的！"冯相如被革除了秀才的名分，押进死牢，受到严刑逼供，但是他咬紧牙关，没有说出真相。

审案之后的一天夜里，县官刚睡熟，朦胧中听见耳边一声震响。点灯一看，见自己床头插着一把匕首，刀锋寒光闪烁，插进了床板两寸余深，还在不停地抖动。县官见了，打了个冷战，命手下人赶紧搜索，竟然找不到插刀人的一丝踪迹。

县官是个聪明人，心里暗想：姓宋的是个恶霸，作恶多端，杀了冯家老人，抢了人家女人，本来就死有余辜。他被人暗杀了，自己抓来冯秀才顶罪，并无真凭实据，必是有侠客为他打抱不平。刀子既然能插到我床头来威胁我，取我的人头也易如反掌。我何苦为了一个死去的恶霸得罪强人，担惊受怕！罢，罢！他打定主意，要为冯相如开脱，于是改写了案情上报，最后将冯相如释放了。

冯相如虽然逃脱了牢狱之灾，但是家里仍然是一贫如洗，靠着村民们接济柴米度日。他时常对着墙壁发呆，自言自语，又哭又笑。想到大仇已报，就放声大笑；想到父亲和妻子都死了，儿子也失踪了，又掩面而哭。这样过了半年，相如去恳求县官，要回了妻子的尸体，安葬在冯家的坟地里。

做好了这一切，面对空荡荡的家，他的心里也是空荡荡的，没有一点儿生活的乐趣，没有一点儿希望，简直想一死了之。

一天夜里，他听见有人敲门，从门缝往外一看，是个女人的身影，手里还抱着一个孩子。他打开了门，由于天黑看不清女人的脸，只听她说："听说你的大仇已报，身体可还安好？"这嗓音非常耳熟。

他急忙点灯一照，竟然是分别多年的红玉！而她手中抱的孩子正是失散的福儿！她放下孩子，拍拍他的头说："快叫爸爸！"孩子叫了爸爸。相如惊喜万分，一手拉住福儿，一手拉住红玉，问道："红玉，你这是从哪里来，怎么福儿也和你在一起？"

红玉笑了，坐了下来，一边逗弄孩子，一边回答说："告诉你实话，我可不是凡人，而是山里的狐狸精。我知道你遭遇了大难，就替你收养了福儿。如今，灾难过去了，我就带着你的儿子回来团圆了。"相如向红玉深深鞠了个躬，感谢不已。红玉红着脸说："看你，感谢什么呀，我们原本就是夫妻嘛！"

第二天天刚亮，红玉就早早起床，说："我该走了。"相

如一把拉住她，恳求她不要离去。福儿醒来，见红玉要走，也哭了起来。红玉赶紧抱住孩子，安慰说："好乖乖，妈妈不走，逗你爸玩呢！"她简单梳洗了一番，就卷起袖子干起家务活，擦桌子扫地，清除院中的杂草，忙得团团转。相如也起床了，过来帮忙，她却不让他伸手，推开他说："你只管去读书做学问，不必过问家务事，我保证你们父子俩不会受冻挨饿。"

红玉果然很善于经营和管家，她租下了十几亩田地，雇人来耕种。她自己白天忙着料理家务，晚上带着女仆纺纱织布。半年下来，冯家就富裕起来。相如顿顿能吃上饱饭，换上了暖和的新衣服，读书更加有劲头了。

他唯一的心病是上次被抓进监狱，丢掉了秀才名分。他向红玉说起这件事，红玉笑话他说："你现在才想起来，等你想到，事情早晚了！"原来，她早已找过县官和学官，恢复了冯相如的秀才名分。

相如本来就是个才子，经过生活的磨难，更加用功。后来，他顺利地考中了举人和进士，做了官。等他到了三十六岁时，家里已经是良田成片，高楼四起了。

红玉身材婀娜多姿，看起来很柔弱，干活却很麻利。她整天风吹日晒，脸庞依然红扑扑的；一双手日夜操劳，却保养得很好，嫩白细腻。她说自己三十八岁了，别人看她却只有二十来岁的样子，总是洋溢着青春活力。

陆　判

在一个叫陵阳的地方，有一个书生，名叫朱尔旦。他性情豪放不羁，胆大包天，人称朱大胆。

一天晚上，朱尔旦与文友们在一起饮酒，闹到深夜。一个朋友逗引朱尔旦说："老朱，人家叫你朱大胆，你真是天不怕地不怕吗？若是你真的有胆量，就连夜去把阎王殿的鬼判官像给搬来，明天弟兄们再请你吃酒。"文友们同声起哄，唆使朱尔旦去搬鬼判官像，以为他不敢去。

陵阳的阎王殿很出名，里面有许多木头雕的塑像，个个面目狰狞，张牙舞爪，很吓人。特别是廊沿下的鬼判官，绿脸膛，红胡子，龇牙咧嘴，相貌丑陋又凶恶。人们白天走进阎王殿都感到阴森森的，晚上更不敢去。传说有人夜里听见阎王殿里有鬼在审案子，板子打得啪啪响，令人毛骨悚然。文友们唆使朱尔旦夜里去背鬼判官像，是存心要出他的洋相。

不料，朱尔旦真不愧是朱大胆，他毫不畏惧，哈哈一笑就出门去了。过了片刻，忽听外面一声大喊："鬼判官驾到！"

接着门被踢开，朱尔旦背着鬼判官的塑像进来了。鬼判官的样子实在吓人，大家表示服了朱尔旦，求他把鬼判官送回阎王殿。

朱尔旦举杯给鬼判官塑像敬酒，说："有劳老先生大驾，请你吃杯水酒，不要嫌弃。学生这厢有礼了。"说着，给鬼判官鞠了一躬，才背起鬼判官的塑像，送回庙里去。

第二天晚上，文友们兑现诺言，请朱尔旦喝了酒。回家之后，朱尔旦意犹未尽，让老婆再上酒给他喝。这时候，门帘子一闪，走进一个人来，原来是绿脸膛、红胡子的鬼判官！

朱尔旦心里害怕起来，慌忙站起身，惴惴不安地问："判官大人，我昨天酒后多有冒犯，你不是来要我的命吧？"鬼判官友好地笑了笑，说："哪里哪里，昨天承蒙你盛情邀请，今晚我恰好有点空闲，就来府上陪你喝两杯。"

朱尔旦的老婆送酒进来，猛然看到鬼判官，吓得酒洒了一半，说不出话来。朱尔旦让老婆不要害怕，回卧室去休息，自己则亲自招待鬼判官，为他斟酒夹菜。鬼判官好酒量，与朱尔旦连连干杯。谈论起学问来，鬼判官也是说得头头是道。朱尔旦问他："你是否懂得科举考试的八股文？"鬼判官说："阴间和阳间差不多，也要科举考试。我嘛，当你的师傅够格了。"朱尔旦当场就喊鬼判官为先生，连喝了三杯拜师酒。朱尔旦喝醉了，趴在酒桌上睡着了。他夜里醒来，鬼判官已不见了，也不知何时离开的。

以后，鬼判官三天两头到朱尔旦家，与他饮酒，海阔天空地谈论学问。朱尔旦把自己写的文章拿出来向他请教，鬼判官

毫不客气，提起笔来就涂改，还直言不讳地批评朱尔旦缺乏才华，文章写得疙里疙瘩，枯燥乏味。

一天，两人饮酒论文，非常投机，喝到了深夜。朱尔旦又醉倒了，不省人事。睡梦之中，他隐隐约约觉得有人在用刀割他的肚子，有点疼痛。他睁开眼睛一看，吓坏了，只见鬼判官剖开了自己的肚皮，满手鲜血，掏出了五脏六腑和花花绿绿的肠子！

朱尔旦气急败坏地抗议说："判官啊，即便我的酒不好，文章不好，可是请你喝酒是一片好心，你怎能给我开膛破肚呢！"

鬼判官笑着解释说："别误会。我知道你是好心，正要报答你呢。我看你文章不通，是心灵欠佳，肠道混乱，正给你动手术，换上一颗有灵性的心，理顺肠子。"不一会儿，鬼判官把他的五脏六腑归了位，缝起肚皮，然后悄悄地走了。朱尔旦觉得奇怪，检查桌上和床上，一点儿血迹也看不见；摸摸肚皮上的伤口，一点儿也不痛了。

朱尔旦整夜担心自己的伤口，睡不踏实。次日天明起床后，他扒开衣服一看，肚子上的伤口已经愈合，只能看见一条淡淡的红线。朱尔旦试了试换心理肠的效果，自己也大吃一惊：读书过目不忘，写文章则妙笔生花，与以前判若两人。等到鬼判官再来喝酒时，朱尔旦拿出几篇得意之作给他看。鬼判官连连点头说："不错，不错，考个秀才举人的没有问题。"但是，他又补充说："不过，你的福分浅，当不了大官。"

朱尔旦急忙问："那么，今秋的考试，我会怎么样？"鬼

判官毫不犹豫地回答说："是头名秀才。"果然，朱尔旦考秀才名列榜首，后来他又中了举人。

文友们看到考试结果，简直不敢相信，因为他们都知道朱尔旦是傻大胆，文章狗屁不通。等到朱尔旦的考卷发了出来，大家一看，真是锦绣般的文章，与以前大不一样，感到不可理解。朱尔旦大笑，说出了鬼判官为他换心理肠的事。

文友们好奇而又佩服，提出要结交鬼判官。朱尔旦豪爽地一口答应，摆了酒席，请来了鬼判官。大家见鬼判官须红如火焰，绿脸闪着荧光，目光如电，个个感到害怕，酒也喝得不自在，渐渐离开酒席逃走了。朱尔旦只好拉他回家，陪他喝到底。

夜深人静的时候，朱尔旦说出一番心里话："我的老婆人品不错，身段也挺苗条，就是面貌丑陋。"

鬼判官大笑，说："别说了，我已知道你的心思。你想给老婆换个漂亮的面孔，是吗？"

朱尔旦挠挠头，恳求说："爱美之心人皆有之，你能成全我吗？"鬼判官豪爽地说："行啊。不过，你别急，要等待机会。"

隔了好些天，鬼判官忽然深夜光临，手中提着一个圆圆的包裹。朱尔旦点起灯，问："你手里拿的是什么呀？"鬼判官笑着说："是你要的东西呀。"说着，打开包裹，把一个血淋淋的人头放在了桌上。

朱尔旦吓了一跳，赶紧掩上门。鬼判官说："别怕，是个美人头，包你满意。"他让朱尔旦带他去了卧室，到了朱尔旦老婆床头，拔出佩刀，二话没说就割下头来。然后他把美人头安在朱尔旦老婆脖子上，左看右看，先对周正了，再抚平伤口，缝合起来。完事之后，鬼判官把朱尔旦老婆的头包起来，带出门去，转眼就不见了。

早晨，朱尔旦老婆起了床，感到脖子不灵便，伸手一摸，许多血痂纷纷落了下来，不知哪儿来的。她吓了一跳，连忙喊来了丈夫。朱尔旦心中有数，没有声张，先端来一盆水，让她洗脸。她洗完脸，发现一盆水全被血染红了，更加恐惧。一照镜子，她惊得目瞪口呆，发现自己的面貌完全变了，成了另一个女人。

朱尔旦看了倒是心花怒放，老婆变得年轻漂亮了：弯弯的月牙眉，挑起来的杏仁眼，还有一对小酒窝。解开她衣服领子一看，有道隐隐的红色痕迹，痕迹上面的皮肤比下面的明显要白嫩得多。

朱尔旦对老婆说出了鬼判官给她换头的事情，老婆又吃惊，又高兴，感到不可思议。她问美人头是从哪里来的，朱尔旦也说不上来。

这里要交代一下美人头的来历。本地有个吴员外，女儿长得十分美貌，十八岁了，还没有舍得嫁出去。元宵节看灯的时候，她被一个歹徒盯上了，悄悄跟踪，找到了她的家，踩好了路线。

夜里，歹徒翻墙入室，摸到吴小姐的床上，想要强奸她。吴小姐大声呼救，宁死不从，被歹徒摸出刀来杀害了。家里人听到动静，发现小姐被害了，顿时乱成一团。混乱当中，小姐

的头居然又丢失了。天亮后，吴员外向官府报了案。几个月过去了，小姐的人头也找不到，凶手也没有提到。

回头再说朱尔旦，他老婆换了头的事情，被邻居发现了，当作趣闻传了出去，结果被吴家听到了。吴员外顿起疑心，派人去朱家打探。

派去的人一看，朱尔旦老婆的脸正是自家小姐的面庞，可是身体又不太一样。吴员外不知是怎么回事，猜测是朱尔旦见色起意，用妖术害了自己的女儿。于是，他打上门去，盘问朱尔旦。朱尔旦一来不愿连累鬼判官，二来也确实不认识吴家，因而结结巴巴无法说清真相。吴员外大怒，扬言要到官府去告状。

朱尔旦遇到了麻烦，心想解铃还须系铃人，夜里悄悄去了阎王殿，跪求鬼判官好事做到底，帮忙了结麻烦。鬼判官说："这好办，我让吴小姐自己回家去说清楚。"

于是，吴小姐托梦给他父亲，说出了换头的事情，并指出凶手是苏溪那地方一个叫杨大年的无赖。吴员外梦中惊醒，把夫人喊起来，说出自己的梦。夫人满脸惊奇地说："真是奇怪，我也做了个一模一样的梦。"吴员外就到官府去告杨大年。官差去了苏溪，果然抓回一个叫杨大年的流氓，还没有用刑，他自己就招供了罪行。

吴员外想，女儿虽然身体已经埋葬了，头还活着，就去拜访朱尔旦，认他做了半个女婿，两家时常走动。

朱尔旦三次进京城去考进士，不知怎么，一上考场总是出错，不是破题时出错，就是错字连篇，次次落榜。他知道这是

自己命中注定的，也就认了，在乡下当教师谋生。空闲时，他常和鬼判官对饮为乐。

转眼间，朱尔旦老了。一次在和鬼判官一起喝酒时，酒杯碰掉了他的一颗牙齿，鬼判官说："你的死期就要到了。"朱尔旦镇定自若地问："请你告诉我死期是什么时候？我好准备准备。"鬼判官说："三天之后。"

朱尔旦因为经常和鬼判官在一起，对生死已经看透了，并不害怕。他平静地为自己选择好棺木，沐浴干净，换上一身新衣服。三天后的夜里，他睡熟以后，无声无息地死去了。

第二天深夜，朱尔旦老婆正在守灵，趴在棺材上哭泣，忽然看见烛光晃动，丈夫飘飘忽忽地进来了，感到十分害怕。朱尔旦笑着说："别怕，我确实是鬼。但是，你已经见惯了鬼判官，还怕我吗？"老婆不再害怕，伤心地说："你走了，我孤零零一个人，怎么活啊？"

朱尔旦说："鬼判官推荐我担任了阎王殿的文书，生活还不错，我会常回来照看你们的。"老婆转悲为喜，摆起酒来伺候鬼丈夫。

夫妻俩饮酒欢笑，就像他活着时一样。只是朱尔旦不能见天光，总是夜间来往。朱尔旦常带食物回家，都是人们向阎王殿上供的。他还能讲课，声音洪亮如常人，但是只能在自家给孩子们授课。

后来，他的儿子读书做官了，他就不再露面了。

阿　宝

　　有个广东秀才，名叫孙子楚，是个饱学的名士。他性情憨厚，言语不多，外表看起来比较木讷。他的手上还有一点儿小残疾，是个六指儿。

　　每逢赴宴席的时候，只要有歌女在座，孙子楚就感到害羞和紧张，躲得远远的。人们偏偏拿他开心，让歌女贴近他敬酒，百般挑逗他，窘得他满脸通红，额头冒汗。人们见了哈哈大笑，称他为孙呆子。

　　孙子楚的家乡有个大富商，有钱有势。他家养了个女儿，名叫阿宝，是远近闻名的大美人。许多富家的公子少爷争先恐后来求亲，大富商却一个都没有相中。正赶上孙子楚的老婆死了，人家拿他开心，要他去向那富商求亲。孙子楚憨厚，就真的托媒婆去说亲了。

　　大富商知道孙子楚有才学，名气大，但是嫌他家太穷，又是二婚，一口回绝了。

　　媒婆离开富商家的时候，被阿宝撞见了。阿宝随口问她：

"你这回说的又是谁家啊？"媒婆说是书呆子孙子楚。阿宝也听说过孙子楚，开玩笑地说："孙子楚，不就是那个六指儿吗？他要是肯把六指儿去掉，我才能嫁给他呢。"媒婆回到孙家，一五一十地传了话。媒婆走后，孙子楚想了想，自言自语说："去掉六指就去掉六指！"他摸起一把利斧，剁掉了自己多余的那个手指头。顿时伤口血如泉涌，疼得他直冒冷汗。

过了十来天，伤口刚愈合，孙子楚就去找媒婆，得意地伸出手来说："你看，我去掉六指儿了。你去告诉阿宝吧！"媒婆吃了一惊，跑到了阿宝家，告诉她这件事情。阿宝听了，感到孙子楚还挺痴情的，就是太憨直了，于是她让媒婆传话，要孙子楚去掉那股傻劲再来求亲。

孙子楚扯着媒婆的衣服，竭力分辩说："我傻吗？谁说我傻？我一点儿也不傻呀，我知道阿宝聪明又漂亮。而且我很有才学，文章写得很好。"

媒婆感到好笑，推托说："你聪明，你有才学，跟我说没有用，你自己去跟阿宝说。"孙子楚自然见不到阿宝，所以他满腹惆怅。

清明节到了，当地有游春的风俗。妇女们到野外踏青，东游西逛，一些轻薄的少年跟在后面，对女人评头论足，别人也不怎么责怪。

孙子楚本来不喜欢凑热闹，朋友们硬拉他去了，逗他说："今天有很多女子出门游春，阿宝也会去的，你不想看看你的媳妇吗？"大伙儿一边走一边聊天，看到不少年轻漂亮的女子，众人评头论足，议论得津津有味。孙子楚却心不在焉，只想着能碰上阿宝。

在一棵大树下，有许多人围观着什么。透过人群的缝隙，可以看见一个漂亮小姐坐在树下歇息。朋友们猜测，里面坐的肯定是阿宝，拉着孙子楚上前一看，果然不错。孙子楚像是犯了傻，眼睛直盯在阿宝身上，心里赞叹她真是美貌绝伦，简直就像是仙女下凡，若是能娶她为妻，别说去掉六指儿，就是要他的命也舍得啊。

阿宝见围观的人越来越多，还有人挤上前来，风言风语的。她羞涩难当，拉着丫环跑了。别人跟着阿宝后面起哄，孙子楚却站着不动，盯着阿宝的背影发呆。朋友们跑出老远，发现孙子楚还像树桩一样站在那里，喊也喊不应，就跑过来拽他，问："你的魂被阿宝勾走了吗？"他不回答，还是呆站着不动。因为他一贯木讷，朋友们也没有当回事，你推我拉地把他弄回了家。

回家之后，家里人发现不对劲了。孙子楚躺在床上，一个劲地昏睡，不吃不喝，喊也喊不醒。家里人使劲拍打他，把他扶起来，他闭着眼说了一句："我在阿宝家呢。"说完又栽倒在床，沉睡过去，怎么喊也不应。家里人认为他肯定是在野外丢了魂，出门去叫魂，喊了一夜，也未见有什么动静，不知他到底是怎么回事。

孙子楚自己心里明白，当他看见阿宝走开的时候，唯恐就此分别，再也看不见她了，心里一着急，魂魄就离开身体，跟

随阿宝走了，居然也没有谁阻止他。

孙子楚的身体在家里躺了三四天，眼看奄奄一息，就要没命了。家里人想到孙子楚说的那句话，就到阿宝家去，恳求大富商让他们进家里去为孙子楚叫魂。大富商觉得好笑："你家人丢了魂，到我家干什么？"孙家人一齐跪下，磕头哀求。大富商无奈，只好去与女儿商量，女儿居然满口答应了。

于是，孙家请的巫婆进了阿宝的房间，挥动孙子楚的旧衣服，朝阿宝身上一拂，口中念念有词地离开了。巫婆从大富商家回到孙家之后，孙子楚就还了魂，呻吟起来。家里人给他灌了几口热汤，他就醒了，说自己做了个梦，一直和阿宝在一起。别人不相信，他就说了阿宝家里各种各样的东西，连她盖的被子上的花纹也说得一清二楚。

孙子楚恢复了过来，却再也没有心思读书，整天唉声叹气，回味着与阿宝在一起的美好幻景。

浴佛节到了，听说阿宝要去寺庙上香，孙子楚立刻来了精神。他早早起床，等在大路旁边，就为了看阿宝一眼。他焦急万分，望穿秋水，眼看到了中午，阿宝才露面。她坐在车子里，看到孙子楚，感到面熟，便掀开帘子来看。孙子楚见到阿宝，更是目不转睛，跟着车子疾走，直到车子不见影了，他才快快不乐地回家。孙子楚旧病复发，又昏睡在床上，嘴里念叨着阿宝的名字。

孙家养了只鹦鹉，突然死了，被孩子拿在手里玩。孙子楚看着那只鹦鹉，忽发奇想，假如自己能变成一只鸟儿，就可以

飞到阿宝屋里去了。他这么想着，魂灵又轻飘飘地飞了起来，附在鹦鹉身上。死鹦鹉复活了，拍拍翅膀，从孩子手里逃脱，飞了出去。

阿宝正在家里绣花，看见窗外飞进一只美丽的鹦鹉，非常喜欢，就抓住它，放在鸟架子上，准备绑住它的腿。鹦鹉忽然开口说出了人话："别绑我，别绑我，我是孙子楚。"阿宝大吃一惊，解开了绳子。鹦鹉并不飞走，而是声声呼唤着阿宝的名字。

阿宝从心里被打动了，对着鸟儿说："你对我如此痴情，我很感动，可是，你已经变成了鹦鹉，我怎能和鸟儿成亲呢？"鹦鹉说："我会说话，我能陪你！"别人喂食，鹦鹉不肯吃，必须阿宝亲手喂。阿宝坐着，它就落在她的膝盖上；阿宝躺下，它就站在床头。

阿宝派人到孙子楚家去打听他的情况，听说他又丢了魂，已经三四天不吃不喝，快要断气了。她心里好难过，对着鹦鹉合掌说："有灵性的鸟儿啊，你若是能还原成人，我就嫁给你。"

鹦鹉快乐地扇动着翅膀说："你发誓，你发誓！"阿宝真的发了誓。鹦鹉朝天大叫："我要结婚了，我要结婚了！"晚上，阿宝睡觉前脱下鞋子，鹦鹉突然飞过来，叼起一只绣花鞋，飞出了窗外。

再说孙子楚家里，人们看见鹦鹉飞了回来，嘴里还叼着一只绣花鞋。鹦鹉落地就死了，孙子楚却活了过来。他一睁眼就看见了那只绣花鞋，紧紧地搂在自己怀里。这时候，阿宝派了一个老妈子来到孙家，探问孙子楚的病情，还问到绣花鞋。孙

65

子楚说："绣花鞋是我拿回来了，你让小姐放心，我会收好她的信物的。"

孙子楚家派人去富商家求亲，阿宝央求父母同意自己嫁给孙了楚。富商说："你真要嫁他，就随你吧，好歹他是个秀才。可是他家实在太穷，你就让他入赘我家做个上门女婿吧，我家也不多他一个人吃饭。"

但是阿宝很有见识，她说："他做了上门女婿，会被人看不起，受别人欺侮。而且吃现成饭会消磨人的志气，这样也不好。我情愿自己去孙家，穷就穷吧，住草屋吃粗粮也能过日子。"

于是，孙子楚欢天喜地地娶回了阿宝。婚后，孙子楚发现，阿宝不仅美丽，而且勤劳贤惠，把家里料理得井井有条，孙家也日渐富足。

孙子楚进省城去赶考，朋友们见他憨厚，就出鬼点子拿他开心。他们找了七道偏题怪题，哄骗他说："这是考题，我们花了高价，好不容易买出来的，你拿去弄明白了，就肯定能考上。"

孙子楚老实，信以为真，拿着七道偏题怪题日思夜想，拟好草稿，又煞有介事地反复推敲，被朋友们当作笑料，背后取笑了好几天。不料，当年的主考官是个怪脾气，怕考生们猜到题目，特意出了偏题怪题。孙子楚歪打正着，文章写得完美无缺，考了个举人第一名。

第二年，他又顺利考中了进士，入朝做了官，一家人搬到京城去过好日子了。

雷　曹

　　乐云鹤和夏子平是一对好朋友，他们自小是邻居，一起玩耍，长大了读书又是同窗，情同手足。夏子平读书聪明，十多岁时就小有文名了。乐云鹤迟钝一些，时常向夏子平请教功课，夏子平总是不厌其烦，尽力帮助。

　　可是，夏子平在考场上并不得意，考秀才几次都没有考中，心中郁郁寡欢，最后病倒了，没过多久就一命归西。乐云鹤慷慨地帮助夏子平的家人安葬了亡友，还时常周济他的妻儿。

　　然而，乐云鹤自己也没有考取功名，家产并不丰厚，赡养两个家庭感到很吃力，难以支持下去。烦恼之下，他把书本全烧了，对天祈祷说："老天不要怪罪我。不是我不肯用功读书，而是因为像我的好友夏子平那样的天才，尚且被埋没，我读书何时才能出头？倒不如干点实事，也好养家糊口。"

　　于是，他出门去经商，竟然小有成就，家里逐渐富裕起来，也有余力帮助亡友的家庭了。

　　一次，乐云鹤到南京去贩货，在旅馆遇见一个长身条的汉子，围绕着饭桌乱打转。乐云鹤见他面带饥色，就热情招呼说："你是肚子饿了吗？吃我的吧。"

说着，乐云鹤把自己的碗推给他。那汉子没有答话，端起饭菜，一股脑全倒进了嘴里。乐云鹤对他的饭量感到惊讶，就加要了两份饭菜。他风卷残云一般地吃下了肚，似乎意犹未尽。乐云鹤索性好事做到底，又要了一大堆馒头，加上几个猪蹄。

那个汉子全部吃下肚去，然后才拍拍肚子说吃饱了，向乐云鹤道了声谢，笑嘻嘻地说："真是痛快啊，我三年没有吃过这样的饱饭了。"

乐云鹤对他说："壮士，我看你身材魁梧，神采飞扬，不是等闲之辈，为何潦倒到如此地步？"

那汉子叹了口气说："获罪于天，没有办法啊！"乐云鹤探听他的籍贯身份，他说得云山雾罩："要说我住的地方嘛，地上没有屋子，水上没有船只，早晨还在东方，晚上忽然又到了西方。"

乐云鹤收拾行装要走，他竟然跟在了后面。乐云鹤向他拱手行礼，请他留步。他说："先生，你是个好心人。我不忍心看见你路途上遭受劫难，所以要陪你同行。"

乐云鹤以为他是想要跟着自己蹭饭吃，也不说破，宽厚地带他上了船。路上，乐云鹤吃饭时，请那汉子一起吃，他竟然说："我吃一顿要顶一个月，不用再吃了。"乐云鹤大为惊奇。

过长江时，忽然风起云涌，波浪滔天，商船被打翻了，船上的人和货一起落入水中。那汉子深谙水性，救起乐云鹤，把

他送上了一艘渡船。乐云鹤保住了性命，连声道谢。那汉子说："你先别急着谢我，我还要帮你把丢失的货物捞起来。"

乐云鹤连忙摇手说："罢了，罢了，这样大的风浪，怎能让你冒着生命危险下水去捞货！"说话间，风浪已经平静了，那汉子跳入水中，飞快地游往岸边。一会儿，他拖来一条小船，让乐云鹤上船去等着。

只见他潜入水中，眨眼间又冒出头来，肋下夹着捞起的两包货物，扔在了船上。他在水里上下忙活着，把货物全都捞了回来。乐云鹤一清点，竟然一件不少，毫无损失，不禁感叹说："真是神了，长江这样大的风浪，我落水后不但保住了性命，而且货物也一件不少，仅仅丢掉了头上的一根簪子而已。"

那汉子听了，连忙问："还有根簪子吗？是我粗心了！"说完跳下水又去捞，乐云鹤想拦没拦住。过了一会儿，他真的从水底把簪子捞了上来，上面还粘着江底的泥沙，见者无不惊讶万分。

乐云鹤带着那汉子一起回到了家。那汉子不吃饭则已，吃起来能顶十来个人的饭量；不干活则已，干起来能顶十来个劳力。

有一天，天阴沉沉的，好像要下雨，不宜出门，乐云鹤与那汉子在家喝酒聊天。听见天上雷声隆隆，看见电光闪闪，乐云鹤想入非非地说："我们这里旱了好久了，也不知道这场雨能不能下透。不知道天上谁在管下雨的事，要是能上天亲眼看看就好了。"

那汉子笑了，说："你真的想上天看个明白吗？我恰好能帮你来个云中漫游，我们一起去吧。"乐云鹤以为他是在说笑话，也没有在意。他接着又喝了几杯酒，感到不胜酒力，就上床睡觉了。睡着睡着，乐云鹤感到床铺变得格外柔软，渐渐飘浮起来。他竭力睁开眼睛，发现自己已经升到了天上，站在白云之间。他拨开云雾朝下看，只见大地像个棋盘，城镇小得像个黄豆，村庄小得像是绿豆，行人小得像是蚂蚁，简直看不清楚。

乐云鹤仰头朝上看，满天的星辰近在咫尺，大的像水缸，小的像脸盆，最小的和酒杯差不多。他就近找到一颗最小的星星，摘了下来，藏在自己的袖子里。

乐云鹤在云中漫游，听见雷鸣般的轰隆声，由远而近。接着，他看见两只蛟龙并驾齐驱，拖着一辆大车飞驰过来。车上满载着几十口巨大的水缸，里面盛满了水，像是水塘。几个壮汉手拿皮鞭，在水缸里蘸了水，挥动鞭子，抽得"啪啪"响，顿时水花四溅。

乐云鹤猛然明白了，他们是天神，正在给人间降雨。几个壮汉看见了乐云鹤，感到很惊讶。其中一个高个子说："没关系，这是我从人间请来的朋友。"乐云鹤认出，他就是自己结交的那个壮汉。他把乐云鹤拉上了雷雨车，说："来，你也降点雨试试。"

乐云鹤心想，家乡久旱缺水，就以手掬水，洒向自己家乡的方向，连洒了好几把。过了一会儿，降雨完毕，那壮汉对乐云鹤说："你也看见了，我是管下雨打雷的雷曹。三年前因为耽误了行雨，被贬到人间受苦，幸而结识了你这个朋友。现

71

在，我已经复职了，带你上天来开开眼界。不过，我们也该在此告别了！"

说着，他扯过一根缰绳，让乐云鹤顺着它爬下去。乐云鹤有点害怕，但想到他不会害自己，就抓住绳子往下溜，飘飘忽忽的，终于落到了地面上——正好掉在自家门前。因为地上滑，他摔了一跤。他爬起来一看，自家所在的村庄下了场大雨，塘里渠里全都满了，而邻村只是刚刚下湿了地皮。

回到家里，乐云鹤兴奋地告诉妻子自己上天的奇遇。妻子不相信，说："我明明看你一直睡在床上，瞎吹些什么！"乐云鹤便从袖子里摸出从天上摘下来的那颗星星给她看。那是块青黑色的石头，光溜溜、热乎乎的，他的妻子很喜爱。晚上，那颗星星放出光芒来，七彩闪烁。他的妻子就把星星当灯用，走到哪儿带到哪儿。

一天，他的妻子对着星星洗脸，星星忽然飞了起来。他的妻子惊讶地张开嘴喊叫，谁知那颗星星竟然钻进了她的嘴里，落进了她的肚中。乐云鹤的妻子惊恐万状，乐云鹤也不知道是福还是祸。

夜里，乐云鹤做了一个梦，梦见好友夏子平对他说："我是天上的文曲星，深深怀念我们过去的友情，我很感谢你带我回到了人间，所以，我来投胎做你的儿子。"他的妻子也做了同样内容的梦。

后来，他们生了个儿子，取名叫星儿。星儿读书很用功，运气也好，十六岁就考中了进士。

书　痴

　　彭城的郎家，先祖是个太守，但是官俸没有用来置办田产，而是买了许多书籍，堆得屋里满满的。到了郎玉柱这一辈，家道已经衰落。他爱书如命，宁可饿肚子，也舍不得卖书买粮食。他的父亲留有一件遗物，是手抄的《劝学篇》，其中有许多名句，如："书中自有千钟粟""书中自有黄金屋""书中自有颜如玉"等等。郎玉柱把这些名句奉为至宝，张贴于床头，日夜诵读。他读书读得发呆，不知道这些话的本意是鼓励人们发奋读书，追求上进，却当真以为能从书本里面读出粮食，读出黄金和美女来。亲戚朋友们好心劝他不要死读书，他就引经据典地与人辩论，甚至摇头晃脑地背诵起古文来，弄得人家很厌烦，不再答理他。

　　因为他读书太迂，考试中不知灵活运用，所以总是落榜。但是他坚信读书就能读出名堂来，依旧埋头死读书。

　　一天刮大风，风把郎玉柱手中的书本刮到了地上，飘落到田野里。郎玉柱追踪过去，脚下一陷，跌入一个大坑。他扒开浮土，发现下面是一个古老的粮窖，里面装满了谷子。虽然那些谷子早已腐烂霉变，不能食用了，他还是很高兴，感叹说："古人说得不错，原来书中真有千钟粟啊！"

又一天，他翻书的时候，在书架顶上发现一个金光闪闪的匣子，他很得意，以为"书中自有黄金屋"的话应验了，拿着金匣子到处炫耀。有个内行的人看了鉴定说："这是镀金的，不是真货。"他正感到懊恼，一个信佛的人看中了这个匣子，高价买回去当供佛像用的佛龛。郎玉柱又高兴起来，认为三句名言已经有两句应验了，还有一句"书中自有颜如玉"，早晚肯定会应验。从此，他百事不理，专心埋头读书。

别人看郎玉柱年近三十了，还是个单身汉。就劝他说媒婆亲，他摇着头说："急什么，书中自有颜如玉！"又过了几年，他还是单身汉，村里人就嘲笑他。有人拿他开玩笑，说："听说，最近天上的织女下凡了，不知道是不是到你书房里去了呀？"大家都哄堂大笑。郎玉柱不理不睬，依然自顾自摇头晃脑地背书。

晚上，郎玉柱找到一本奇书，叫《搜神记》，里面写了许多有趣的神鬼故事，他看得入了迷。其中有个故事写到天上的织女仙美丽动人，书页上还配了一幅织女仙的画像，画得栩栩如生。郎玉柱拍案叫绝，自言自语地说："这真是书中自有颜如玉啊！可怜村中的凡夫俗子们，守着自家的黄脸婆当宝贝，哪里有眼福见到这等美女！"他把画像捧在面前，爱不释手，忘记了背诵圣贤之书，也忘记了吃饭睡觉。忽然，织女仙的画像活动起来，从书页上翩然走了下来。郎玉柱大吃一惊，吓得跪在地上磕头，不敢仰视。

织女仙却很亲切，笑呵呵地说："你别害怕，我就是你日夜盼望的颜如玉啊！承蒙你错爱，我若不来与你相会一番，恐

怕对不起你的一片痴心。"郎玉柱抬头一看，颜如玉的皮肤真是洁白如玉，比画像更加好看，不由得喜出望外。

郎玉柱读书，让颜如玉在旁边作陪。颜如玉觉得古书枯燥乏味，劝他放下书本。她说："你呀，只会死读书，心眼的灵气都被堵死了，怎么能成功呢？"郎玉柱不听劝告，依然故我。

颜如玉生气了，威胁说："你要是光顾读书，把我这个大活人忘在一边，我就回仙界去了。"郎玉柱只好放下书本，陪美女说话。过了一会儿，他又拿起书本，入迷地读了起来。当他看完书之后，发现颜如玉不见了，立刻慌了神，屋里屋外地乱找，却根本不见颜如玉的踪影。

他想到了书，把《搜神记》找出来，翻到织女仙的画像，跪地磕头祈祷，直到磕得头上红肿，颜如玉才现身。

颜如玉不让郎玉柱死读书，整天与他玩乐，下围棋，打纸牌，花样不断翻新。可是郎玉柱对游戏不在行，也没有兴趣，等颜如玉一转身，他又摇头晃脑地读起书来。颜如玉气得一跺脚，闪身不见了。这回郎玉柱心里有底了，马上对着《搜神记》上织女仙的画像跪拜，连声认错，还写下了一篇信誓旦旦的保证书，颜如玉这才笑吟吟地回到他面前。

颜如玉陪郎玉柱饮酒，渐渐冲淡了他想读书的心思。她手把手地教他弹琴作画，悉心传授。郎玉柱本来就不笨，从书本里跳出来后，他变得心灵手巧，弹琴作画样样精通，连谈吐也变得机智风趣。颜如玉还鼓励他出门去游历大好河山，结交贤达人士，使他大大增长了见识，成为一个真正有学问的才子。

又过了一段时间，颜如玉鼓励他说："你可以去考试了，现在时机成熟了。"果然，郎玉柱考场得意，考得了头名秀才。

村里人知道了郎玉柱家里有个下凡的织女仙，到处传扬。

县太爷史公听说了这事，心里暗自嫉妒，想把仙女据为己有，就派公差去抓郎玉柱和颜如玉。公差们打上门去，织女仙身子一闪就不见了，只抓到了郎玉柱。县太爷软硬兼施，逼着郎玉柱交出仙女，郎玉柱就是不说出书本中画像的秘密。县太爷发火了，说郎玉柱私藏妖怪，下令革除他的秀才资格，用了大刑，把郎玉柱打得遍体鳞伤，扔在了监狱里。

县太爷带着公差到郎玉柱家，翻箱倒柜地搜查，一点儿女人的影子也没有。听村里人说，织女仙藏身在书本里面，他又去翻书。可是郎家的书实在太多，翻不过来。县太爷一怒之下，下令把书本全部烧毁。郎玉柱在监狱中听说家中的书被烧了，大叫一声，昏了过去。

幸而郎家有亲戚在做官，把郎玉柱保了出去，设法恢复了他的秀才资格。郎玉柱养好伤之后，就参加了科举考试，连续考中了举人和进士。

月夜里，他焚香祈祷：织女仙啊，请你显灵，让我做一个纠察风纪的官，治一治史县官这样的贪官污吏！后来，他果然被朝廷任命为纠察风纪的巡按，手拿尚方宝剑，查出史县官各种贪污受贿和欺压百姓的罪行，把他抄了家，治了罪。

几年之后，郎玉柱厌倦了官场，辞官回家，又买了许多书，整日与书为伴。

妖 术

　　有个于师傅，自小力气过人，又苦练武功，练就了一身过硬本领，养成了行侠仗义的性格。这一年，于师傅到京城去参加武举人考试。不料仆人半途染病，昏睡不起。他见到街头有个算命先生，自称半仙，能预知生死，就去替仆人算命。那个半仙盯着他的脸，不等他开口就问："你是给你的仆人算命的吧？"

　　于师傅吃了一惊，说："是呀，他会怎么样？"

　　半仙冷笑一声，说："你仆人的病没什么大不了的，真正危险的是你自己啊！"于是，他闭上眼睛，掐着手指，装模作样地给于师傅算了一卦，然后大惊失色地睁开眼睛说："不好，你三日之内必有血光之灾。"

　　于师傅半信半疑，问道："有什么办法破解吗？"

　　半仙说："幸而你遇到我，我会一点儿小法术，能救你一命。只是你要破费十两银子。"于师傅是个刚强豁达的人，相信生死由命，富贵在天，觉得这个半仙是故弄玄虚，所以不太相信他的法术，便摇摇头，丢下几个铜钱走了。

半仙在后面阴阴地说："这位先生吝惜银子，不惜性命，恐怕要大祸临头了！"于师傅在京城有一些朋友，都说这个半仙的预言一直很灵验，大家劝他破财消灾，于师傅却不信邪。

三天过去了，于师傅的仆人果然好转了。于师傅端坐在床上，平静地等待灾祸的降临。从早到晚，平安无事。眼看夜色降临了，于师傅关上房门，点上油灯守夜，手中时刻握着宝剑。

过了两个时辰，他未见什么异常，倒是瞌睡难当，就和衣睡下了。他睡得迷迷糊糊，忽然听见窗户外有可疑的声响，他睁眼一看，有个扁扁的小人从窗缝中钻了进来，落地就长成一人多高，手持一把长戈。

于师傅不敢怠慢，举剑猛刺过去，那人飘飘荡荡，躲闪到了一边。他挥剑连连出击，那人似乎抵挡不住，飘忽躲闪，到了窗户旁边，急于逃走。于师傅趁机横剑一扫，拦腰砍去，只听"嘶"的一声响，小人飘落在地。于师傅用脚踩住，举灯一看，却是个纸人，已经断成了两截。

于师傅想，妖怪虽然这一次失手了，必定不肯罢休，便提高警惕，持剑等待。过了一会儿，又有个东西钻进窗户，砰然落地，他手执一把利斧，黑头黑脑的。于师傅抢先出手，挥剑砍掉了他的脑袋，接着又砍掉了他的手脚。于师傅看了看，发现这回是个泥人，身上散发着土腥味。

两个妖怪都是从窗户进来的，于师傅便守在了窗下。过了很久，他听见窗外有牛马似的喘息声，接着窗户被剧烈撞击，墙壁也晃动起来。于师傅怕房屋倒塌，压到自己，索性打开

门，杀到了屋外。

院子里有个身材高大的狰狞恶鬼，赤着上身，光着脚，两眼如灯，荧光闪闪。他手上拿着弓箭，瞄准于师傅就射。于师傅挥剑一拨，那支箭钉在了墙上，入墙有三寸深。于师傅不等他再射，冲上前砍了一剑，正中那鬼的脚脖子，铿然有声。那鬼勃然大怒，扔掉弓箭，拔出宽大的腰刀，向于师傅当头砍来。

于师傅身体灵活，闪在一边，刀砍在石板上，石板断为两截。于师傅趁那鬼露出破绽，一剑刺中他的左肋。那鬼暴跳如雷，挥刀乱砍，砍得墙倒屋塌，自己也身中数剑，轰然倒下了。

于师傅冲上去，在怪物身上补了几剑，砍得喀喀作响，就像是敲木头梆子的声音。于师傅回屋拿出灯来一照，发现是个巨大的木偶，剑砍到的地方都冒出血来。

等到天亮，于师傅借着天光一看，房屋完好无损，砍断的石板也连在了一起。于师傅明白了，灾祸并非凭空而来，一定是那个半仙作法害人，以此证明他神机妙算，企图牟取钱财。

于师傅跟京城的朋友们说出自己的怀疑，大家一起去找那半仙算账。半仙正摆着摊子，远远看见于师傅等人气势汹汹地走过来，便使出隐身之法，一晃就不见了。于师傅气得破口大骂。朋友帮他支招，让他用狗血来破隐身法。

第二天，于师傅提着一桶狗血来了，半仙刚隐身，他劈头把狗血泼向半仙刚才站立的地方，使半仙现出原形。半仙满身血污，狼狈不堪。众人押着半仙，把他送到了官府。后来，官府审出好几起他利用妖术诈骗钱财的命案，就把他杀掉了。

狼

一

有一个卖肉的屠户，收了摊子回家。

他走到郊外野地里的时候，天色已经擦黑了。一只狼跟了过来，眼睛贪婪地紧盯着他担子里的肉，嘴里直淌口水。屠户挥动斩肉刀吓唬狼，狼后退了几步。但是，当屠户转过身时，狼又跟在了后面，紧随不舍，一直跟了好几里路。天色愈来愈黑，路上一个人也没有，屠户感到害怕，心里想开了主意。

他想，狼惦记的是肉，不如把肉暂且搁在树上，吸引住狼，自己好脱身走开，天明再来取肉。于是，他放下扁担，把肉用铁钩子高高地悬挂到了树枝上。然后他向狼示意，担子里是空的。果然，狼不再跟踪他，转而去盯着树上挂着的肉。

第二天一早，屠户赶往树林，远远看到树上挂着一个黑糊糊的东西，就像是有人上吊了。走到跟前才看出，原来是昨晚跟踪他的那只狼，已经僵死了。他把狼和肉取下来，仔细察

看，心里明白了。狼的嘴里含着肉，铁钩子从狼的上腭穿了出来，就好像是上了钩的鱼一样。

他想，昨天他离开以后，狼肯定不顾一切地跳起来吃肉，结果被钩住嘴送了命。屠户卖了狼皮和狼肉，发了一笔意外的小财。

二

有个屠户走夜路，被恶狼追赶，走投无路，躲进了田间的一座小土地庙，然后堵住了门。狼跟了上来，吃不到他，急得围绕着土地庙打转，后来竟然把一只前爪伸进门缝来抓挠他。

屠户也急了，抓住这只狼的爪子，不让它缩回去，但是他也杀不了狼。双方僵持了好一会儿，谁也奈何不了谁。到底还是人聪明，屠户急中生智，想起他平时吹死猪的办法。

于是，他腾出一只手，从怀里摸出一只寸把长的小刀，在狼爪上割了个小口子。他从屋顶拽了根麦管，插进小口子里，使劲地往里吹气。开始狼还竭力挣扎，过了一会儿就没有动静了。

屠户开门出去一看，狼全身都涨得圆鼓鼓的，像是一头肥猪，已经被气胀得半死不活了。最后，屠户把狼背回去宰了，心里暗自得意：没想到吹死猪的技巧，竟然可以杀狼，救了自己一命。

胡四相公

　　山东莱芜县有个张公子，性格豪放慷慨。

　　当时，城郊有个大宅子被狐狸精占据了，人们路过都害怕，纷纷绕道而行，躲得远远的。张公子却找上门去，要会见狐仙。

　　他带上自己的名帖，从门缝投了进去。只听大门"吱呀"一声响，自动打开了。随行的仆人都吓坏了，掉头逃走。张公子满不在乎，理一理衣帽，径自走了进去。

　　客堂里桌椅板凳俱全，但是不见主人。张公子向空中拱手行礼，大声说："张某人慕名而来，狐仙既然没有闭门谢客，为何不出来相见呀？"空中响起一个彬彬有礼的声音，说："久闻张公子豪放慷慨，今日大驾光临，我实在感到荣幸，请坐下用茶。"

　　张公子上下左右看看，还是不见人影，但是发现客席的椅子自己移动了，摆在他的面前。他刚坐下去，又有一个红漆茶盘从空中飘然而至，托着两杯热气腾腾的香茶。张公子拿了一杯茶在手，品尝了一口，觉得异香扑鼻，通体舒畅。对面又有只无形的手拿走了另一个茶杯，一个声音客气地问道："这是山中野茶，公子还喝得惯吧？"张公子连声夸好，又喝了几口。

他心中暗想，不知狐仙是什么身份，怎么称呼才合适。狐仙像是听见了他心里的话，自我介绍说："小弟姓胡，在家中排行第四，人们习惯叫我胡四相公。"于是，两人开始交谈，海阔天空，谈得非常投机。

茶毕，一盘盘山珍海味从空中飘来，很快就摆好了一桌酒席。张公子虽然看不到对面的胡四相公，但是可以看见他的筷子在移动，听得见他"吱吱"响的喝酒声。两人边喝边谈话，十分尽兴。

张公子与胡四相公成了朋友，无话不谈。一天，张公子在胡四相公那里喝酒，问他："城南有一个巫婆，说她家有狐仙下凡，专治各种疑难杂症，赚了不少钱。不知她家是哪路狐仙，你熟悉吗？"胡四相公不屑地说："她家根本没有狐仙。巫婆会一点儿小魔术，以此骗人钱财而已。"酒席当中，张公子出去方便，听见耳边有个稚嫩的声音向他请求说："张公子，你说城南有人假托狐仙，我想去看个究竟，你跟胡四相公说说，好不好？"张公子听出是个小狐狸的声音，答应了他。回到酒桌上之后，张公子就对胡四相公说："你家的小狐狸想随我去巫婆家打探一下，你看如何？"胡四相公不太赞成，张公子一再请求，他才答应下来。

张公子与胡四相公告辞之后，就带着小狐狸往城南的巫婆的家走去。到了门口，巫婆迎上前来，满面春风地问："张公子啊，你可是个贵客。有什么要我帮忙的吗？"张公子直截了

当地说："听说你家有狐狸，非常灵验，我想见识见识。"

巫婆马上拉下了脸，装模作样地说："张公子，罪过啊。怎么能对狐仙大人直呼其名呢，我家花姐姐听了会不高兴的。"话音刚落，空中飞来半块砖头，砸在巫婆身上，打得她后退了一步，险些跌倒。

巫婆吃惊地对张公子说："大人啊，你可不能欺侮我老婆子，我家可是有花姐姐保佑的。"张公子大笑，说："我骑在马上，怎能抄砖头砸你？"巫婆为了给自己壮胆，大叫："花姐姐快来救我！"

小狐狸见她耍花招，更加气恼，作起法来。只见平地刮起一阵阴风，沙石乱飞，扑面砸向老巫婆，打得她鬼哭狼嚎，趴在地上磕头求饶，再也不敢喊她的"花姐姐"了。张公子代她向小狐狸求情，沙石方才止住。巫婆连滚带爬，逃回屋里，关起了大门。张公子大笑，说："喂——你家的花姐姐呢？你的狐狸比得上我的狐狸吗？"

一天傍晚，张公子接到胡四相公的邀请，晚上去他家喝酒。酒席置办得特别丰盛，胡四相公也格外热情。张公子觉得有点儿不对劲，问是怎么回事。胡四相公伤感地说："我要走了，今晚请你喝的是离别酒。"张公子问他到哪儿去，他说："我出生在河南，要回那里去。"

张公子长叹一声，说："我们交往数月，意气相投，就像是亲兄弟一般，可惜我还没有目睹你的风采，实在是遗憾啊！"胡四相公见他说得恳切，就答应现身给他看，说："见个面也

好，以免以后相见时你认不出我。"

张公子等了许久，不见人影，着急地大喊："胡四相公，你在哪儿呢？"只听卧室里有人回答："我在里面，你来吧。"张公子推开门，见到一个清秀的少年，面如朗月，眼如晨星，举止飘逸如仙。

他刚想靠近，那少年倏忽不见了，又听见胡四相公的声音在他耳边说："你放心了吧，我可不是青面獠牙的妖怪。"说着，又邀请他喝酒，亲手为他斟酒、添菜。虽然看不见他的身影，但是到处洋溢着他的满腔热情。张公子喝醉了，胡四相公让小狐狸打着灯笼送他回到家。

第二天天刚亮，张公子想给胡四相公送行，起早赶到了那家大院，发现已是人去楼空，一派荒凉。

张公子性情豁达，然而读书不用功，科举道路上一直不顺利。他的弟弟却早早读书做官了，在四川当上了学使。张公子生活无着落，只好去四川投靠弟弟。结果，寄人篱下的日子并不好过。他一气之下，又回山东了，一路自言自语，大发牢骚。

路过河南的时候，有个少年骑着一匹黑马赶上了他，回头朝他笑了笑。张公子就跟他攀谈起来，诉说心中的不如意。少年面带微笑，耐心听他发牢骚，好言好语地安慰他。临别时，少年朝他意味深长地笑了笑，送给他一个小竹筐。

张公子觉得少年有点面熟，想喊住他，可是人家已经走远了。他打开小竹筐一看，里面满是银子。他忽然想起来，刚才的少年正是胡四相公，赶紧掉头去找，却已经不见踪影了。

崂 山 道 士

　　王七是个大家子弟，从小看了不少杂书，对道家飞天升仙之类的传说很入迷。他听说崂山道士法术很高明，就动了心，前往求仙学道。

　　他登上了崂山，走进一座道家的院落，感到幽静而神秘。

　　一位老道士正在蒲团上打坐，鹤发童颜，神情淡然，一派仙风道骨。王七跪下磕头，然后上去攀谈。老道说话精妙绝伦，王七心里十分佩服，当下便要拜他为师。老道说："且慢。我看你细皮嫩肉，像是个富家子弟，你能吃苦修炼吗？"王七急于拜师，连忙说："不怕，我能吃苦。"老道收了他做徒弟，带他与其他徒弟们见了面，留他住下了。

　　第二天天刚亮，王七睡得正香，就被老道从梦里喊了起来，让他和大家一起去树林砍柴。王七打了个哈欠，勉强起身接过了斧头。为了求仙得道，他忍受了一个多月的劳苦，手脚都磨出茧子来了，心里叫苦不迭，怀念在家的舒服日子。

　　一天晚上，他和师兄弟们砍柴回来，发现来了两位客人，

正与师傅一起饮酒。他不觉嘴馋，咽了口唾沫。师傅像是猜到了他的心思，招呼说："徒儿们，一起来喝几杯吧。"

天色晚了，屋里很暗，师傅没有点灯，却拿起剪刀和纸，剪出了一个圆滚滚的纸月亮，贴在墙上。纸月亮就发出光来，照得满屋子亮堂堂的。一位客人说："我们共赏明月，还要共尝美酒！"说完，把桌上的酒壶递了过来。王七抢先接过酒壶，给自己斟了一碗。他心里想，这巴掌大的酒壶，哪里够大家喝。不料，酒壶像是不竭的泉水，把大家的碗都给斟满了。

另一位客人说："有明月美酒，不可没有歌舞。我请月宫里的嫦娥来为我们助兴。"说着，把手里的一根筷子扔向墙上的月亮。筷子旋转着，变成了嫦娥仙子，飘飞而下，引吭高歌，翩然起舞，令人陶醉。

欢乐的时光不知不觉地过去了，师傅问道："徒儿们，尽兴了吗？"徒弟们齐声说："尽兴了！"师傅挥动道袍长袖，卷起一股清风，嫦娥仙子就不见了，屋里的月亮还原成一张圆纸，客人们也不见了。王七正在那儿惊奇不已，听到师傅吩咐说："早点睡吧，明天早些起来砍柴。"他感到很扫兴。

又过了一个多月辛苦而枯燥的生活，师傅什么法术也没有教他，王七觉得难以忍受了，便去向师傅求情。他说："师傅啊，我抛弃家里的舒适生活，千里迢迢地赶来，不是为了学砍柴，出苦力，而是为了学些奇妙的法术，可是你至今一样也不教。上个月我已经见识了师傅的无边法力，非常钦佩。即使我学不到师傅那样的神奇本领，能学一点儿小法术也好啊。"

老道笑着说："我早就料到你吃不了苦，如今果然应验了。你想走就走吧，我不勉强你。"王七纠缠着说："可是我一点儿法术也没有学，回家没脸见人，求师傅好歹教一两样。"

老道士问："那么，你想学什么样的法术呢？"王七以前看见过师傅演示穿墙术，不管是土墙石墙，师傅都能一穿而过。他想，这个法术很神奇，而且很实用，就求师傅教他穿墙术。

老道说："行啊！"便当场教给他口诀。王七背会了口诀，走到墙面前又害怕了。他停下了脚步，摸摸墙，不敢往上撞。师傅笑了，说："你啊，心里不能有杂念，要勇往直前！"王七鼓起勇气，念了咒语，加快步伐朝墙跑去，一低头，竟然撞了进去。回头看看，身体到了房内；摸摸头，毫发无损。王七大喜，朝师傅磕头表示感谢。老道语重心长地叮嘱说："感谢倒不必，你要好自为之。使用这种法术时一定不能有私心杂念，否则会失灵的。"说完，老道赠送一些银两给他，送他下了山。

王七回到家乡，到处吹嘘，说自己在崂山学会了各种法术，最拿手的是穿墙术，不管多坚固的墙壁，他都能一穿而过，而且不留痕迹。妻子抱怨他不务正业，家里愈来愈穷。他说："怕什么，我学会了穿墙术，想要什么东西，可以直接穿墙去拿。"妻子不相信他的法术，要他当场试验。

王七就像在崂山那样摆开架势，嘴里念着咒语，猛跑几步，朝墙壁一头撞过去。结果，"砰"的一声，王七头晕眼花地跌倒在地，额头上肿起一个鸡蛋大的血包。妻子笑话他，他自己也觉得奇怪，心中暗想："咦，怪了，怎么法术失灵了？"

　　王七像泄了气的皮球一样耷拉着脑袋,妻子又好气又好笑地说:"世上就算是有法术,像你这样两三个月也不可能学会。"王七怀疑是崂山道士骗了他,不由大骂了崂山道士一阵。

　　自那以后,王七仍然是一个不学无术的人。

二　商

　　从前有姓商的兄弟俩，住在一起，两家只是一墙之隔，但是日子过得却有天壤之别。商老大家富得流油，商老二家穷得揭不开锅。

　　有一年当地闹灾荒，商老二家又断炊了，一家人饿得嘴里冒清水。妻子就叫商老二到哥哥家借点粮食，商老二说："别求他！要是他可怜我们，早就伸手帮助了。"妻子劝不动商老二，就让儿子到大伯家去求助。

　　过了片刻，儿子两手空空地回来了。商老二说："怎么样，我说他不肯借嘛！"商老二的妻子问儿子，伯父伯母说了些什么。儿子说："我说家里断粮了，开口借粮食，大伯不说话，眼睛看着大伯母。大伯母说：'哥俩早就分开过了，各人顾各人，谁也别求谁。'我只好空手回来了。"夫妻俩埋怨哥嫂吝啬，找了几件破家具，换了点粗粮，勉强吃了一顿。

　　夜里，几个强盗盯上了商老大家，翻墙摸进去。商老大听到动静，堵住房门，敲响了盆子，大叫救命。街坊邻居都恨这

两口子吝啬，不肯周济人，因而假装没有听见。商老大急了，高声喊隔壁的弟弟前来相救。

商老二站了起来，想去援救哥哥。他妻子心里正有气，拦住了他，学着嫂子的腔调，朝隔壁喊道："哥俩早就分开过了，各人顾各人，谁也别求谁。"

强盗见无人过问，越发猖狂，砸开了门，抓住商老大两口子，用烧红的烙铁烫他们的皮肉，逼他们说出藏财宝的地方。商老二听见哥嫂尖声惨叫，坐不住了，领着儿子抄起家伙，跳过墙去。他们父子学过武艺，勇猛过人，强盗们抵挡不住，全吓跑了。商老二扶起兄嫂，将他们安置到床上，把吓跑了的丫环和仆人都找回来，然后才回自己家。

商老大夫妻虽然受了点皮肉伤，但是钱财保住了。商老大心存感激，与妻子商量说："今天没有破财，靠的是弟弟拼命帮忙，理应把钱财分给他一半。"

妻子哼了一声，说："你的兄弟要是好人，早点过来，你我也不至于受皮肉之苦。你没有听见弟媳说的什么？"商老大耳根子软，听了妻子的话，觉得也有点道理，没有再说什么。

商老二回家后，觉得自己为哥哥出了大力，他怎么也得有所表示，谁知却丝毫不见哥哥有所回报。正赶上家里又断炊了，商老二顾不了面子，又让儿子拿个口袋去借粮食。这回没有空手回来，但是哥哥只给了一斗小米，装了小半口袋。商老二的妻子嫌老大薄情，要儿子送回去，商老二说："算了，留下吧，总比没有好。"

商老二家靠半袋小米混了几天，实在支持不下去了。商老二与妻子商量："我想把房子卖给哥哥。也许他舍不得我离开，会周济我们；也许他收了房子，会多给我们一点儿银子，帮我们渡过难关。"妻子也没有什么更好的办法，就同意了，派儿子送房契给伯父。

商老大见到房契，知道老二穷得混不下去了，与妻子商量说："弟弟要是真走了，我们就更孤立无援了。好歹我们是亲兄弟，互相应该有个照应。不如我退回房契，周济他们一些钱财。"

妻子冷笑着说："他就等着你说这句话呢。我看他是存心威胁你，别上他的当。天下没有兄弟的人多的是，难道人家就不过日子了吗？我们把墙砌得高高的，就不害怕盗贼了。"夫妻俩商量妥当，把商老二叫来，冷冰冰地算清了房价，按市场价格给了房金，留下了房契。

商老二心灰意冷，真的搬到邻村去住了。

强盗们听说商老二搬走了，觉得机会来了。他们再次闯进了商老大的家，对他严刑拷打，逼问出了钱财藏在哪里，然后席卷一空。

第二天，商老二听说哥哥家被抢，急忙赶去，只见商老大伤势严重，已经处于弥留状态，话都说不清了。见到商老二，商老大挣扎着起来，想说什么，还没有说出口，身子一挺就死了。

商老二到县衙门去告状，县里发下了捉拿盗贼的公文。但是强盗们早已瓜分了钱财，逃之夭夭。而分得粮食的全是穷苦百姓，官府也拿他们没办法。这样一来，商老大家竟也断了粮食。

　　商老大留下一个儿子，才五岁，肚子饿了，就到叔叔家要吃的。商老二要送他走，他就放声大哭。商老二的妻子没好气，就骂孩子。商老二说："老大不仁义，不是孩子的罪过。"就买了几个白面馒头，送他回家。以后，他又悄悄送了一斗小米给嫂子，帮他们度过饥荒。后来，嫂子将田地和房产卖了，勉强维持生计。

　　因为是灾荒年，遍地都是饿死的人。商老二自己家的人口也多了，过得很困难，但还是没有忘记侄子，带着他一起做小生意，好歹能吃饱肚子。

　　一天夜里，商老二梦见哥哥对他忏悔说："我们兄弟本该互相帮助，我听信了那臭婆娘的话，这才遭受大祸。唉，后悔莫及啊！"然后，他小声交代说："临终前，我有个秘密没有来得及告诉你。卖掉的老房子后墙下，埋藏着一窖银子。你赶快去租下老房子，把银子挖出来，带着我的孩子跟你过。至于我那长舌妇，我恨死她了，你不要管她。"

　　商老二醒来后，觉得很蹊跷，想着商老大托梦告诉他的话。他趁当时闹灾荒，房租便宜，搬回了老屋。夜里，他顺着后墙一挖，真的挖出了五百两银子。

　　商老二有了本钱，就不再做小买卖，而是在城里开了间店铺，自己当起了老板，让侄儿负责记账。侄儿聪明而又诚实，记账从无差错，很得他的信任。

　　后来，嫂子病死了。商老二赚了不少钱，夫妻俩也老了，干不动了，就把家产平分，给了侄儿一半。

叶 生

河南的淮阳县有个姓叶的书生，文章词赋写得非常精妙，远在一般文人之上。可惜他运气不佳，在考场上屡次失败。

当时淮阳县的县令是个东北人，名叫丁乘鹤。他看了叶生的文章，拍案叫好。丁县令找到叶生，一番面谈，非常投机，心里更加喜欢，当场就把他留下来，资助了钱粮，让他住在县衙里安心读书。

叶生去省里考举人之前，丁县令拜见学政大人，竭力向他推荐叶生。结果，叶生很争气，考得了第一名。后来，叶生进京城去考进士，考完后把试卷的底稿带回来，丁县令看了连声叫好，以为大有希望。谁知判卷的人有眼无珠，叶生偏偏没考中，名落孙山。

看榜之后，叶生回到家乡，心里为辜负了丁县令的厚望而难过，结果忧郁成疾。丁县令把他叫过去，安慰了许久，并许诺要带他一起去京城。等叶生回家后，他又常派人送钱送物，慰问病情。叶生深受感动，拼命读书，结果累垮了身体，病倒在床。这时候，丁县令也遭遇了不幸。他因为脾气耿直而得罪了上司，被免去官职。丁县令急忙写了封信给叶生，邀请他一起北上，信中写着："我翘首以待，等你一到，我们马上就出发。"

仆人送信到叶生家，见他正躺在病床上。叶生挣扎着起来，读了丁县令的信，感动得泪如雨下，抽泣着说："我已经病入膏肓，怕是难以痊愈了。请丁县令先走一步，不要因为等我而耽误了行程。"仆人回去之后，说了叶生的情形。丁县令很焦急，想去他家探视，因为收拾行装而一时间走不开。晚上，仆人忽然通报说叶生来了，丁县令喜出望外。叶生说："因为我的病，让您惦念，我十分不安。现在我好了一些，可以追随您北上了。"

第二天天没有亮，叶生就随着丁县令一家出发了。

到了北京，安家之后，丁乘鹤让叶生当了他家的家庭教师，专门教他的儿子。他的儿子叫丁再昌，非常聪明，只是不会写文章。叶生拿出生平学问，悉心教授，丁再昌过目不忘，马上就记住了。叶生拿出自己的得意之作，教得丁再昌烂熟于心。考场之上，丁再昌连战连捷，考秀才、举人、进士，每一次都是名列前茅，很快就做了官，真可谓前程似锦。

丁乘鹤很感激叶生，感慨地对他说："先生你是满腹才华，使我的儿子飞黄腾达。可惜你自己却像千里马没有遇到伯乐，被埋没在草莽中了。"叶生说："我自己虽然没有取得什么功名，但是通过学生来扬眉吐气，总算得到一点儿安慰啦。"

后来，丁再昌被派往河南做官，主持治理黄河，邀请叶生

同去协助他。叶生离家数年，心里也很想家，于是收拾行李一起出发。车子走到淮阳县地面，丁再昌招呼停车，让仆人送叶生先回家去看看。

叶生回了家，远远看到自家门庭破败，心情十分沉重，缓步走到跟前。他刚跨进院子，碰上老婆正在腌菜。老婆看见他，不但不高兴，反而吓得扔下菜篮子就往屋里躲。

叶生很奇怪，说："我是你的丈夫啊，离开家也不过三四年，你就认不出我了吗？"过了片刻，他的妻子从门后小心地探出头来，说："你真的是叶生吗？你病死已经好几年了，因为家里穷，我们一直没有买地给你下葬，你怎么又回来了？"

叶生听了这话，猛然愣住了，似有所悟，脸上露出了苦笑。他飘然走进家门，看见厢房里安置着自己的棺材，黑漆漆的。只见他身子一软，化为一缕轻烟，衣服鞋帽一件件掉在地上，像是蛇蜕下的皮。

仆人亲眼看到这件怪事，回去禀告了丁再昌。丁再昌感慨万千，流着泪说："原来叶先生早已病死了，为感激我父亲的知遇之恩，一点儿精魂不散，追随父亲北上，教我成材。直到今天，送我上任之后，他才魂飞魄散。"

丁再昌抽空到了叶家，帮助叶生的家人隆重操办了叶生的丧事，给了他妻子许多安家费，还特意为他的儿子聘请了好的教师。

郭 生

郭生住在城东偏僻的山村里，喜爱读书作文，但是缺乏名师指点。二十多岁了，写的文章仍然是错字连篇，他为此深感苦恼。他家里还有一样令人苦恼的事，那就是狐狸为害，偷吃饭菜，乱拖鞋袜，有时还糟蹋书本。

郭生在路上捡到一本无名诗集，当作宝贝一样连夜来读。困倦时，他将诗集放在案头，打了个盹，醒来发现诗集被狐狸的足迹涂抹得一塌糊涂。有的地方整段、整页都废掉了，只剩下六七十首诗勉强可以看清楚。他自己写了十多篇文章，搜集在一起，放在案头，打算第二天去找名师请教。早晨起来一看，文章乱七八糟地摊在桌子上，又涂满了狐狸的足迹，不堪入目，他不由得破口大骂起来。

好友王生到山村来办事，顺便看望郭生，听他正在大骂狐狸，就问他情由。听了郭生的讲述，王生觉得这事情很好笑，拿起被狐狸弄脏的诗集和文章翻看。看了一会儿，他看出了门道，觉得狐狸的涂抹不是乱来，很有点道理。诗集中被涂抹掉的篇章都很平庸，留下的就好一些。而对郭生的文章，涂抹的地方往往是混乱和多余的文字。

王生惊喜地一拍桌子，对郭生说："你家的狐狸不简单，不是在害你，而是在帮你。你不是说缺老师吗，就让狐狸当你的老师吧！"因为王生很有文才，郭生佩服他，对他的话虽然不全信，至少没有当耳旁风。

郭生出门请教了名师，修改好自己的文章，拿回来与狐狸涂抹的对照，感到狐狸确实比自己高明。从此以后，每当他写好一篇文章，需要指点的时候，晚上就将文章放在桌上，第二天再看狐狸的涂抹，悉心揣摩。

过了一年多时间，郭生摆出文章后，狐狸不再涂抹，而是洒上许多墨点子。郭生不解其意，拿着文章去请教好友王生。王生看了后笑着说："狐狸不愧是你的好老师，把你教出来了，它是在夸你的文章可圈可点呢。"王生鼓励郭生投考县学，并说他能考取。郭生一考，果然被录取了。

郭生对狐狸很感激，经常在小院里摆上米饭，有时还有鸡肉，把狐狸当名师供着。他买来名家的书稿，请狐狸代为选择，涂抹的扔在一边，有墨点的就精心研读。这样一来，郭生的学问和写文章的技巧进步神速，两次应试都名列前茅。

后来，郭生写了文章，反复修改之后，自以为天衣无缝了，再给狐狸看，仍然被涂抹。他心里不以为然，心想自己连续考试成功，学业大进，狐狸也许跟不上了。

他想了个办法来试验狐狸：将过去狐狸洒过墨点的几篇文

章誊抄一遍，放在桌上。第二天一看，全都被涂抹得面目全非。他认为狐狸不灵了，自己过去曾经肯定的文章，怎么又忘记了。于是，他不再摆东西给狐狸吃，写好的文章也不给狐狸看，而是锁在箱子里。

有一次，他打开箱子的时候，意外地发现他的文集还是被狐狸涂抹了，不过没有乱涂，第一页抓了四道杠子，第二页抓了五道杠子，第三页也是五道。他想了半天，也不明白这些杠子是什么意思。以后，即使他的文章摆在桌上，狐狸也不再涂抹，只去拖鞋子和袜子了。

在后来的考试当中，郭生第一次得了四等，后两次得了五等。他才蓦然明白狐狸抓出的杠子是什么意思，原来狐狸早已预测到了他的成绩。

酒　虫

　　邹平县有个大胖子，姓刘，最爱喝酒。他独自饮酒，一次可以喝干整坛子米酒。他在城外有三百亩田地，其中一半种了小米，用来酿酒。因为他家有钱，所以不在乎饮酒的花费。

　　一个从西域来的和尚见了刘胖子，说他有一种怪病。刘胖子说："我的身体挺棒的啊，你倒是说说，我有什么怪病呀？"和尚说："你一定非常爱喝酒，而且从来喝不醉，是不是？"刘胖子承认说："是啊，有这回事。"和尚说："这就是我说的怪病。在你的身子里，有一条酒虫在作怪。"刘胖子听了很吃惊，有些害怕，请求和尚给他治病。

　　和尚治病的方法很特别。当时正是三伏天的中午，太阳火辣辣的。和尚把他的手脚捆了起来，绑在柱子上，在他的面前放了一个海碗，里面盛满了好酒。刘胖子被晒了一个时辰，头昏脑涨，口渴难耐。对面那碗好酒，闻得到香味，伸头却够不着，馋得他不能自已，恨不得挣断了绳子去喝酒。

　　忽然，他觉得喉头一阵发痒，口中吐出个滑溜溜、软乎乎

的东西，正落在酒碗里面。和尚说："好了，好了，出来了。"众人给刘胖子松了绑，挤到酒碗跟前一看，里面有一条胖虫子，三寸来长，眼睛嘴巴俱全，在酒碗里快活地游动着。刘胖子向和尚表示感谢，要给他赏钱。和尚说："不用了，说好不要钱的。你要是想谢我，就把这条虫子送给我好了。"刘胖子感到奇怪，问道："这条虫子有什么用吗？"和尚说："这是酒虫，会酿酒。"说着，他当场做了个实验，拿了一坛清水，把酒虫放进去游了一趟，那坛水立刻变得酒香四溢。

刘胖子打掉了身体里面的酒虫，从此就不再想喝酒了，见到酒就像是仇人一样躲开。但是很奇怪，戒了酒后，他的身体反而变坏了，一天天瘦了下来。而且他不喝酒也没有省下钱来，家道反而一天天衰落了。

有人说，酒虫是刘胖子的福虫，本不该打掉的。

橘　树

陕西的兴化县，曾经有个姓刘的知县。

刘知县在任上的时候，有个道士来送礼，礼物很特别，是一棵漂亮的橘树苗。刘知县嫌礼太轻，不屑于接受。刘知县有个小女儿，那天刚好过七岁生日。道士说："区区薄礼，不配送给刘大人，就算给小姐的生日礼物吧。"刘知县勉强收了下来。

小女儿却很喜欢这棵橘树苗，把它栽在盆里，放在自己的卧室里面，每天浇水，晴天就搬出去晒太阳。在她的精心照料下，小树长得郁郁葱葱。刘知县任期满了，小树也长到快有人高了，而且结出了甜美的果实。刘知县离任了，要搬家，打点着行装。女儿要把橘树带上，刘知县嫌累赘，不愿意带。女儿抱着橘树，伤心地哭了起来。

家里人哄她说："我们搬家是暂时的，将来要搬回来的，你还会见到这棵树的。"女儿怕别人把橘树搬走，就要求将树从盆里移栽到院子里。她看着家人挖好坑，栽上树，培好土，才流着泪离开了。

后来，刘知县的女儿嫁给了一个姓庄的人家。她的丈夫考

取了功名，也做了兴化县的知县。庄夫人就要回到从小长大的院子去住，一路上念叨着那棵橘树，心里想：十多年过去了，橘树恐怕已经不在了。她到地方一看，橘树还在，已经长成合抱粗的大树了，枝头挂满了黄澄澄的甜橘。夫人找来当年认识的老衙役一问情况，他说："刘老爷搬走之前那一年，橘树结过一次果子。以后一直长得很好，可就是从来不结果实。这回夫人刚一回来，它又结了，真是奇怪。"

更令人惊奇的是，庄知县在任三年，橘树年年枝叶茂盛，果实累累。第四年，橘树忽然枯萎，不开花，更不结果了。夫人说："老爷，你在这里怕是干不长了，我们要搬家了。"果然，不久庄知县被调任了。他们家搬走后，橘树就枯死了。

赵 城 虎

  在山西的赵城，有个老婆婆，已七十多岁，只有一个独养儿子。儿子进山去砍柴，没有回来，有人看见他被一只斑斓猛虎吃掉了。老婆婆伤心欲绝，到县里的官衙状告老虎。县太爷感到哭笑不得，说："我这个县官是管老百姓的，怎么能管到山里的老虎？"老婆婆不听，号啕大哭，一定要县官为她做主。县太爷大声斥责她不懂道理，赶她走，可是她就是赖在公堂里不走。县太爷见她年老体弱，又死了独养儿子，确实可怜，只好答应替他捉拿老虎。她还是不肯走，要县太爷当她的面发出捉拿老虎的公文。县太爷问部下："你们谁能捉拿老虎？"半天没有人吭声。一个名叫李能的差役，喝醉了酒，一时逞能，走到堂前说："我愿意去捉老虎！"说完，他到县太爷跟前领取了公文。老婆婆见了，这才放心离去。

  第二天，李能酒醒了，听别人说那只斑斓猛虎十分厉害，马上后悔了。他找到县太爷，要求退回公文。县太爷拍案大骂："公文就是令牌，哪能说拿就拿，说退就退，我这里不卖

后悔药！"

李能无奈，请求县太爷召集猎户，帮助搜捕老虎。

斑斓猛虎出没无常，李能带着猎户们日夜埋伏，忙了一个多月，也没有抓到一根虎毛。老婆婆时常去县太爷那里哭诉催促，县太爷一恼火，打了李能一顿板子，限他三天之内抓住老虎。

李能束手无策，挣扎着走到城郊的山神庙里磕头，哭诉自己的遭遇，恳请山神拯救他。忽然，他感到背后刮来一阵阴森森的狂风，回过头来一看，妈呀，是一只斑斓猛虎，张着血盆大口，对着他吼了一声。李能吓得手脚发抖，以为老虎要吃掉自己。但是老虎并没有扑上来，围着他转了一圈，嗅了嗅，坐在了地上。李能感到奇怪，壮着胆子，对老虎说："老婆婆的独养儿子就是你咬死的吧？你要是可怜我，就随我一起去见县太爷。要不然，你连我一起吃掉算了。"说完之后，他见老虎没有动，就拿起绳索拴住老虎，带它回城了。

县太爷看着老虎，觉得不好办，问它道："老婆婆的独养儿子是不是你吃掉的？"老虎点了点头。县太爷看老虎似乎通人性，有了主意，对他说："按我们人间的法令，杀人是滔天大罪，是要偿命的。你吃掉了老婆婆的独养儿子，她老人家由谁来养活呢？如果你有灵性，愿意立功赎罪，代她的儿子孝敬老人，我就放你回山。"老虎又点了点头。县太爷就让李能松开绳子，放老虎回山林去了。

老婆婆听说老虎被抓住又放掉了，十分气愤，心里骂县

太爷太荒唐，准备再到县里去告状。早晨开门时，她发现门口躺着一只死鹿，脖子上有牙印，好像是老虎咬死衔来的。老婆婆顾不上告状了，卖了鹿皮和鹿肉，过了几天好日子。以后，老虎时常光顾，叼来黄羊、山猫等野物，有时候还叼来布匹和钱财。

老婆婆知道是老虎在赔偿她，渐渐不那么恨它了。时间长了，老婆婆与老虎熟悉了，老虎时常睡在老婆婆家门前晒太阳。她不但不害怕它，还替它梳理毛发。

几年以后，老婆婆去世了。村里人找到她存下的钱，替她体面地办了丧事。坟头刚培好土，忽听一阵虎啸，震天动地，那只斑斓猛虎出现了。老虎直扑坟头，把起坟和吊丧的人全都吓跑了。老虎围绕着老婆婆的坟转了几圈，低头长啸了几声，才恋恋不舍地离开了。

画 马

　　从前有个姓崔的书生，家住在山东临清县。因为家里穷，围墙坏了也修不起，常有些牲畜闯入他家。

　　这天清晨，他看见一匹骏马卧在他家院中。这匹马的毛色发亮，看起来很是雄健。美中不足的是马尾巴上的毛零乱不全，像是被火燎过似的。崔生不是那种贪财的人，就把那马赶了出去。谁知那马夜间又跑了回来，也不知它来自何处。

　　崔生有个朋友在山西做官，邀请他前往。崔生很想去，可是雇不起骡马，心想，这匹送上门的马何不借用一下？于是他捉住马，套上笼头骑了上去。

　　出门之前，他叮嘱家人说："若有人来寻找这匹马，你们就赶到山西告诉我。"上了大路，马儿自动奔驰起来，快如疾风闪电。夜晚，崔生给马喂草料，它却不屑一顾，崔生以为它累病了。

　　第二天，崔生勒着缰绳，想让马慢慢走，马儿却很兴奋，仰头嘶叫，奋蹄奔驰。崔生只好任它飞奔，马比昨天跑得还

117

快，中午时分就赶到了山西。崔生骑马上了街市，见者纷纷赞叹这是匹好马。

晋王听说有这样一匹千里马，愿出高价购买。崔生开始怕失主寻找，不敢卖。后来骑了半年也没有人来找，就大着胆子，将马卖给了晋王府，得到八百两银子，另外买了匹骡子骑回了家。

后来，晋王有个紧急事情要办，于是派了个校官骑着这匹千里马到临清县去。到了县里，那马忽然挣脱缰绳，撒腿就跑。校官紧追不舍，发现马逃到崔生家东边隔壁的一户人家。眼看着马进了门，转眼又不见了，于是就向这家主人追索。

这家主人姓曾，他感到莫名其妙，说根本没有见到什么马进自家门。校官四处察看，在他家墙上看到一幅元代画家赵子昂的画，画中有许多骏马，其中一匹毛色正与逃走的那匹马相同，恰好在尾巴处被香火烧了个洞。

校官明白了，是画上的马成了精，下地来作怪。校官丢了千里马，没法向晋王交代，就到县衙去告状，状告曾家藏着马妖。

崔生得知了此事，不忍心让姓曾的邻居受害。这时候，崔生已经富了起来，他靠卖马的银子做本钱，赚下了千万资产。所以他自愿捐出八百两银子，让曾家付给那校官交差，私下了结了官司。

曾家十分感激邻居崔生，却不晓得自家画上的马被崔生用过，大受其惠。

布　客

山东有一个布贩子，家在长清。

这一天，布贩子到泰安去做买卖，听说有个算卦的半仙，预言非常灵验，就慕名而去。半仙看了他的生辰八字，皱着眉说："你的运道糟透了，有大灾，赶快回家吧。"布贩子问："有没有解救的办法，我不吝惜钱财。"半仙不要他的钱，挥手打发他走。他吓得不轻，赶紧回家。

路途上，他遇到一个穿黑衣服的人，模样像是个衙门的差役。两人一路同行，谈话很投机，布贩子的心情好了一些，就和他一起吃饭喝酒，每次布贩子都抢着付账。

布贩子问差役，此行有什么任务，差役说要去长清抓人。布贩子说："巧了，我就是长清人。你要抓谁？"差役拿出一份名单，其中排在最前面的就是布贩子。布贩子大为委屈，哭着说："我一贯奉公守法，为何要抓我？"那差役笑了，说："实话告诉你，我不是人，是个鬼差。名单上有你，就是说你的阳寿到头了。"

布贩子很害怕，苦苦哀求鬼差高抬贵手放过他。那鬼差说："放你是肯定不行的。不过，名单很长，我一时间抓不过来，可以把你放到最后抓。这样一来，你就能死得从容一点儿，可以提前办好自己的后事，算是我报答你的友情。"

两人一起回长清，走到一条河边，看见河上的桥断了，过往行人都得卷起裤脚，涉水而行。鬼差对布贩子说："你就要死了，钱也带不到阴间。不如在这里修座桥，在人间留下个好名声。"布贩子带着哭腔说："好吧，我的命都快没有了，还吝啬钱财干什么？"

布贩子回到家，先预备好自己的后事，看看自己还活着，就着手去修桥。桥修好了，他还好好地活着，无病无灾。又过了好久，他仍然健在，就对那个半仙和鬼差的话渐渐产生了怀疑。

一天夜里，他做了一个梦，又和鬼差在一起喝酒。鬼差告诉他："本来你确实是该死的，因为你修了便民桥，受到人们的夸奖，名声传到阎王那里，他就把你的名字从勾魂簿上划掉了。我特意来告诉你一声，你以后照常做生意吧。"

后来，布贩子又活了许多年才死去。

巨　人

　　在山东的长山县有家客店，一天，来了一帮商贩，说话是河北口音。店老板觉得他们面相有些异样，每人脸上都有同样的伤疤，两颊一边一个，都是铜钱大小。店老板问他们，是否生了什么怪病，怎么全都落下了同样的伤疤。其中一个能说会道的人就讲开了故事：

　　我们去年在云南贩货，一天天黑之后，照明的火把灭了，结果迷了路。我们摸进一个山谷，绕来绕去，绕不出去了。后来我们见到一棵大树，形状像伞，遮盖了一亩多地，就在树下歇息下来。夜深了，野兽出没，我们就点起一堆篝火，团团围着，野兽就不敢上前了。忽然，我们听到震天动地的脚步声，来了一个巨人，身高如塔，踩倒小树就像踩根草。我们吓坏了，抱头趴在地上，浑身发抖。那巨人抓起马就放到嘴里，嚼得咯咯响，六七匹马顷刻就被他吞到肚里去了。他又抓起人来，但没有马上吃掉，而是折了根长长的树枝，穿过我们的腮帮子，像串鱼一样，拎起来就走。树枝咯吱响，他怕断掉，就

122

把我们放在了地下，将树枝弯成圈，用大石头压住，对我们吼叫了几声，似乎是警告我们不要逃跑，然后就离开了。大家等他走远，赶紧自救，用防身的刀子砍断树枝，拔脚就逃。

还没有跑出多远，就听到打雷一样的脚步声，巨人回来了，还带来一个更大的巨人。我们躲入树丛，大气也不敢出。那巨人四处找人找不到，捡起树枝察看，显出很害怕的样子。那个更大的巨人发出了怒吼，比老虎的声音大几倍，挥手打倒了巨人，压得树林倒了一片。等到两个巨人都走开了，我们钻出树丛，慌忙逃命。

我们在野地里乱窜，跑了约有十几里路，看见山腰有灯火，走过去一看，原来是个石洞，里面住着一家猎户，一个强壮的男人正在剥兽皮。他见到我们挺客气，停下手来给我们弄吃的喝的。我们诉说了见到巨人的经历，那男人说："那家伙太大了，我也斗不过。我妹妹或许能制伏他们，等她回来再说。"

不一会儿，一个姑娘回来了。她身材并不特别高大，但是长得很结实，肩上扛着两只死老虎，一点儿也不费力。我们向她磕头，讲述了遭遇可怕的巨人的事，她愤愤不平地说："我早就听说过那两个家伙在山里称霸，如今竟敢吃人了！看我去收拾他们！"说着，她从山洞里找出一把巨大的砍刀，足有三四百斤重，轻松地掂在手里。她吩咐哥哥煮老虎肉招待客人，自己气昂昂地寻找巨人去了。老虎肉还没有煮熟，姑娘已经得胜回来了，说："那两个巨人见了我就逃，我追了几十里路，

砍下了其中一个的手指，他们再也不敢来此地了。"大家半信半疑，却见她扔下个东西，仔细一看，正是巨人的手指，比常人的大腿还要粗。

大家真是佩服极了，赠给她各种货物。她金银财宝都不要，只留下一点儿盐巴。过了片刻，老虎肉煮熟了，我们忍着腮帮子上的伤痛吃了一点。兄妹俩送我们上了大路。路过与巨人搏斗的地方，姑娘指给我们看。我们看到草地上留下的血迹已经干了，有一寸多厚。

兄妹俩还送给我们治疗脸上伤口的药，我们擦了，马上止住了血。几天后，我们的伤好了，但是脸上却留下了这样的伤疤。

语文阅读经典丛书·第十辑

封神演义

〔明〕许仲琳 著

文 质 改编

长江出版社
CHANGJIANG PRESS

图书在版编目（CIP）数据

语文阅读经典丛书.第十辑／文质改编.
—武汉：长江出版社，2021.3
ISBN 978-7-5492-7613-4

Ⅰ.①语… Ⅱ.①文… Ⅲ.①世界文学－作品综合集
Ⅳ.①I11

中国版本图书馆 CIP 数据核字（2021）第 050191 号

语文阅读经典丛书.第十辑　　　　　　　　　　　文质　改编
责任编辑:江水
出版发行:长江出版社
地　　　址:武汉市解放大道 1863 号　　　　　　　邮　　编:430010
网　　　址:http://www.cjpress.com.cn
电　　　话:(027)82926557(总编室)
　　　　　　(027)82926806(市场营销部)
经　　　销:各地新华书店
印　　　刷:湖北嘉仑文化发展有限公司
规　　　格:880mm × 1230mm　　　　1/32　　12 印张　　240 千字
版　　　次:2021 年 3 月第 1 版　　　2021 年 3 月第 1 次印刷
ISBN 978-7-5492-7613-4
定　　　价:74.80 元(共三册)

第一章 纣王进香惹神怒

　　商朝的君主帝乙有三个儿子，分别是长子微子启、次子微子衍和三子受辛。有一年，帝乙领着文武百官在御花园观赏牡丹时，突然飞云阁塌了一梁。帝乙的三儿子受辛挺身而出，用双手托住大梁，帝乙等人毫发无损。丞相商容、上大夫梅伯、赵启等人立刻上奏帝乙，说受辛反应敏捷，力大无比，请立受辛为太子。

　　后来，帝乙驾崩，受辛登上了王位，这就是商朝的最后一个君主——商纣王。纣王登基后，朝中文有太师闻仲，武有镇国武成王黄飞虎，这二人都是安邦定国的忠臣。商朝还有四路大诸侯，每路率领二百镇的小诸侯，共同扶保商朝。这四路诸侯分别是：东伯侯姜桓楚，南伯侯鄂崇禹，西伯侯姬昌，北伯侯崇侯虎。有了这些忠臣良将，纣王坐享太平。商王朝风调雨顺，人民安居乐业，周边的小国纷纷前来朝贺进贡，表示臣服。

　　纣王七年二月，有战报传到朝歌，说袁福通等北海七十二路诸侯造反了，纣王连忙派太师闻仲领兵前去讨伐。

三月十四日，纣王早朝登殿，文武百官分列两旁。纣王说道："各位爱卿，有事赶快上奏，无事散班退朝。"话音刚落，只见丞相商容走了出来，启奏道："明天是三月十五日，乃是女娲娘娘的诞辰，请陛下驾临女娲宫进香。"纣王说："女娲有什么功德，要朕亲自前去进香？"商容答道："女娲娘娘乃上古神女，当年共工氏头触不周山，天向北方倾斜，地向东西面塌陷。女娲采炼五色石补青天，拯救黎民百姓，功德无量。如今我朝风调雨顺，也是受到女娲娘娘的庇佑，所以陛下应当前往进香。"纣王道："既然如此，准卿所奏。"

第二天，纣王乘着马车，前往女娲宫进香。纣王对着女娲像行礼完毕，忽然一阵狂风吹来，将幔帐吹起，现出女娲神像来，真是天姿国色，美丽非凡。纣王一见，顿时神魂飘荡，惊叹不已，便在粉墙上作诗一首：

凤銮宝帐景非常，尽是泥金巧样妆。

曲曲远山飞翠色，翩翩舞袖映霞裳。

梨花带雨争娇艳，芍药笼烟骋媚妆。

但得妖娆能举动，取回长乐侍君王。

纣王写完后，丞相商容看了，连忙对纣王说："女娲娘娘乃是上古正神，朝歌的福主。老臣请陛下亲自来上香，是来祈求福德，使风调雨顺，兵火宁息，万民安居乐业。如今陛下作诗亵渎神明，毫无虔诚之意。请陛下快用水将诗洗掉，以免触怒女娲娘娘。"

纣王不以为然地说："朕作这首诗是要让天下百姓都知道女娲娘娘的绝世容貌，表达一下朕的仰慕之情，有什么好大惊小怪的？"说完，纣王便起驾回宫了。

女娲娘娘在自己的寿诞那天，前往火云宫朝贺伏羲、炎帝、轩辕三圣。回来后，她看见粉壁上的诗句，勃然大怒道："这个无道昏君，今天进香不提我的恩德，反而写诗来亵渎我，真是可恶！如若不给他个报应，他怎会知道我的厉害。"

于是，女娲娘娘唤来天下群妖，从中选出了的三个妖精：一个千年狐狸精、一个九头雉鸡精、一个玉石琵琶精。女娲娘娘说："三妖听我密旨，商朝气数已尽，周朝不久将兴起。天意如此，命运使然。你们三个隐去妖形，想办法进入纣王的宫院，迷惑纣王。等到周武王伐纣那天，务必助武王成功。事成之后，我让你等皆成正果。你们记住，千万不可残害众生！"娘娘吩咐完毕，三妖叩头谢恩，化作清风而去。

第二章　苏护据冀州反商

再说纣王进香回宫后，对女娲娘娘朝思暮想，茶饭不思，更没有心思上朝理政。他的宠臣费仲、尤浑二人便提议让纣王下旨选美，让四方诸侯进贡美女。但此举遭到大臣们反对，只好作罢。一计不成，费仲、尤浑二人又生一计。冀州侯苏护性情刚直，从不巴结他们，因此让二人颇为反感。苏护家有一女，名叫妲己，美若天仙。于是，二人便向纣王提议召妲己进宫。

纣王听后大喜，立即差人宣冀州侯苏护进宫。谁知，苏护不仅拒绝了纣王，还让纣王修德勤政，不可贪图女色，以免葬送了商朝六百余年的基业。纣王勃然大怒，要将他斩首。费、尤二人拦住纣王，说："陛下，苏护违抗圣旨，理当斩首，但如果放他回去，他一定会感谢陛下的不杀之恩，将女儿送进宫来。天下百姓也会称赞陛下宽宏大度，岂不是一举两得？"纣王听后，怒气这才消了一些，便传旨让苏护离开朝歌，回去后将女儿送进宫来。

然而，苏护回去以后，不仅没有着手送女儿入宫，还开始公然反抗纣王。

纣王气得破口大骂，随即传旨，命北伯侯崇侯虎、西伯侯姬昌率兵荡平冀州。

崇侯虎是个贪婪横暴之徒，他领了圣旨后，立刻气势汹汹地要前去捉拿苏护。姬昌听说是去讨伐苏护，吃惊不小，心想：苏护是个忠臣，现在陛下要拿他兴师问罪，莫非是受了谁的蛊惑？姬昌于是让崇侯虎领兵先去冀州，说自己随后就到。

苏护料定纣王不会轻易放过他，在冀州也早有准备。苏护得知崇侯虎来到冀州，在城下安营扎寨，禁不住大怒道："这崇侯虎也不是什么好东西，我今天要为民除恶，以振军威。"他命人打开城门，杀了出去。

崇侯虎正骑在逍遥马上，骄横得不可一世，他见到苏护，回顾左右，问道："谁跟我一起擒此逆贼？"话还没说完，偏将梅武厉声说道："待末将来捉拿这个叛贼！"他策马来到军队前面，对苏护破口大骂。

苏护之子苏全忠忍无可忍，拍马挺戟朝梅武冲过来。二十个回合不到，苏全忠

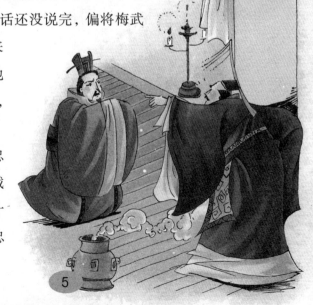

一戟将梅武刺下马来。苏护见儿子得胜，传令擂鼓进兵。崇侯虎率兵边战边退，败退到十里之外，苏护这才鸣金收兵。当夜，苏护再次出击，杀得崇侯虎措手不及，仓皇逃走。

第二天，崇侯虎的弟弟曹州侯崇黑虎听说哥哥在冀州打了败仗，便率兵前往增援。兄弟二人重整军队，由崇黑虎打头阵，再次向冀州杀来。

两军还未分出胜负，西伯侯姬昌的信被送到了苏护手中。信中说，苏护如将爱女献出，可有三利：苏护全家有享不尽的荣华富贵；苏护及子孙可永世拥有冀州；冀州百姓不会因为战争而颠沛流离。如果执意抵抗下去，则有三害：冀州城将会被夷为平地；苏护将会被诛灭九族；冀州军民将会饱受战争之苦。

苏护看完信后，说道："西伯侯的话的确有理，他是真心为国为民啊！这样的仁义君子给我写信，我还能不听吗？"苏护当即决定，停止与朝廷对抗，择日送爱女赴朝歌，向纣王请罪。

第三章　狐狸精借体成形

　　苏护率三千人马，五百家将，带着爱女妲己动身前往朝歌。这天，一行人马抵达恩州地界，在恩州的馆驿休息。

　　三更时分，忽然一阵阴风吹来，吹得苏护毛骨悚然。他心里正在疑惑，忽然听到后厅侍女喊道："妖精来了！"苏护急忙跑到后厅，问妲己道："孩儿，刚才吹来一股妖风，你没有感觉到吗？"妲己答道："孩儿梦中只听得侍女喊叫'妖精来了'，孩儿刚准备起来，爹爹就来了，并不曾看见什么妖怪。"苏护说："感谢天地庇佑，不曾惊吓到你，这就好。"可苏护哪里知道，眼前的妲己，已不是他的女儿，而是一只千年的狐妖。那狐妖刚才借体成形，吸了妲己的魂魄，变作了她的模样。

天刚亮，苏护一行人便离开恩州，前往朝歌。

苏护到了朝歌，赶紧带着姐己去拜见纣王。那姐己是千年狐狸精所变，她一上殿，老远就下拜道："臣女姐己愿陛下万岁，万岁，万万岁！"纣王定睛一看，面前的姐己，杏眼桃腮，蛾眉柳腰，如同九天仙女下凡。他顿时欣喜若狂，立即传旨赦免苏护无罪，官复原职，每月加俸两千石。纣王在显庆殿设宴三天，宴请苏护。三天后又派人送苏护回冀州。

纣王自从得到姐己后，整日不理朝政。姜王后看见纣王整天和姐己在一起，也不上朝，十分担心。一天，姜王后去见纣王，看见纣王正在喝酒，姐己在一旁跳舞助兴。纣王对姜王后说："姐己的舞姿曼妙，真是不可多得的国宝啊。"姜王后说："什么国宝，我看她是倾家丧国之宝。"说完就走了。

姐己听了，哭着对纣王说："妾身今后不敢再为大王跳舞了，王后这么说我，我真是没脸活下去了。"纣王赶紧劝慰道："爱妃，你不要伤心，我早晚要废了这个姜氏，立你当王后，你说可好？"姐己这才转悲为喜。

为了当上王后，姐己设计陷害姜王后，致使她被酷刑折磨至死。姜王后有两个儿子，一个叫殷郊，已经十四岁了，还有一个叫殷洪，才十二岁。他们听说母亲被奸人谗害，冲进宫门要杀了姐己为母亲报仇。结果惹怒纣王，招来杀身之祸。

殷郊、殷洪准备逃出朝歌，前去投奔外公姜桓楚。二人分开逃命，可没走多远就被抓获。

文武百官齐齐向纣王求情，纣王完全听不进去，坚持要将

二人斩首。二位皇子也是命不该绝，就在快要行刑之时，正逢太华山云霄洞赤精子、九仙山桃源洞广成子闲游三山五岳，路过朝歌。两位大仙见被捆绑的二人红气冲天，便决定把他俩救下收为徒弟。只见狂风四起、尘土飞扬，顿时天昏地暗。那些执刀士卒和监斩官殷破败忙用衣袖掩面，待到风息无声，才发现别人都在，唯独不见了二位太子。

第四章　西伯侯偶得将星

现在，纣王最担忧的是东伯侯姜桓楚会为女儿姜王后报仇。费仲建议纣王召姜桓楚、鄂崇禹、姬昌、崇侯虎四大诸侯火速进京，然后趁机除掉他们，斩草除根。

西伯侯姬昌接诏后，知道可能凶多吉少，连夜交代完后事，第二天一早就出发了。这天，姬昌和随从们来到燕山，遇上了瓢泼大雨。大雨过后，忽然间一声响亮的雷声，惊天动地。霎时间云散雨收，烈日当空，众人从避雨的树林里走出来。姬昌被淋得浑身湿透，也不换衣服，而是对众人说："雷过生光，'将星'出现。你们赶快帮我把将星找来！"随从们不晓得"将星"是谁，也不晓得到哪里去找。但是，大家都知道他们的主公是个未卜先知的人，于是便四下里搜寻起来——他们忽然听见一座古墓旁边响起了孩子的哭声。

众人上前一看，是一个婴儿，心中暗想，莫非他就是"将星"？众人连忙将孩子抱起，递给了姬昌。姬昌看到这孩子面如桃花，两眼放光，高兴地说："好孩子！他就是将星，他应该是我的第一百个儿子。我已经有九十九个儿子，就缺他了！"

姬昌等人继续前行。途中碰到一位终南山玉柱洞的炼气士，自称叫云中子。他说自己不远千里来到此地，为的是寻找将星。姬昌听了，便命左右将孩子抱给他看。云中子接过孩子，说："贤侯，今朝终于寻得将星。贫道这就将此孩儿带上终南山，收为徒弟。等到贤侯回来时，再还给您，好吗？"

姬昌此行凶险，听他这么一说，不假思索地就答应了。云中子给婴孩取名叫"雷震子"，道别后就离开了。

四大诸侯到达朝歌后，在驿馆相聚。四人商定，明日早朝，一同去面君。次日早朝，纣王升殿。姜桓楚马上呈上了奏章。纣王根本不看奏章，却大喝一声："姜桓楚！你可知罪？"

东伯侯进了朝歌才知道女儿被害的事，气得当场昏倒在地。他和其他三大诸侯商议，每人各写一本奏章，打算在面见纣王时辩明冤枉，谁知竟被纣王倒打一耙。他刚辩白了几句，

便被纣王厉声喝住。纣王指着他破口大骂道："老逆贼！你们父女图谋弑君篡位，铁证如山，岂容你狡辩？"纣王随即下令将姜桓楚绑赴午门外，碎尸万段。其余三大诸侯急忙出列，一齐跪奏，将事先写下的为姜桓楚辩诬的奏章呈上。纣王存心要杀四诸侯，正苦于没有姬昌等三人的把柄，不料他们自己主动把机会送上门来！纣王将三人的奏章扫了几眼，就"嚓嚓"地扯碎了，拍着桌子说："原来你们四个早就串通好了，一起来威胁朕。来人啊，将这三个逆臣一起推出去，枭首后回旨！"

崇侯虎素与费仲、尤浑交好，行刑之际，二人向纣王求情，特赦了崇侯虎。

纣王如此忠奸不分，气坏了殿东头的黄飞虎、比干、微子启等皇亲国戚和大臣，他们一起出列为三大诸侯说情。纣王沉默了好一阵，终于拿定了主意，说道："姬昌，我当然晓得他是忠良，但他不应该随声附和姜桓楚。看在诸位大臣的面上，我免他一死。姜桓楚、鄂崇禹罪大恶极，绝不能赦免，诸位大臣不必多说了！"随后纣王下令将姬昌和他的随从一道软禁在羑里城。

第五章　陈塘关哪吒出世

纣王杀了东伯侯姜桓楚和南伯侯鄂崇禹后,东伯侯姜桓楚的儿子姜文焕立刻率四十万大军,兵取游魂关;南伯侯鄂崇禹的儿子鄂顺率人马三十万兵取三山关。黄飞虎得到消息后,长叹一声说:"二镇起兵,天下大乱,老百姓又要受苦了。"他急忙下令各地将领紧守关隘。

离游魂关不远处有座陈塘关,总兵名叫李靖,他接到黄飞虎的将令后立刻调集兵马,严守关口。

李靖有两个儿子:长子金吒,次子木吒。他的夫人殷氏又怀了第三胎,已经三年零六个月了还没有生产。有一天晚上,殷氏做了个怪梦,梦见一个道人径直走进卧房说道:"夫人快接麟儿!"殷氏猛然惊醒,吓出一身冷汗。没多久,她腹部就疼痛起来,不多时生下了一个肉球。李靖以为是妖精,手提宝剑,朝肉球砍去。只听一声响,肉球分开,跳出一个小孩儿,满地跑动。李靖抱起来仔细一看,分明是个好孩儿,心中便不忍再杀他。

第二天，来了许多人祝贺，连乾元山的太乙真人也来了，他给这孩子取名叫"哪吒"，还收为徒弟。太乙真人送给哪吒一个金镯，名叫"乾坤圈"，还送给他一条红绫，名叫"混天绫"，这些都是乾元山金光洞的镇洞之宝。

不知不觉中七年过去，哪吒七岁了。一天，天气酷热，哪吒和一名家将来到东海边玩耍。哪吒脱了衣服，坐在石头上，用七尺混天绫蘸水洗澡。谁知那七尺绫一进水，水就红了，再摆一摆，江河晃动；摇一摇，乾坤撼动，把东海龙王的整个水晶宫晃得乱响。

东海龙王敖广正在水晶宫里坐着，忽见宫阙震响，就叫巡海夜叉李艮到海面上看看是何人作怪。李艮钻出水面，看到一个小孩正用一条红绫蘸水洗澡，就问："你这小孩子，拿的什么怪东西，把海水都映红了，还弄得龙宫直晃？"

哪吒看见从水底下钻出一个怪物，面如蓝靛，巨口獠牙，手持大斧。哪吒说："你是个什么东西，也会说人话？"李艮恼了，举斧朝哪吒劈来。哪吒躲过去，把套在右手的乾坤圈往空中一甩，落下来正打在李艮的头上。顿时李艮脑浆迸出，死在岸上。敖广听虾兵报告李艮被人打死了，就派三太子敖丙前去把那人抓来。敖丙骑上避水兽，看见岸上有一小孩，想必是杀死李艮的人，举戟就刺。哪吒闪过，说道："先不要动手。报个姓名，我自有话说。"

敖丙答道："我是东海龙王三太子敖丙。"哪吒笑道："原来是敖广的儿子。你不要狂妄自大，要是惹恼了我，连那老泥鳅都拿了来，剥了他的皮。"敖丙听了这话，又举戟刺来。哪吒急了，把七尺混天绫往空中一展，似火块千团，往下一裹，遂将三太子裹下逼水兽。哪吒上前一脚踏在他的颈项上，提起乾坤圈，照顶门一下，打出了三太子的原身，也就是一条龙。哪吒把龙筋抽去，想做一条龙筋绦给父亲束甲。

李靖操练回到家中没多久，东海龙王敖广就找上门来了。李靖见龙王来访，急忙笑脸相迎。可敖广却怒气冲天，把自己的儿子和李艮被哪吒打死一事向李靖说了。李靖忙说，哪吒才七岁，哪会做出这样的事。敖广一口咬定是哪吒所为，让李靖去把哪吒唤来问话。

李靖到了后园，哪吒见到父亲甚是欣喜，便迎上去，并将龙筋献上。李靖看见后，大吃一惊，忙问龙筋是从哪来的。哪吒把下午发生的事对父亲细细说了一遍。李靖吓得张口结舌，半晌才说："你惹下了大祸，快出去向你伯父赔罪。"

哪吒来到大厅，上前对敖广施礼："伯父，小侄无知，一时犯错，望伯父恕罪。龙筋还给你。"敖广对李靖说："你刚才还说我弄错了，现在他自己都承认了，你还有什么话好说？我明天启奏玉帝，让你们血债血偿。"说完愤恨而去。

敖广走后，李靖家里乱成一团。李靖指着哪吒训道："都是你惹的祸，这可如何是好？"哪吒向哭泣的父母双膝跪下，说："我这就去乾元山，向我师傅讨个主意。"

哪吒借土遁之法来到乾元山金光洞，把发生的事告诉了太乙真人。太乙真人在哪吒的胸前画了一道符，吩咐他先去宝德

门拦截敖广。

　　哪吒离开乾元山，到了宝德门，只见天宫各门未开，就站立在聚仙门下。不一会儿，哪吒看见敖广来了，而敖广却看不见他。原来师傅在哪吒的胸前画的是"隐身符"。哪吒用乾坤圈一下就将敖广打倒在地，用脚踏住，对他说："我在海边洗澡，你家人欺负我，我是一时着急，才打死他二人。你要敢告状，我连你也打死。"哪吒抡起拳来打了他二三十下，又用手扯下他四五十片龙鳞。敖广鲜血直流，疼痛难忍，连声喊饶命，答应不去告状了，哪吒这才罢手。

　　过了几天，天空中突然雷鸣电闪，陈塘关白浪滔天，大雨如注，房屋倒塌，百姓们都在水里苦苦挣扎。原来，敖广聚齐

了四海龙王，向玉帝告状之后，奉旨前来捉拿李靖全家。李靖对哪吒说道："你一个人祸害了全城的百姓，我也管不了你了，你自己说该怎么办吧？"哪吒看到眼前的一切，对龙王大声喝道："我一人做事一人当，决不连累父母和无辜的百姓。我今天要剜下身上的骨肉还给父母。"说罢，哪吒从墙上摘下宝剑，剜肉剔骨，散了七魂三魄，一命归天。四海龙王看了后，大仇得报，这才纷纷离去。

哪吒没了形体，魂魄无所依靠，随风往乾元山飘来。金霞童子忙进洞，禀明太乙真人。真人叫金霞童子去五莲池摘来两枝莲花、三片荷叶，放在地上。他把莲花、荷叶排成人形，将一粒金丹居中，捉住哪吒魂魄，往莲花、荷叶里一推，喝道："哪吒不成人形，更待何时？"只听"呼啦"一声响，跳起一个人来，身高一丈六尺，正是哪吒的莲花化身。真人又传他火尖枪、风火二轮、一只豹皮囊，囊中放了乾坤圈、混天绫和金砖一块。

第六章　姜子牙奉命下山

纣王无道，引得天怒人怨。一天，昆仑山玉虚宫阐教掌门人元始天尊把弟子姜子牙叫来，对他说：“你仙道难成，是享受人间富贵的命。现在商朝将要灭亡，周朝不久要建立，你下山去辅助周朝吧。”姜子牙不敢违抗师命，遂收拾行李下了山。

姜子牙三十二岁上昆仑山修炼，下山时已经七十二岁。姜子牙奉师命下山后，来到朝歌，在义兄宋异人的帮助下，娶了马氏为妻。一开始，姜子牙做啥啥不成，整天被马氏责骂。最后，姜子牙利用自己的术法，开了一家算命馆。他神机妙算，很快声名远播。

一天，朝歌南门外轩辕坟中的玉石琵琶精，到朝歌宫中去看望妲己。她驾着妖光从南门路过返回巢穴时，听见人声鼎沸，遂拨开妖光看去，原来是姜子牙的算命馆前有许多人在等候算命。琵琶精就想来试他一下，遂摇身一变，变成了一个妇人，向算命馆走来，口中说道：“各位让开一条路，让我来算一算。”

姜子牙见这妇人来得蹊跷，定睛一看，认出是个妖精，心想这妖精好大胆，今天我一定要把她除掉！姜子牙对排队的人说："各位往后去一下，先让这个小娘子算吧。"

姜子牙等妖精伸出右手，遂运足丹田中先天元气，一把将她的脉门按住，用火眼金睛把妖光锁定了。姜子牙不言语，只是看着她。妖精说："先生算命，怎么不说话？我是女人家，快拿开你的手，男女授受不亲。"众人也齐声责备："姜子牙，这样实在可恶！"姜子牙对众人说："这个女子不是人，是个妖精。"众人不信。姜子牙用另一只手抓起案上的石砚，照妖精头顶砸去，女子倒地而死。这下可炸了锅，算命馆里乱成一团，都在喊："姜子牙打死人啦！"

恰巧这时丞相比干路过算命馆，听见里面乱哄哄的，一打听，知道打死人了。比干走进算命馆，众人都说算命先生贪恋女色，致女子于死地，姜子牙却非说打死的女子是妖精。比干一时难以断定谁对谁错，只得把姜子牙带回宫中审问。姜子牙当着纣王和众人的面，用三昧真火来烧得那玉石琵琶精现出原形。纣王见除了妖精，十分高兴，当下给姜子牙封了个下大夫。

妲己心如刀绞，发誓要报仇。妲己把玉石琵琶偷偷放在摘星楼上，让它吸收日月精华。

一天，纣王在摘星楼和妲己寻欢作乐。妲己忽然想起了玉石琵琶精，就设计要害姜子牙。她画了一张图，趁纣王酒喝得迷迷糊糊时，呈给他看。那张图上，画了一个台子，高四丈九尺，殿阁巍峨，琼楼玉宇，明珠妆成梁栋，玛瑙砌成栏杆。妲己说："这叫'鹿台'。陛下是天子，早晚在台上设宴，自有仙人、仙女下降。陛下若与真仙同游，必能延年益寿。"纣王说："这台子确实设计得不错，可是叫谁来督造呢？"妲己说："督造官一定要选才艺精巧、聪明睿智的人来担当。以我之见，这人非下大夫姜子牙不可。"纣王满口答应。

姜子牙被宣进宫，看完图样后，纣王问："建这个台子要多长时间能完工？"姜子牙说："工程太浩大了，没有三十五年不能完成。"纣王对妲己说："要三十五年才能完成。我要是年少，可以等着造好去享受。可是要那么长的时间，就是造好了，我可能已经不在了。我看就不要造了吧。"

妲己却说："一派胡言！姜子牙是术士，哪有三十五年完工的道理。他是在欺骗大王，罪当炮烙。"纣王让人马上将姜子牙拿下炮烙，以正国法。

左右侍卫还没上来，姜子牙拔腿就往楼下飞跑，经过九龙桥时，纵身跳下河去，不见了踪影。其实他是借水遁去了，追赶的人以为他跳水自尽了，就回来报告了纣王。

姜子牙回去以后，郑重地对马氏说："纣王不是我想象中的君王。我们一块到西岐去吧，我会时来运转当大官的。到那时你是一品夫人，头戴珠冠，荣耀西岐。"马氏讥嘲说："你不过是一个江湖术士，侥幸做了下大夫，大王让你去当造鹿台的监工。你多大的官，也敢劝谏大王？看来你没那个福气，只是术士的命。"

姜子牙费尽口舌，也没能说服马氏。马氏被劝急了，说：

　　"你写一纸休书吧。我宁愿在朝歌受穷受苦，你再去娶一房有福的夫人去！"万般无奈之下，姜子牙写了休书。马氏一把将休书拿过去，收拾行李回家去了。

　　第二天，姜子牙打点行装，向西岐方向上了路。

第七章　姬昌获赦出五关

　　西伯侯姬昌长子伯邑考正与臣子们商量着前往朝歌为父亲赎罪之事。散宜生等一再劝阻，可伯邑考决心已定，谁也阻拦不了。伯邑考将内事托付给弟弟姬发，外事托付给散宜生，军务托付给南宫适，一切安排好后，便往朝歌去了。

　　到了朝歌，伯邑考拜见了纣王，献上了带来的各种宝物。其中有一只白面猴，会唱各种歌曲。纣王看罢，心中大悦，传旨："摘星楼摆宴。"妲己偷看伯邑考，只见他面如满月，风姿俊雅，仪表不凡，风情袅袅。自古佳人爱少年，更何况妲己这个多情的妖精。妲己下定决心要将伯邑考留在身边，便对纣王说："陛下，按理说应放西伯侯父子回西歧，但伯邑考的琴声乃是天下绝调，如今放他父子回西歧，朝歌再无此绝美的琴音，十分可惜。陛下不如将他暂留宫中，教我弹琴。等我学会了也好弹琴给陛下听，到那时再放他父子归去也不迟啊！"

纣王喜不自禁，传旨让伯邑考留下教妲己弹琴。妲己叫人设宴，取来一张琴，要向伯邑考学弹琴。她眉目传情，无奈伯邑考只是低头抚琴，眼不旁观。见伯邑考不中计，妲己干脆说："你我两张琴各自弹，我一时很难学会，不如我俩合弹一张琴。"

伯邑考正色说道："娘娘贵为国母，受天下人的崇敬。如果把教琴一事视为儿戏成何体统！这事传出去，不是有辱国母娘娘的尊严吗？"妲己恼怒地离开了。

第二天，纣王让人把白面猿猴牵来，想听它唱歌。白面猿猴出了红笼，接过伯邑考递过来的檀板，展开婉转的歌喉唱起歌来，把所有人都迷住了。纣王听得如痴如醉，妲己也听得忘了形，竟然露出了狐狸的尾巴。那白面猿很有灵性，看出眼前坐着的是一只狐狸，扑上去便抓。妲己赶紧往后躲，纣王一拳将白面猿打死在地。纣王大怒，命左右把伯邑考拿下并杀了他。

再说伯邑考的随从连夜逃回西歧，将伯邑考之事告知二公子姬发，姬发几乎气绝于大殿之上。大将军南宫适听说伯邑考被杀，嚷嚷着要杀到朝歌去，却被散宜生拦住。散宜生说："大公子不听西伯侯的话，才落得这样的下场。我们不能再闯祸了。上次大公子到朝歌进贡，虽然带了不少礼物，却没有一样是送给费仲、尤浑二人的。如果想救西伯侯，必须先过他二人这一关，让他们在纣王面前替西伯侯说好话。"当下，散宜生便备了明珠、白璧、黄金、玉带等许多贵重礼物，分成两份，差人星夜悄悄进入朝歌，分别送到他们二人府上。

费仲、尤浑二人收了钱，很快就说服纣王释放了姬昌。姬昌回到朝歌，被纣王加封为百公之长，赐白旄、黄钺，每月加禄米一千石，择日派文官两名，武将两员，送他归西岐。黄飞虎担心姬昌留在朝歌日多生变，于是将通五关的铜符令箭交给文王，让他星夜骑马逃出朝歌城。

姬昌走到孟津，正要渡黄河，纣王的追兵就到了。就在追兵追赶姬昌时，云中子在终南山掐指一算，知道今日正是徒弟雷震子和姬昌相逢的日子。他就叫来了雷震子，说："你的父亲是西伯侯姬昌，现在在临潼关有难。你到虎儿崖下去挑一件兵器来，我密授你一些法术，好去解救你的父亲。"

雷震子到虎儿崖找不着兵器，却看见一个小溪边有一棵杏子树，树上结了两枚红红的杏子。红杏散发出扑鼻的异香，雷震子馋得口水都淌下来了。他攀上果树，将两枚杏子摘到手中。雷震子刚把两枚杏子吃下了肚，就听到一声响，左肋下长出一只翅膀来。雷震子吓得赶快用双手去拔，可转眼间右肋下也冒出了一只翅膀来。不一会儿，雷震子脸部也发生了变化：鼻子高了，面如蓝靛，发似朱砂，牙齿长到嘴巴外，身躯有二丈高。

雷震子回到洞中，云中子见了徒弟的模样，拍掌说："奇哉！奇哉！"云中子取来一条黄金棍，传授棍法给雷震子。不一会儿，雷震子就学会了。云中子又对着雷震子的双翅念了句咒语，雷震子就双翅展开，飞腾起来。云中子说："你速去临潼关救你父亲，但不许伤人性命，速去速回。"

雷震子离开终南山，霎时间到了临潼关，看见山下有一人正骑着一匹白马在狂奔，随即大吼一声："山下的可是西伯侯老爷？"姬昌看到前方站着一个怪物，吓得差点掉下马来。他骑马来到怪物跟前，壮着胆子问："这位壮士，你怎么认得我姬昌？"雷震子听后，连忙跪下拜见父亲，将事情原委细细地说给姬昌听。

这时，追兵赶来，见姬昌牵着马立在山冈上，以为他累得跑不动了，就一齐拥上前去，却猛然看见他身后还跟有一个怪

物，手持一条黄金棍。追兵将领纵马挥刀上来，雷震子说："你们不要上前，我不是怕你们，因为我师傅叫我不要伤了你们性命，所以我先让你们看一看我的本事！"雷震子将翅膀一扇，飞向空中，脚蹬天，头朝下，看到西边有往外突出的一块山石，就抡起黄金棍打去，一声巨响，突出的山石被他打缺了一半。追兵见雷震子如此凶恶勇猛，吓得魂不附体，不敢交战，率领兵士返回朝歌去了。

雷震子回到父亲身旁，背着他，一眨眼工夫就飞过了五关，来到金鸡岭西岐的地界。雷震子放下姬昌，想起师傅还在等候他，就对姬昌叩了个头，父子两人洒泪而别。

第八章　姬昌磻溪聘子牙

　　再说姜子牙离开朝歌后就住在磻溪边，终日执竿钓鱼。

　　一天，有个名叫武吉的樵夫路过姜子牙垂钓的地方，他看了半天也未见这位老者钓到一条鱼，觉得好奇，就问姜子牙姓什么，从哪里来？姜子牙答道："我是东海许州人，姓姜，名尚，字子牙，道号飞熊。"

　　那个叫武吉的樵夫从河里拿起鱼竿，发现鱼钩是笔直的，就讥笑子牙是个外行，说："要想钓到鱼，就要将鱼钩弄成弯曲的。像你这样钓，就是一百年也不会钓到一条鱼。可见你并不聪明！"姜子牙并不计较，说："我这叫'宁在直中取，不向曲中求'。"

　　武吉听了大笑，姜子牙不高兴了，他板下脸对武吉说："我看你左眼青，右眼红，今天进城要打死人！"武吉埋怨姜子牙出口伤人，气呼呼地挑起柴担，往西岐城走去。这天正逢姬昌到灵台占验灾祥之兆，两边文武随行，卫兵一路大呼："千岁驾临，行人让开！"武吉挑着柴正好走到南门口边的一条窄道上，想将柴换个肩，谁料这时柴担突然塌了一头，扁担在翻转时，正巧打在守门军士的耳门上，把军士当场打死。

姬昌的马车正好路过这里，他听说武吉打死了军士，就命卫兵将武吉囚禁起来。武吉被囚了三天，想起自己家中还有七十岁的老母亲无人照料，不禁感到伤心，号啕大哭起来。散宜生一问，才知他家中还有年迈的母亲，就放了武吉，让他回家把母亲安置妥当，秋后再来伏法。武吉回到家，把事情的前前后后向母亲说了一遍。母亲让武吉赶紧再去找磻溪的那位老者，说："他肯定是一位高人，一定能帮助你，救你一命。"

姜子牙见武吉又回来了，就收他做徒弟，并让武吉回家在床前挖一个深四尺的坑，黄昏时躺进去。让武吉的老母在他的头前点一盏灯，脚后点一盏灯，抓一把米撒在身上，再放一些乱草，说是睡过一夜起来，就没事了。武吉回家后，按照姜子牙说的一一做了。散宜生放了武吉之后，见他一去不复返，就请姬昌掐算一下。姬昌用金钱占卜后，对散宜生说："武吉因为害怕服刑，自己跳下深潭死了。"于是就不再追究武吉的责任。

过了一些日子，姬昌和众官到南郊去赏春。一行人正走在路上，只见有一个樵夫挑着柴唱歌而来。姬昌听了，说道："唱歌的人定是位贤人！"待樵夫走近，姬昌看了眼熟，觉得像是在西岐南门打死军士的武吉。可是自己曾演算天数，他不是已经投深潭自尽了吗，怎么会在这里看到他呢？

武吉来不及躲避了，吓得跪在姬昌面前，把事情的前前后

后交代了一番。散宜生对姬昌说："恭喜侯爷，武吉说这个人道号叫飞熊，前些时候侯爷梦见飞熊，今日正应验在姜子牙身上。"姬昌免了武吉的死罪，让他在前面领路去找姜子牙。散宜生说："请这样的大贤人，一定要虔诚，我们还是选择一个吉日再去迎请吧！"

姬昌回到西岐，斋戒了三天。到第四天，沐浴更衣，让人抬着礼物去迎请姜子牙。走了十四五里，能看见姜子牙住的林子。姬昌恐怕惊动了姜子牙，令队伍在林外停下，下了马，与散宜生步行入林。姬昌看见姜子牙坐在溪边垂钓，便悄悄走到他的背后说："贤士快乐吗？"姜子牙回过身，见是西伯侯，正要行大礼，姬昌连忙扶住他，说："久仰大名，却一直未能

相见。今天能亲睹先生尊颜，是我姬昌三生有幸！"

姜子牙说："老朽无才，文不足以安邦，武不足以定国。贤王大驾光临，老朽实在不敢当。"散宜生命人将礼物抬来，请姜子牙坐姬昌乘坐的马车。姜子牙再三推让，不肯上车，姬昌只好请他上了逍遥马。到了朝门，姬昌在殿上向百官宣布：拜姜子牙为"太师"，随后大设酒宴，百官庆贺。这一年，姜子牙已经快八十岁了。

四大诸侯之中，崇侯虎一贯助纣王为恶。姜子牙便向姬昌提议讨伐崇侯虎，姬昌同意了。姜子牙写信给崇侯虎之弟崇黑虎，希望他能大义灭亲，和自己一起攻打崇侯虎，崇黑虎同意了。不久后，姜子牙率军打败崇侯虎的大军，把崇侯虎及其子崇应彪斩首。崇黑虎继任为北伯侯。从此，姬昌在诸侯中更加有威望了。

纣王二十年的冬天，姬昌去世。临死前，他要儿子姬发拜姜子牙为"亚父"，并请姜子牙尽心辅佐姬发。姬昌去世后，姬发继位，继续壮大周国。

第九章　比干除妖遭剜心

　　不久，鹿台已经建好，纣王和妲己前往观看。纣王对妲己说："爱妃，当初你不是说，等鹿台建好后，你要请神仙都来行乐吗？现在鹿台造好了，你说话可要算数。"妲己含糊地答应了。当晚，妲己趁纣王熟睡之际，现出原形，来到轩辕坟与众狐妖商量对策。她们当即决定由三十九名妖精变幻成众仙家，来骗过纣王。

　　这天，一切都照妲己的布置安排停当，纣王安排比干作陪。眼见日已西沉，月光普照，鹿台上摆下筵席，山珍海味样样俱全，就等群仙降临。一更时分，只听四面风响，鹿台之上纷纷飘下些人来。这些都是轩辕坟里的狐狸变成的神仙。妲己吩咐："宣陪宴官上台。"比干上台一看，这些人果然个个仙风道骨。于是他手执金壶，穿梭于三十九席间，为众仙斟酒。

　　妲己想叫众妖精饮个痛快，就叫比干用大杯敬酒，每席奉一杯，比干就陪一杯。比干有百斗的酒量，妖精们从来没喝过王宫御酒，酒量大的还能勉强支撑，量小的便招架不住，把尾巴露出来了。妲己见了，连忙叫比干退了席。比干出了宫，遇到巡城的黄飞虎，把刚才的事一五一十地说了。

黄飞虎命令手下将士隐藏在朝歌城四个城门之外，等妖精们出来，就尾随跟踪，顺利找到了妖精的落脚处。

第二天，黄飞虎邀来比干带领三百家将来到轩辕坟旁，放火烧死了洞中的妖精，只有九头雉鸡精没有回来，捡了一条性命。比干用狐狸皮做了一件皮袍送给纣王，想叫妲己有所收敛。妲己见后却又气又恨，发誓要把比干的心给挖出来。

一天，妲己卸去浓妆，素面朝天，纣王看了更是喜欢。妲己说与她义妹胡喜媚相比自觉形秽。纣王一听天下还有比妲己更漂亮的女子，立刻就想要与胡喜媚见面。妲己连夜赶去轩辕坟，要九头雉鸡精装扮成胡喜媚到宫中，两人共同设计陷害比干。

第二天夜里，将近一更时分，只听到半空风响，阴云密布，寒气袭人，黑雾把一轮明月遮掩住。忽然风息月明，一位道姑身穿大红八卦衣，从半空中徐徐落下，只见她肤如凝脂，脸似朝霞，楚楚动人，纣王一见，果然长得十分可人，就把胡喜媚暗暗地纳在宫中，宫外没人知道。

一天，两个妖精与纣王正在吃早饭，忽听妲己大叫一声，跌倒在地，把纣王吓得面如土色。纣王觉得奇怪，妲己进宫这些年，从来没犯过这样的病。胡喜媚说道："大王有所不知，姐姐早在冀州时便有心痛病，现在病发有生命危险。只有一位朝中大臣能救姐姐性命，只恐怕大王不舍得这位大臣？"纣王急问："你快说是谁？"

胡喜媚答道："朝中大臣比干有玲珑七窍之心，用他的心做药，姐姐吃了病就会好。"纣王说："比干是王叔，难道不肯借一颗玲珑心为王后治病吗？来人，速传比干。"

比干正在家中，忽见六道加急御旨接连传到。比干知道姐己是想借助纣王之手除掉自己，便向夫人含泪告别。比干的儿子在一旁看到哭得像泪人的母亲，提醒说："记得当年姜子牙看父亲脸色不好，临走时留下一封书信在书房，嘱咐在危急时候，可以打开这个书信来看。"

比干一经提醒，急忙跑到书房，在砚台下找到那封书信，打开便看。只听比干叫道："速取火来！"比干点燃姜子牙留下的书信，丢在一碗水里，一饮而尽，然后大步流星往宫中走去。纣王看到比干来到，像盼到救星一样，说："王后得了心痛病，眼下只有玲珑心才能救治。王叔有玲珑心，朕想借来做汤！"比干怒斥道："昏君，你听信那妖妇的话，想置我于死地吗？"

　　纣王大怒道："来人，把比干拖下去！"左右士兵立即欲将比干的心剜出。比干从士兵手中抢过剑来，解下上衣，一剑将胸剖开，摘下心来，掷在地上，径直离去。

　　比干出午门，上马往北门飞奔，走了几里路，见一个农妇手挎菜篮，叫卖无心菜。比干赶紧勒住马问："怎么会有无心菜？"农妇说："菜本无心。"比干连忙问："人要是没了心，会怎么样？"农妇不假思索地说："人没心就会死呗！"比干听了，大叫一声，跌下马来，口吐鲜血而死。原来当时姜子牙算到比干有此一劫，留下的书信上面有符印，比干将符烧成灰后服下，符印护住了比干的五脏，所以他能乘马出北门。书信中还写道比干看见卖无心菜的农妇后，如果农妇回答说："人无心也能活。"比干就可以免去一死，否则比干将会死去。

第十章　黄飞虎受辱反商

自从比干死后，大臣几乎没有人再敢进谏，纣王越来越荒淫无道。

纣王二十一年元旦，大臣的夫人们都到后宫朝贺正宫王后姐己。武成王黄飞虎的夫人贾氏是黄贵妃的嫂子，长得天姿国色，一进宫就把纣王吸引住了。纣王企图霸占贾氏，不料贾氏性情刚烈，一跃跳下了摘星楼。

这边黄贵妃听说嫂嫂跳楼了，连忙朝摘星楼赶去。黄贵妃上了楼，指着纣王就骂，又上前一把抓住姐己，扬手打了二三下。纣王赶紧上前袒护，说："贾氏是自己跳的楼，与姐己无关！"黄贵妃见这时纣王还替姐己说话，火冒三丈，回手一掌打在纣王脸上。纣王恼了，一把将黄贵妃拎起，扔下了摘星楼，要了她的性命。

随贾氏一起来的侍女见此情景，急忙赶回黄府给黄飞虎报信。两条人命殒于摘星楼，黄家上下人人心如刀绞。黄飞虎的弟弟们悲愤交加，手持利刃，怒气冲冲地往门外奔去。黄飞虎当下决定投奔西岐，于是拦住弟弟们，让弟弟飞彪、飞豹护送十四岁的黄天禄、十二岁的黄天爵、七岁的黄天祥三侄出城。

　　黄飞虎和黄明、周纪到午门向纣王挑战。纣王得知消息后，立即披上战袍，跨上逍遥马，带上御林军，提着斩将刀，往午门奔来。黄飞虎看见纣王，想起黄家一门七世忠良，享国恩两百多年，难免有些犹豫。周纪生怕他变卦，纵马挥斧奔向纣王，黄明也驱马助战。这下，黄飞虎后悔也来不及了，于是骑上五色神牛上前助战。纣王敌不过三人，便提刀退进了午门。三人也不敢恋战，连忙逃出了朝歌。

　　这时，恰好闻太师平定了东海叛乱凯旋归来。他得知黄飞

虎反了，不觉大吃一惊。闻太师气呼呼地进了宫，向纣王询问情况。纣王心中有愧，把责任一股脑儿都推给了黄家。闻太师传令临潼关、佳梦关、青龙关三路总兵严把关口，不可放走黄飞虎等人。

黄家众人渡了黄河，过了渑池，走到白鸾林时，忽然听到背后喊声阵阵，烟尘滚滚。黄飞虎回头一看，是闻太师的旗号。再看前面，左边来了青龙关张桂芳的兵马，右边又来了佳梦关魔家四将，正当中被临潼关总兵张凤堵住去路。黄飞虎看到这几路人马，知道今天难逃一劫，于是仰天长叹了一声，伤心不已。

话说这天青峰山紫阳洞清虚道德真君闲游五岳，正好路过临潼关，脚下的祥光忽被黄飞虎仰天长叹的一口怨气冲开了。真君往下一看，原来是武成王黄飞虎有难，就叫黄巾大力士用法力将黄家兵马转移到深山。

黄飞虎脱身后，继续快马加鞭向前行进，一路上屡获神助，死里逃生，到了西岐。

姜子牙听说武成王黄飞虎来求见，连忙迎了出来。细听黄飞虎的来意之后，姜子牙让黄飞虎在府上稍事休息，自己便立刻前去见姬发。不久，姬发召见了黄飞虎等人，设宴款待，并封黄飞虎为"开国武成王"。

第十一章　张桂芳进攻西岐

　　闻太师得知黄飞虎打下汜水关，到达了西岐，急忙派晁田、晁雷兄弟带三万兵马去西岐探个虚实。

　　晁田、晁雷兄弟带兵来到西岐，很快就被控制住了。武成王黄飞虎与晁氏兄弟有些交情，于是说动他们归降周国。晁雷动了心，马上答应投降。晁田心思缜密，假意归降，反而绑了黄飞虎，向汜水关飞奔。幸亏姜子牙神机妙算，早设好埋伏，才没让他得逞。

　　兄弟二人称自己是担心远在朝歌的家人才行此下策。姜子牙觉得这话合乎情理，便命晁雷回朝歌接来家眷，晁田押在西岐为人质。晁雷马不停蹄赶到朝歌，到了闻太师府，谎称前方军情危急，要太师再派兵马增援。闻太师以为晁雷说的是真话，不假思索，便命晁雷速点三千人马，再往西岐。晁雷骗过了闻太师，暗暗带了家小，出了朝歌，投降了姬发。闻太师得知晁田、晁雷兄弟也投降了姬发，十分恼怒，于是下令派青龙关总兵张桂芳攻打西岐。

　　张桂芳接到闻太师令，点了十万人马，向西岐进发。姜子牙不了解张桂芳底细，就向武成王黄飞虎询问。黄飞虎说："张桂芳是精通旁门左道的术士，惯用幻术伤人。与人交战时，他如果喊交战人的名字，那人就会不由自主地掉下马来。"姜子牙告诫众将在与张桂芳交战时要小心。

　　张桂芳到了西岐城下，命先行官风林打头阵。姬昌的第十二个儿子姬叔乾出城迎战风林。交手中，风林被姬叔乾一枪刺中左脚，痛得驾马而逃。姬叔乾不肯罢休，快马追去，哪知这风林也是旁门左道的术士，虽然受伤，但法术无损。只见风林嘴一张，一道黑烟喷出。黑烟中有一粒碗口大的红珠，将姬叔乾劈脸打下马。风林勒马回头，操起狼牙棒将姬叔乾打死，取了首级，拎回营中。

　　次日，张桂芳亲自上阵，点名要姜子牙出来答话。黄飞虎大骂道："你是什么东西，也敢来攻打西岐？"骑上五色神牛迎战。不到二十回合，张桂芳大叫："黄飞虎不下坐骑更待何时？"黄飞虎不由自主跌下神牛，一旁张桂芳的军士正要上前擒获，却被飞彪、飞豹拦住。这边周纪又上前和张桂芳厮杀，张桂芳认识周纪，喊道："周纪不下马更待何时？"周纪掉下马，被敌军生擒。南宫适在交手时，被风林吐出的红珠打下马来，被捉了回去。张桂芳大获全胜，击鼓回营。南宫适和周纪被押到帐中，誓死不跪。张桂芳传令先将二人关进囚车，等破了西岐，再解往朝歌。

第二天，张桂芳又来到城下挑战，却见城上挂出了免战牌。姜子牙正在殿上苦恼不已，哪吒前来求见。原来太乙真人掐算到西岐要遭受磨难，就让哪吒下山辅助子牙。

哪吒是莲花化身，没有魂魄，因而张桂芳的幻术对他不起作用。哪吒不慌不忙，拿出乾坤圈，三两下就制伏了张桂芳。

哪吒大败张桂芳，姜子牙料定纣王不会罢休，定会增兵反扑，就到昆仑山上求援。姜子牙借土遁到了麒麟崖，元始天尊看姜子牙来了，说："你来得正好，让南极仙翁取'封神榜'给你。你在岐山造一座封神台，台上张挂'封神榜'，将来斩将封神就是你一生的事业。"姜子牙把西岐的危情说了，请元始天尊帮助。元始天尊却说："你现在是太师了。你在人间的事，我怎么能管得完。西岐有那么多的能人，还怕旁门左道？"姜子牙不好再说什么，谢了师傅，退出宫门，没走多远，又被唤回。元始天尊说："你回西岐的路上，凡是听见叫你的，一律不要答应。如果你答应了，将来有三十六路人马来讨伐你。

去吧，一路当心！"然而，姜子牙回去的路上，还是被师弟申公豹叫住了，这注定是逃不过三十六路征伐了。

姜子牙下山，到了东海，只见海水翻波，波滚雷鸣。姜子牙大惊，正在看时，只见巨浪分开，一个声音大叫："大仙，我的游魂被埋没千年。前天清虚道德真君说今天此刻，你会从这里经过，望大仙帮我脱离苦海！"

姜子牙问了详情，才知道他是被打入东海千年的原轩辕黄帝的总兵柏鉴。姜子牙将手一抬，五雷响亮，震开迷关，放出柏鉴的游魂。柏鉴现了身，随子牙一齐到了岐山。姜子牙吩咐说："你在这督造封神台。造好那天，我来开榜！"姜子牙回到城中，决定夜袭张桂芳大营。黄飞虎、哪吒、辛甲、辛免等人分别领命而去。

三更时分，一声炮响，大军势如猛虎，杀进张桂芳大营。张桂芳披甲出帐，看到遍地都是周兵，火把照得天地通红。哪吒脚踏风火轮，手持火尖枪，势如猛虎。张桂芳不战自走。辛甲、辛免杀到后寨，将南宫适、周纪救出。张桂芳和风林无心恋战，忙收拾残部，差人向朝歌告急。

第十二章　闻太师亲征西岐

　　闻太师派人几次征讨西岐都以失败告终，便又派佳梦关魔家四将前往西岐讨伐。魔家四将接到文书，大笑着说："让我们兄弟捉拿姜子牙、黄飞虎等人，简直就是杀鸡用牛刀！"他们带上精兵十万，向西岐进发了。

　　这日，姜子牙正在商议军情，忽听探子来报："魔家四将领兵在北门叫阵。"

　　姜子牙开城迎战。魔家四将果然厉害，魔礼红用混元伞把哪吒的乾坤圈、金吒的遁龙桩、姜子牙的打神鞭都收了去，魔礼海拨动了琵琶，魔

礼寿把花狐貂放到空中任意吃人。西岐三军吃尽苦头，兵将多半受伤，战将死了九名，其中包括姬昌的六个儿子。姜子牙不敢再战，挂起了免战牌。魔家兄弟不肯罢休，架起云梯攻城。姜子牙在城上指挥将士用火箭、火弓、长枪、灰瓶还击。魔家兄弟连攻了三天未能攻下，还损失了不少军士，只好退兵回营。

魔家兄弟围城不知不觉已有五个多月，西岐城中已是粮草空空。正在万分焦急之时，元始天尊门下的弟子韩毒龙、薛恶虎奉命送粮来了。二人只带了一个碗口大小的米斗，但里面的粮食却取之不尽。不一会儿，粮仓官前来报告说："粮仓的米都满得淌出来了！"姜子牙大喜，粮食问题总算得到了解决。

一天，姜子牙正在府中商议军情，玉泉山玉鼎真人门下的道人杨戬奉命下山辅助姜子牙。他要姜子牙撤去免战牌，去会一会魔家兄弟。姜子牙撤了免战牌，打开城门。魔家四兄弟一齐围住杨戬，混战间，魔礼寿取出花狐貂往空中一抛，花狐貂冲下来一口咬向杨戬。杨戬练过九转元功，会七十二变，在被花狐貂一口吞进肚子里后，他把花狐貂的心一捏，花狐貂从半空中掉下来死了，杨戬则摇身变成花狐貂，回到魔家四将身边。入夜，魔家四兄弟各自睡去，杨戬从豹皮囊中跳出来，将挂在墙上的宝贝偷来，交给了姜子牙。

第二天，黄飞虎之子黄天化也前来助阵。他取出师傅清虚道德真君送给他的攒心钉，回手一掷，魔礼青、魔礼红、魔礼海三兄弟中钉而死。魔礼寿取出花狐貂欲替兄弟报仇，不想被杨戬变的花狐貂咬到手，黄天化趁机拿出攒心钉发射，一钉将

他打死。

闻太师在朝歌接到魔家四兄弟阵亡的噩耗，气得七窍生烟，决定亲自领兵去踏平西岐。闻太师的队伍浩浩荡荡出了朝歌，渡过黄河，很快来到西岐城的南门。闻太师派邓忠进城给姜子牙下战书，姜子牙接到战书，让邓忠带话给闻太师，三天后在城下交战。

三天很快就到了，西岐城南门大开。主帅旗下，姜子牙骑着四不像，右边武成王黄飞虎骑五色神牛，哪吒、杨戬、金吒、木吒、韩毒龙、薛恶虎、黄天化、南宫适、武吉等人站立两旁。闻太师在龙凤幡下，左右有邓忠、辛环、张节、陶荣四将。太师稳坐在墨麒麟上，手提雌雄鞭，指着黄飞虎喊道："谁给我把这反臣拿下？"邓忠挺身出阵，攻击黄飞虎。张节摇枪来助战，被南宫适抵住。陶荣飞马前来助战，武吉上来抵住。双方六员大将一场混战。

闻太师挥动两条金鞭，冲过来杀向姜子

牙。姜子牙连忙招架。闻太师把雌雄鞭扬起，姜子牙也将打神鞭挥动起来。两鞭相击，打神鞭将雌雄鞭折为两段。闻太师大叫一声："你把我的宝贝打坏了，我与你势不两立！"姜子牙趁势又是一鞭，把闻太师打下墨麒麟。闻太师两边部将挡住姜子牙，把闻太师救了下来。姜子牙收兵回营，决定夜袭敌营，令黄飞虎、黄飞彪、黄明偷袭闻太师左营；令南宫适、辛甲、辛免偷袭右营；令杨戬火烧敌营粮草。

一更时分，一声炮响，姜子牙三军齐声呐喊，冲进敌营。哪吒众将把闻太师围住，双方其余各将也是刀枪相见。杨戬找到粮库，一口气吐出胸中三昧真火，将粮草烧得精光。闻太师大惊，说道："粮草被烧，大营难立！"再也无心恋战。姜子牙赶来，一鞭打中闻太师。闻太师夺路而逃，商军其余各将也纷纷败走，退到岐山下。

闻太师退到离岐山七十里的地方，一清点军马，发现损失了两万人马。闻太师征战多年，从来没有像现在败得这样惨。他吩咐邓忠、辛环等人好好看守大营，然后驾了墨麒麟朝金鳌岛奔去。这一去，闻太师请来了秦天君、赵天君等十位道友。这些道友受到申公豹的怂恿，帮助闻太师讨伐西岐，还专门研究出了一种极厉害的阵法——十绝阵。闻太师大喜，认为此次必胜无疑。

第十三章　众仙助破十绝阵

　　这天，姜子牙与众将在相府议事，忽听手下报告闻太师的人马已到达西岐城下。姜子牙说："闻太师想必是有援兵来了。"便与众将商议破敌之策。

　　次日，闻太师率领十位道人在西岐城下一字摆开，发起挑战。姜子牙率三军出城，众将朝商军望去，十位道人脸分五色，他们的坐骑都是鹿。

　　一位道人上前对姜子牙说："你是阐教门人，我是截教门人。你为什么欺负我教？"姜子牙说："你凭什么说我欺负你们截教？"道人说："九龙岛的魔家四兄弟不是你们杀的吗？我们今天下山，就是要与你分个高下。"姜子牙说："当今纣王不讲仁义，绝灭纲纪，成汤气候已是日落西山。从来有道克无道，有福催无福。正能克邪，邪不能压正。道兄难道连这点道理也不懂吗？"

　　道人说："闲话少说。姜子牙，我们现在摆上十阵，请你过目。你要是破了，倒也罢了；要是破不了，最好投降。免得

将士受难，百姓遭殃。不知你意下如何？"姜子牙说："既然如此，子牙岂敢违命！"约莫过了一两个时辰，十名道人布完了十阵。这十阵的阵名是：天绝阵、地烈阵、风吼阵、寒冰阵、金光阵、化血阵、烈焰阵、落魂阵、红水阵、红沙阵。姜子牙看完，双眉紧锁，心情沉重。

闻太师回到营中，设宴款待十位道人，请教说："这十阵到底有什么妙用，能破西岐？"秦天君一杯酒下肚，说："我的阵里有三面幡，按天、地、人三才合为一气。如凡人进阵，雷鸣之处，化作灰烬；仙道进阵，四肢震得粉碎。这叫作'天绝阵'。"随后，各个道人又解释了各自的布阵。闻太师听罢，不觉大喜，说道："如今得到众道友相助，西岐指日可破，这真是国家的福气啊。"

姚天君说："姜子牙哪经得起十阵！贫道略施小计，先把姜子牙置于死地，又何必动用十阵？"姚天君来到"落魂阵"的土台上，设了香案，台上扎一草人，上面写了"姜子牙"三字。草人头上点三盏灯，叫"催魂灯"；脚下点七盏灯，叫"促魄灯"。姚天君披发执剑，发符念咒，一天三拜。二十一天后，姜子牙就会丧命。

姚天君连拜了数天，姜子牙坐卧不安，昏昏沉沉睡在床上。到了第二十天，姜子牙只剩一魂一魄。众人不禁落下泪来，姬发也哭得很伤心，说道："姜太师为国操劳，没享过一天的福，可不能就这样死了。"杨戬摸摸姜子牙的心口还是热的，对姬发说："太师还没有死，先想想其他办法吧。"

就在众人哭作一团时，姜子牙的一魂一魄飘浮到空中，往昆仑山去了。南极仙翁看到姜子牙的魂魄，一手把它抓住，装在葫芦里，用盖子盖紧了，去禀报师傅。南极仙翁路上遇到了太华山云霄洞的赤精子。赤精子听了此事，说："这点小事情，还用去打扰你师傅吗？"说完，就从南极仙翁手中接过葫芦，驾云到了十绝阵前。赤精子看到十阵内黑气迷天，悲风飒飒，冷雾飘飘，鬼哭神嚎。再来到落魂阵上空，看见姚天君正在阵里披发仗剑，踏罡布斗。写着姜子牙名字的草人顶上剩一盏灯，忽明忽暗，足下一盏灯，半灭半明。

赤精子的脚下现出两朵白莲花，护住身子，去落魂阵中抢台上的草人。姚天君一抬头看见赤精子来了，就抓了一把黑沙向赤精子洒去。赤精子一跳，逃出阵，慌乱中将莲花丢在阵中。赤精子连说"厉害"！但他并不罢休，驾云到了玄都八景宫，向太上老君借来了太极图。赤精子又回到"落魂阵"上空，看到姚天君还在那里拜伏，便将太上老君的太极图抖开，出现一座金桥，照耀山河大地，他赶紧往下一坠，抓了草人就跑。赤精子到了姜子牙府中取出葫芦，在葫芦上敲了几下。不一会儿，姜子牙睁开眼，口中说："舒坦！"姜子牙调养了数日，身体才痊愈。

一天，姜子牙正在殿中，二仙山麻姑洞的黄龙真人来了，他告诉姜子牙，现在有不少仙友要来西岐共破十绝阵。几天工夫，仙圣们陆续来到，聚在一起共商如何大破十绝阵。这些仙圣是：九仙山桃源洞广成子、太华山云霄洞赤精子、二仙山麻

姑洞黄龙真人、狭龙山飞云洞惧留孙、乾元山金光洞太乙真人、崆峒山元阳洞灵宝大法师、五龙山云霄洞文殊广法天尊、九功山白鹤洞普贤真人、普陀山落伽洞慈航道人、玉泉山金霞洞玉鼎真人、金庭山玉屋洞道行天尊、青峰山紫阳洞清虚道德真君。

当大家正在商量让谁担当破阵主将时，灵鹫山圆觉洞燃灯道人骑鹿赶来，自荐做破阵主将。这时，闻太师派邓忠送来战书，姜子牙原书批回：三天后会战。

三天后的清晨，在西岐城下，炮声隆隆，呐喊震天。闻太师出营，十阵阵主按方位站立。姜子牙率黄飞虎、哪吒三兄弟、杨戬众将来到阵前。十二位上仙整齐排出，位于当中的梅花鹿上坐着燃灯道人。

众人听到"天绝阵"内一声钟响，阵门打开，阵主秦天君出阵。燃灯命广法天尊破阵，天尊把手往下一指，脚下生出两朵白莲，飘然进阵。广法天尊见秦天君上台去拿幡，就张开嘴，头顶上生出一朵莲花。无论秦天君使多大力气摇幡，也摇不动广法天尊。天尊说："我今天不能放过你，要拿你开杀戒！"说完，用遁龙桩把秦天君缚得笔直，上前一剑，取了首级，拎出阵来。

接着，又听到"地烈阵"一声钟响，阵主赵江骑着鹿出阵，燃灯道人命惧留孙到"地烈阵"走一遭。惧留孙领命上阵，进了阵内，他看见赵江上去摇幡，连忙开了天门，现出庆云保护，又取出捆仙绳绑住赵江，命黄巾力士把赵江拎到芦篷下狠劲一摔，把赵江跌得三昧火从七窍中喷出。燃灯道人命惧留孙把赵江吊在芦篷上，遂破了"地烈阵"。

第三阵是"风吼阵"。只有燃灯晓得这"风吼阵"的厉害。那风是地、水、火之风，风刮起来，内有万刃，难以抵挡，不是一般道术所能战胜的，非要借来定风珠，才能破阵。燃灯修书一封，让姜子牙派人前往九鼎铁叉山八宝云光洞，向度厄真人借定风珠。

姜子牙忙派散宜生和晁田速去取珠，度厄真人知道西岐有难，就把定风珠交给二人带回西岐。方弼自归周以来，自思寸功未立，想破阵立功，就从散宜生手中抢过定风珠，前去破风吼阵。方弼虽然身高力大，但只是个凡夫俗子。他一进阵就撞上了董天君摇起的风，被风里的刀子斩去四肢，倒地死了。燃灯又命慈航道人前去破阵。慈航道人头上顶了定风珠，董天君摇幡摇了一身汗，也摇不出风来，没有风自然也就没有刀可以飞出来。慈航道人打开随身带的一个琉璃瓶，瓶中喷出一道黑气，一声响，将董天君吸了进去。慈航道人出了"风吼阵"，对站在阵外的闻太师说："'风吼阵'已被我破了！"

闻太师大叫："气死我了！"只听"寒冰阵"阵主袁天君说："太师别急，看我的！"燃灯命普贤真人前去破"寒冰阵"。进阵后，普贤真人看见一座冰山朝头顶打来，他手指上放出一朵庆云，上有八角，角上有金灯，冰山遇到金灯立刻融化。袁天君见阵已被破，转身想溜，不料被普贤真人用剑斩于阵中。

接着，广成子破了金光圣母的"金光阵"，太乙真人破了孙天君的"化血阵"。

闻太师无计可施，又上峨眉山罗浮洞请来赵公明。赵公明一上阵，就给了姜子牙一鞭。哪吒赶紧使枪抵住赵公明，金吒趁机救回了姜子牙。

姜子牙被抬回府，广成子叫人取来一杯水，然后拿出一粒仙丹，撬开姜子牙的嘴巴，将丹药灌入肚里。不到一个时辰，只听

姜子牙大叫一声，醒了过来。

赵公明实在厉害，西岐众将轮番上阵都败下阵来。正在众仙道烦恼时，营帐外来了一位道人，自称是西昆仑闲人，叫陆压，特意来助姜子牙对付赵公明的。在陆压的帮助下，姜子牙相继破了"烈焰阵""落魂阵""红水阵"，最后用桑枝弓和桃枝箭射死了赵公明。

十绝阵已经破了九阵，只剩下"红沙阵"了。"红沙阵"的阵主张天君看到道友们一个个丧命，决定要和姜子牙做最后一搏。燃灯道人对众道人说："这个'红沙阵'是一个大恶阵，必须要有一个福人才能破阵。要破此阵，非当今圣主姬发不可。"姜子牙说："可他不会武艺，如何破阵呢？"燃灯道人说："定会平安无事，请子牙放心。"不一会儿，姬发来了。参拜各位道人后，燃灯请姬发解袍摘带，在姬发的前后胸各画了一道符印，又将一道符印塞在姬发的蟠龙冠里，命哪吒、雷震子保护姬发进阵。

张天君与哪吒、雷震子一阵恶斗后，便逃进阵内。哪吒等三人追了进去，张天君撒一把红沙，将三人都打倒在坑中。燃灯道人看到阵内飘出一股黑气，便知三人已困于阵中。他对姜子牙说："三人虽有难，却在百日之内可以解除。"姜子牙便回到营帐中耐心等候。

赵公明死后，申公豹便立刻赶到三仙岛，把赵公明被姜尚用箭射死的消息，告诉了赵公明的三个妹妹云霄、琼霄和碧霄。三位仙姑听说哥哥死得这样惨，放声大哭。云霄抽泣着说："师傅说过，截教门人不许下山，哥哥不听，才落了这样的下场。"妹妹琼霄说："姐姐你太无情了！你不想着怎样为哥哥报仇，还说这样的话。"琼霄、碧霄不由分说，一个乘鸿鹄，一个乘花翎鸟出了洞。云霄生怕她二人性情冲动，闹出什么事来，就驾青鸾追了上来。途中三人又遇到菡芝仙子和彩云仙子，五人结伴前往西岐。

五人进了大营，闻太师将金蛟剪和赵公明的袍服交给了三位仙姑。姐妹三人揭开了棺椁，看见赵公明双眼血水凝结，心窝也有血迹，琼霄大叫一声，悲痛得几乎倒地。碧霄怒道："我们捉住姜子牙，要射他三箭！"云霄说："这是陆压弄的邪术，他帮助了姜子牙。要是捉住了陆压，就射他三箭！"第二天，五位仙姑出了营，云霄乘青鸾在阵前大叫："叫陆压出来说话！"

陆压提剑出营，云霄定眼一看，这陆压虽然是个野道人，倒有些仙风道骨的味道。琼霄问："为什么要射死我们的兄长赵公明？"

陆压说："赵公明倚仗自己的道术，杀害无辜百姓，惹得天怒人怨。今天他有这样的下场是咎由自取！这怎么能怪我呢？"

云霄听了，默默不语。碧霄大喝道："射死我兄长，还想狡辩。"说着，就仗剑来刺陆压。两人交战不到几个回合，碧霄将混元金斗抛向空中，只听一声响，把陆压吸了进去。碧霄回到大营，亲自动手绑了陆压，把他吊到幡杆上，命五百名军士放箭。可奇怪的是，箭射到陆压身上，都成了灰末。碧霄气得拿出金蛟剪，不等她靠近陆压，陆压便化作一道长虹走了。

陆压跑了，五位仙姑就来找姜子牙算账。姜子牙忙持打神鞭上阵，黄天化、杨戬一齐前来助战。碧霄、云霄、菡芝仙子、彩云仙子蜂拥而上。混战间，彩云仙子将戮目珠劈面向黄天化打来，正中双眼，黄天化翻下玉麒麟，被金吒救回。姜子牙扬起打神鞭，把云霄击下青鸾，碧霄来救时，杨戬放出哮天犬，在碧霄的肩膀上咬了一口，连皮带衣服撕下了一大块。菡芝仙子放出黑风，姜子牙被彩云仙子用戮目珠打伤了一只眼睛。

双方收兵回营。燃灯用仙药治好了姜子牙和黄天化的眼睛。云霄服了丹药，在闻太师大营中挑选了六百名壮汉，然后画了一幅阵图让这些士兵按图进行训练。虽然只有六百名士兵，但依阵图训练，却抵得上百万大军。原来此阵叫"九曲黄河阵"，非常厉害。云霄怕出意外，领了六百兵士演习了半个月，走熟了阵法。

一切准备就绪，云霄让闻太师带了众将与其他几位道姑一起来到城下，高声喊道："姜子牙，你那些五行之术，倒海移山，我们都会。今天我有一阵，如果你能破了，我等尽归西岐；如果你破不了，我们就一定要为我兄报仇。"

姜子牙在阵中转了一圈，看到阴风飒飒，黑雾弥漫，出来对云霄说："你这阵叫'九曲黄河阵'，不过如此。"

这时，一旁的碧霄朝杨戬大喝："你今天再放哮天犬来咬呀？"杨戬仗着道术高强，便催马过去。碧霄抛起混元金斗，一下就把杨戬吸了进去，然后将他摔进阵中。不一会儿，金吒、木吒也都被混元金斗吸了摔进阵中。闻太师见三位仙姑一连捉了三人丢进了阵中，心中十分欣喜，便大摆宴席庆祝。

次日，碧霄用混元金斗又拿下了赤精子、广成子、广法天尊、普贤真人、慈航道人、道德真君、太乙真人、灵宝大法师、惧留孙、黄龙真人、玉鼎真人、道行天尊，一共十二位。闻太师见拿了这么多的道人，设宴庆功。只有云霄独自在想："把这么多阐教的门人困在阵里，怎样处理才好呢？"

燃灯道人和姜子牙在帐中闷闷不乐，寻思这么多的道人被拿去了，下一步该怎么办。忽然听到半空中飘来仙乐，燃灯抬头看去，原来是阐教教主元始天尊来了，南极仙翁执羽扇随后。天尊听说众多门人陷在九曲黄河阵里，默然静坐，燃灯道人与姜子牙侍奉左右。到了子时，元始天尊顶上现出庆云，上面放出五色霞光，金灯万盏。众仙姑也看到了庆云，知道是元始天尊来了，都慌了阵脚。

元始天尊破了九曲黄河阵，让南极仙翁抖开混元金斗，把被吸去的宝器都还给众道人，又赐他们纵地金光法后，便回去了。南极仙翁则留下和众仙道一起破"红沙阵"。

　　姜子牙算到姬发等被困已整整一百天，便与众仙道来到
"红沙阵"前。南极仙翁和白鹤童子径直朝阵中走去，看见张
天君在台上抓了红沙打来，南极仙翁用五火七翎扇将红沙扇得
无踪无影。白鹤童子拿出玉如意，将张天君打死。姜子牙他们
进阵救出了姬发等人。

　　破阵后，燃灯道人对众道友说："如今已破十阵，众位可
各回道府。只留慈航道人在此，广成子到桃花岭阻击闻太师，
赤精子往燕山等候闻太师。"燃灯道人说完，就和刚刚赶来的
云中子前去绝龙岭迎候闻太师。

　　闻太师此时大势已去，边战边退，终于没能逃回朝歌，死
在了云中子手下。可怜一代太师，就这样殒命了！

第十四章　姬发筑金台拜将

　　闻太师绝龙岭身亡的消息传到了朝歌城后，纣王十分伤心，立即传旨，命三山关总兵邓九公出兵讨伐西岐。岂料邓九公吃了败仗，和女儿邓婵玉、女婿土行孙一起投降了姜子牙。纣王得知后大怒，召集文武大臣商议。上大夫飞廉说："依臣之见，最好是派大王的亲戚去，这样他就不会投降了。要攻克西岐，冀州侯苏护是最好的人选。他一是国戚，二是诸侯之长，此事非他莫属。"纣王于是差人飞速往冀州传旨，命苏护征讨西岐。

　　苏护接旨后心中窃喜。女儿妲己自从进宫后，迷惑纣王，无恶不作，苏护替女儿背了不少黑锅。如今他要抓住这个千载难逢的机会，投奔西岐，和众诸侯共伐纣王，让天下的诸侯不再笑话他苏护。晚上他将心中想法讲给妻子和儿子苏全忠听后，全家都赞成他的想法。

　　得知苏护征西岐时反叛了商朝，纣王大怒，下诏让洪锦继任总兵，前往西岐征讨。洪锦率十万大军，一路跋涉，来到西

岐城下安营扎寨。次日，洪锦派先行官季康上阵。

探马来报，姜子牙大喜道："三十六路征伐，今日已满，可以考虑东征的事了。"姜子牙命南宫适出城应战。季康用旁门左道之法，在马上念动咒语，头顶上顿时出现一块黑云，云中跳出一只犬来，对准南宫适咬了一口，把他的袍带扯去半边，人也差点挨了一刀，南宫适败进城中。接着又有柏显忠到城下来挑战，邓九公请命出战。邓九公是有名的大将，柏显忠哪是对手，没几个回合，就被邓九公寻了个破绽，手起一刀，砍下马来。

洪锦痛失大将，恨不能将姜子牙生吞活剥了。第二天他亲自上阵，点名要姜子牙出阵。姜子牙率众将出城，洪锦纵马舞刀，冲了过去。立在姜子牙身旁的姬叔明催马上前，摇枪直取洪锦。姬叔明是文王第七十二个儿子，性情最急。两人战了三四十个回合，洪锦也使旁门左道，把一面皂旗往地下一戳，把刀往上一晃，皂旗化作一道门，洪锦连人带马消失在门里。姬叔明愣头愣脑地往门内追去，进门一看，不见有人。洪锦却能看见姬叔明，在门内手起刀落，斩了他。洪锦收了旗门，喊道："谁还敢来？"

邓婵玉飞马出阵应战。洪锦见是一位女将，不愿恋战，想快快将她拿下。他把皂旗往地上一戳，进了旗门。邓婵玉见了，并不追赶，忙取五光石往旗门里打去，只听得"哎哟"一声，洪锦败回营中。

洪锦用药治好了伤，次日到城下点名要邓婵玉出来。土行

孙与邓婵玉正商议如何应战，龙吉公主听见后说："这是小法术，叫'旗门遁'，皂幡为内旗门，白幡为外旗门。既然他又来了，让我出去收拾他。"

龙吉公主向姜子牙借了匹五点桃花驹，骑出城来。洪锦一看出来的不是昨天打伤他的女将，问道："你是什么人？"龙吉公主说："你不必多问，我说出来你也不知道。你快点下马受死吧！"洪锦把内旗门使出来后，龙吉公主也取出一面白幡，将剑一指，白幡化作一道门，龙吉公主闪了进去。洪锦不知道外旗门克内旗门，站在门边等着。龙吉公主走到他身后，一刀砍去，把洪锦砍倒在地。龙吉公主拿出捆龙索，捆住洪锦，得胜回营。

姜子牙下令将洪锦推出斩首，突然一个道人气喘吁吁地跑过来阻拦。道人对姜子牙说："贫道是月合老人。今天特来通告，龙吉公主和你们要斩首的洪锦有红丝之约，因此有姻缘。他们要是成了婚，还可以帮你东征五关。太师不可违背天意啊！"

姜子牙有些为难，不好开口对龙吉公主去说凡间的姻缘，便让婵玉先去征询龙吉公主的意见，看她意下如何。婵玉来到龙吉公主的房间，将月合老人的话复述了一遍给公主听。公主听了，面有难色，说："我在瑶池因犯了清规，被贬下凡，如今又招惹来凡间的俗事，不是又多了一番俗孽吗？"

这时，姜子牙和月合老人来了。月合老人笑吟吟地说："公主被贬下凡，正是要了却这一段姻缘。这是天数！况且如今姜子牙拜将在即，那时兵度五关，公主还要与洪锦建不世之功，瑶池自会有人来迎公主回宫。贫道来的时候，洪锦刚要开斩，真是不早不晚。这都是上天在冥冥之中暗示呢！请公主三思，要是误了佳期，可就后悔莫及了。"

公主听了月合老人的一番话后，便同意了。姜子牙和月合老人大喜，赦免了洪锦，为他治好了伤。洪锦也回营将人马全部带进西岐城里，择吉日与龙吉公主成了婚。

就在洪锦与龙吉公主成婚的第二天，西岐众将为东征准备的粮草已全部备齐，姜子牙将出师表呈给姬发。

散宜生又建议姬发在东征五关前，正式任命姜子牙为大将军，并授以黄钺、白旄，让姜子牙总揽大权，还要像当年黄帝筑台拜皇天、后土、山川、河渎之神一样，筑金台举行拜将仪式。姬发授权散宜生办理拜将的一切事宜。散宜生领命后抓紧进行，没几天，金台在岐山完工。拜将仪式定在三

月十五日举行。

三月十五日这天，姬发带领文武大臣一齐来到岐山。在金台拜将以后，一声炮响，姜子牙率六十万雄师出了西岐城。姬发乘着马，带军亲自东征。

一路上将士欢悦，精神百倍，过了燕山，来到首阳山。商朝退休老臣伯夷、叔齐听说大军是去东征五关，急忙挡住去路，气呼呼地指责姬发和姜子牙："有句话说得好：'子不言父过，臣不彰君恶。'当大臣的不能因为大王有过错就要去推翻他。如今纣王虽然没有仁德，你们为什么不进谏规劝，尽到做臣子的责任呢？"

姬发听了两位老臣的话，沉默不语。姜子牙却不客气地说："纣王无道，使天下百姓生活在水深火热之中，我们必须讨伐他。不能因为你们二位的阻拦，我们就半途而废了。"

伯夷、叔齐二人看到无法阻挡大军前进的步伐，就跪在姬发的马前，用手拉住缰绳，声音凄凉地说："我们受先王大恩，要为大王尽忠。像你们这样以下犯上，哪还有'忠'字可言？将来后人要谴责你们的！"

众将看见这二人拉着姬发的马缰不放，大军已被耽搁多时，气得举剑要杀他们。姜子牙制止了众将，让左右将二人扶到路旁，大军又继续前进。

大军走到金鸡岭，突然被岭上一支人马挡住去路。姜子牙不敢贸然前进，扎下营寨，差人前去打探。探马还没出帐，就听左右来报说，有人在营外挑战。姜子牙命老将南宫适出阵。

南宫适走出营门，看见对方一个将军，幞头铁甲，乌马长枪，十分威风。南宫适大吼一声："你是哪里的无名小卒，敢阻拦我西岐大军。"不等那将答话，舞刀直冲过去。三十回合下来，南宫适已跟那将杀得汗流浃背。那将大喝一声，从马上把南宫适生擒过去，说："我不伤你性命，快请姜元帅出来相见！"说罢，放南宫适回营。

南宫适回营把那将的话对姜子牙说了。姜子牙怪南宫适初战失利，有损军威，喝令左右把南宫适绑出辕门斩了。那将看见要斩南宫适，大声喊道："刀下留人！请姜元帅速来相见，我有机密话要说。"姜子牙于是带领众将出营观看。

那将见姜子牙众将威严，兵马整齐，不禁暗自佩服。原来他叫魏贲，自幼习武，一直在寻找好的主人，今天看到姜子牙气度不凡，军威雄壮，不觉动了投奔之意。他愿意和大军一道前往东征五关。姜子牙大喜，收了魏贲，回到营中放了南宫适，让魏贲做了左哨首领官。

第十五章　准提道人收孔宣

　　洪锦归周、姬发金台拜将的消息传到朝歌，纣王决定派懂五行道术的孔宣去抵挡西岐大军。孔宣接到朝歌旨意，连夜点将，次日带了十万兵马，一路晓行夜宿，占领金鸡岭，将大营在岭上驻扎，守住咽喉要道，不让周兵前进。

　　孔宣在金鸡岭住了三日，姜子牙大军就到了。姜子牙闻报说有商朝大队人马驻扎，心中疑惑，又掐指一算，才知道以前算错了。这才是征伐西岐的第三十六路人马。

　　孔宣听报说姜子牙兵马已到，便立刻令先行官陈庚下山到周营挑战，姜子牙令黄天化出阵。结果，这一天，周军大胜。

　　第二天，孔宣亲自出阵，点名要和姜子牙交战。姜子牙来到阵前，只见孔

宣背后有青、黄、赤、白、黑五道光华。孔宣纵马舞刀奔向姜
子牙，洪锦大喝道："孔宣不得无礼！"出阵相迎。孔宣大怒，
说道："逆贼！你还敢来见我！"洪锦将皂旗往地下一戳，把
刀往下一分，皂旗化作一道门。

洪锦正要进门，孔宣把黄光往下一刷，洪锦就没了人影，
只有他骑的马立在原地。孔宣又来杀姜子牙，姜子牙忙用打神
鞭打来，那鞭却落到孔宣背后的红光里去了。

姜子牙大惊，急忙鸣金收兵。姜子牙回到营中，心中暗
想："孔宣得胜后一定会放松警惕，不如今夜去劫他的营。"主
意打定，姜子牙命众将做好夜间劫营的准备。孔宣回到山上，
将身后五色光华一抖，把昏迷的洪锦抖在地上，命人监押在后
营，随后又收起打神鞭。

孔宣正要到后营去，忽然一阵大风把帅旗卷起，不禁吃了
一惊。他掐指一算，算到姜子牙晚上要来劫营，便吩咐众将做
好准备。

姜子牙率三路兵马悄悄上了岭。二更时分，一声炮响，周
兵一齐呐喊，冲进敌营。但孔宣早有准备，反倒抓住了哪吒和
雷震子。

高继能斩下黄天化的首级，挂在大营的辕门上。姜子牙得
知黄天化阵亡的消息，大吃一惊，黄飞虎更是放声大哭。黄飞
虎前去叫阵，要为儿子报仇。孔宣大喝一声："我来了！"将
五道光华一晃，黄飞虎昏倒在地上，被孔宣抓了起来。

第二天，杨戬上阵向孔宣挑战。他看见孔宣站在辕门，暗

暗用照妖镜一照，镜里有一块五彩玛瑙，滚来滚去，看不清楚是什么东西。孔宣就让他走近去照，好好看清楚。杨戬真的走近去照，还是看不清镜里的东西。孔宣把神光一撒，哮天犬不见了，杨戬吓得驾金光逃走了。后来韦护和李靖来战孔宣，结果他们也都被孔宣用红光和黄光连人带兵器吸到光里去了。

姜子牙见这么多的将士不是丢了兵器，就是人被擒去，他顾不了许多，骑着四不像冲了过来。孔宣把青光一撒，姜子牙看见神光，忙把杏黄旗一展，现出千朵金莲，护住身体。邓婵玉恼了，一块五光石出手，将孔宣打得捂着脸逃回营中。姜子牙不敢追赶，下令鸣金回营。

第二天，孔宣又来挑战，陆压出来迎战。两人战到五六回合，孔宣将五色神光向陆压撒来，陆压化作一道长虹逃走了。孔宣在辕门前不肯离去，扯开嗓子叫阵，但是姜子牙哪敢出阵。他高挂免战牌，在帐中急得如坐针毡。

不久，燃灯道人赶来，他让姜子牙撤了免战牌，要会会孔宣。燃灯道人祭起二十四粒定海珠向孔宣打来，孔宣把神光一撒，宝珠掉进神光里去了，燃灯道人又祭起紫金钵盂，结果也落到神光中不见了。

燃灯道人没了宝贝，只好独自回营来见姜子牙。燃灯道人正与姜子牙讨论如何对付孔宣，这时西方教主准提道人来见姜子牙。姜子牙和众将都不认识他。准提道人提起了上次广成子到西方借青莲宝色旗的事，说他这次来是因为孔宣与西方有

缘，要将他带回西方。姜子牙请他快快出阵，早早降伏孔宣。

准提道人上了岭，奉劝孔宣随他西去。孔宣不屑一顾，随即提刀往准提道人头顶上劈来。准提道人用七宝妙树一刷，把他的大杆刀刷不见了。孔宣没了兵器，心中慌了，忙用红光向道人撒去，把道人收进去了。众人见后不觉大惊。忽然，孔宣睁着眼、张着嘴，霎时间，头盔和袍甲纷纷碎了。五色光里一声巨响，现出一尊准提道人的圣像，长了十八只手，二十四个头，手中拿了各种兵器。准提道人用丝缘扣在孔宣的颈下，口中说道："还不现出原形。"孔宣霎时间变成一只孔雀。准提道人骑在孔雀身上，对姜子牙和众将说："贫道就此告辞了。"孔雀背着准提道人，展翅飞往西方去了。

姜子牙和众将杀进孔宣的大营，将押在后营的诸多门人救回。燃灯道人和陆压道人告别姜子牙，回山去了。

66

第十六章　夺三关周军得胜

　　大军过了金鸡岭，一路行至汜水关。姜子牙传令在城下安营，大兵驻扎三日，按兵不动。第四天，姜子牙传令："今兵分三路：一路取青龙关，由黄飞虎率邓九公、太鸾、赵升、孙焰红和黄家众将及十万大军前往；一路取佳梦关，由洪锦率龙吉公主、季康、南宫适、苏护、苏全忠、辛免和十万大军前往；其他众将随我攻打汜水关。"

　　洪锦率领众将行军百里，人喊马嘶地抵达佳梦关外。次日，先行官季康上马提刀到城下挑战，佳梦关守将胡升令徐坤迎敌。两人大战五十回合，只见季康口中念念有词，头顶上冒出一道黑烟，烟中有一只狗头，朝徐坤脸上咬了一口，咬得徐坤直叫疼，季康趁势一刀砍下徐坤首级。佳梦关守将胡升又派胡云鹏和苏全忠过招，胡云鹏哪是对手，被苏全忠大喝一声刺下马来。

　　胡升见城外周将勇猛，十万周兵精神抖擞，料定城池难保，劝弟弟胡雷顺应人心，和自己一起归周算了。但胡雷却坚

持要应战，与城池共存亡。胡升听后，默默无言。第二天，胡雷奋勇出关，向周营讨战。周营这边派南宫适应战。两人大战约了三四十回合，南宫适故意卖个破绽，胡雷一刀砍来，南宫适让过，伸手从马上将胡雷生擒回营。胡雷被推到帐前，大骂不止，洪锦见他宁死不降，便下令推出去斩首，摆酒席为南宫适庆功。

很快探马来报，胡雷又来挑战。南宫适很疑惑，上马再战，又把胡雷抓了回来。龙吉公主听说后，便命人将胡雷的头发分开，取了三寸五分乾坤针从泥丸宫钉下去，立刻杀了胡雷。胡升见弟弟阵亡，忙写了降书送到周营，又在佳梦关城头换上周家旗号，将城中居民的户口册和库藏的钱粮登记清楚，以便明日周兵进城交办。

正在打点时，一位道姑走了进来。原来她是胡雷的师傅、丘鸣山的火灵圣母。她听说徒弟被姜子牙斩了，特意前来报仇。火灵圣母斥责胡升贪生怕死，不为弟弟报仇，反而向仇敌投降。胡升羞愧得满脸通红，当即扯下周家旗号，换上自家的旗帜，挂起了免战牌。随后火灵圣母又要了三千精兵，个个穿红袍、赤脚、披发，背贴红纸葫芦，脚心书写"风火"符印，一手执刀、一手执幡，天天在教场操练。

到了第七日，不等洪锦出阵，火灵圣母便骑着金眼驼，率军马冲出城来。洪锦闻报，上马提刀，带左右将官出营，一见胡升，便开口大骂。未等胡升动手，火灵圣母便冲向洪锦。火灵圣母头上戴了一顶金霞冠，冠上用一顶黄包袱盖住，火灵圣母将包袱挑开，里面现出十五六丈的金光，把火灵圣母罩在当中。她看得见洪锦，洪锦却看不见她。火灵圣母一剑将洪锦砍伤，洪锦带伤回到营中。火灵圣母又带了三千火龙兵紧追，随后冲进大营，杀得周兵尸横遍野。龙吉公主听到响动，看到大营火势凶猛，连忙念咒灭火。这时，一道金光来到公主面前，她正想细看，却被火灵圣母一剑砍伤胸膛。龙吉公主惨叫一声，逃出大营。夫妻二人带伤逃出六七十里，回营一清点，竟然死伤一万多人，急忙派人向姜子牙求援。

姜子牙闻讯大吃一惊，连忙带了哪吒、韦护和三千人马向佳梦关飞奔而来。火灵圣母听说姜子牙来了，便带着三千火龙兵出关叫战，姜子牙随即带了众将出营。火灵圣母骑着金眼驼，仗剑砍向姜子牙。姜子牙忙拿剑相迎，哪吒、韦护见后连忙来助战。火灵圣母敌不过他们三人，连忙抽身往回走，用剑挑开黄包袱，金光放出十多丈远。一道金光闪来，姜子牙被火灵圣母一刀砍得皮肉绽开，鲜血直溅，忍痛拨转四不像往西逃去。火灵圣母紧追不放，她取出混元锤往姜子牙的后背打去，将姜子牙打下四不像。火灵圣母下了金眼驼，正要取姜子牙的首级，只见广成子赶来。

火灵圣母放出金光来，广成子身穿扫霞衣，将金光一扫而去。火灵圣母见宝贝没用，便仗剑砍来。广成子拿起番天印，杀死了火灵圣母。广成子又从葫芦里拿出仙药，救醒了姜子牙，然后回山去了。

姜子牙在回佳梦关的路上，被申公豹拦住了。申公豹正要取姜子牙的首级，惧留孙用捆仙绳抓住了申公豹。然后，他扶起姜子牙，给他吃了仙药。姜子牙千谢万谢，告辞了恩人，前往佳梦关去了。惧留孙带着申公豹到玉虚宫去见元始天尊。

元始天尊吩咐黄巾力士把申公豹压在麒麟崖下，等姜子牙灭了纣王再放出来。申公豹直喊"饶命"，随口发了誓："弟子如果再阻拦姜子牙进五关，愿将身子塞了北海眼！"元始天尊念他当了自己几十年的徒弟，便放了他。

姜子牙回到大营，率大军来到佳梦关城下。城中的胡升知火灵圣母被杀，又写了一封降书，将先前没有投降的原因归罪于火灵圣母。姜子牙收到降书，率军进城后，对胡升说："你是个朝三暮四的小人！现在看到关内没有大将了，就想偷生投降。留了你以后必定成为后患！"说罢，下令将胡升斩了。

再说黄飞虎领了十万大军到了青龙关，一连打了三个胜仗。黄飞虎、黄天祥、邓九公先后斩了青龙关的四员大将。守关将军丘引几战下来，左腿、肩窝、前胸都被黄天祥用枪、箭、铜打伤，只得闭关休战。周军连日攻城，情况危急，丘引正一筹莫展之时，督粮官陈奇押送粮草回城，看见主帅身上浑身是伤，忙问缘由。第二天，陈奇立即领了三千飞虎兵，骑上火眼金睛兽，提了荡魔杵，出城到周营挑战。

黄飞虎见关内几天不敢应战，现在突然来了一将叫阵，就派邓九公出营迎战。邓九公刀法如神，陈奇抵挡不住，把荡魔杵一举，三千飞虎兵立刻手执挠钩套索，飞奔上来。这陈奇也会旁门左道，只见他"哈"的一声，腹内一道黄气喷射出来。

凡是血肉之躯，见了这黄气，就会魂飞魄散。邓九公被陈奇一口黄气喷下坐骑，飞虎兵一拥而上，活捉邓九公回营。邓九公对丘引破口大骂，丘引大怒，命左右把邓九公斩了，将首级挂在城楼上。

　　陈奇又连打两仗，用口中喷射的黄气擒了太鸾和黄天禄两员大将。丘引将他俩暂且囚禁起来，要等擒到周营众将后，一并押解到朝歌邀功。丘引伤愈之后，又出关挑战，黄天祥虽然枪法精妙，却也难敌丘引的道术，被生擒了回去。黄天祥清醒过来时发现自己已在丘引帐中，不禁破口大骂。丘引大怒，命人斩了黄天祥，将尸体挂在城楼上。黄飞虎闻报，跌倒在地，放声大哭，连夜差人禀报姜子牙。

　　姜子牙听到青龙关传来的噩耗，心中也是悲痛不已。邓婵玉哭着要去青龙关为父亲邓九公报仇，姜子牙怕她有闪失，令哪吒一同前往。哪吒到了青龙关，看到城头上黄天祥的尸体，大叫道："等我拿住丘引，一定

71

也要这样办理！"哪吒前去叫阵，丘引出城应战，两人战了二三十回合，丘引败走，哪吒在后紧追。丘引慌了手脚，被哪吒用乾坤圈打中肩窝，筋骨断裂，伏鞍逃回关内。

哪吒回到营中，看见土行孙也从氾水关来了。原来土行孙刚押粮草回营，姜子牙就派他来青龙关：一来支援黄飞虎，二来和邓婵玉夫妻间有个照应。挨到晚上，土行孙从地下溜进关内，先跑到囚禁太鸾、黄天禄的地方打了个招呼，又窜上城楼，割了绳索，将黄天祥的尸体扛回大营。黄飞虎看见儿子的尸体，大哭一场，让黄天爵把黄天祥的尸体运回西岐。

第二天天明，丘引发现城楼上黄天祥的尸体失踪了，吃惊不小。陈奇大怒，立刻请战出关。土行孙出营迎战，邓婵玉想为父报仇，随后压阵。陈奇嘲笑土行孙的个子矮小，模样丑陋，但是几个回合下来，陈奇却占不了一点便宜，便将嘴一张，喷出一口黄气。土行孙站立不住，跌倒在地，被飞虎兵绑了回营。邓婵玉见丈夫被抓，连发两石，将陈奇打得逃了回去。

丘引见陈奇捉住了一个不满四尺的人，下令把他斩了。土行孙毫不害怕，左右刚要开刀问斩，土行孙身子一扭，没了人影。

土行孙回到大营，碰上正从外押粮回来的郑伦，就把陈奇的事说了。郑伦说："天下还有这样的怪事。我师傅传我的本领天下无双，难道这里也有和我本事一样的人？我要去会一会他。"

陈奇用药治好伤后出关，点名要与邓婵玉斗个高低。郑伦正想会一会陈奇，他带了三千乌鸦兵，骑上火眼金睛兽，提了

荡魔杵，出营一看，果然对方的坐骑、兵器和他的一模一样，只不过带的是三千飞虎兵。

二人交战了几十个回合，不分胜负。郑伦看到难以取胜，就把杵在空中一摆，三千乌鸦兵一哄而上；陈奇也将杵一摆，三千飞虎兵都用挠钩摆出拿人的姿势。郑伦的鼻子里喷出两道白光，陈奇的口中也喷出一道黄光。只听一声巨响，陈奇跌了个金冠倒地，郑伦摔了个铠甲离鞍。双方的兵士谁也不敢上前拿人。两将再骑上了金睛兽继续打斗，结果打了个平手各自回营。

黄飞虎和众将觉得这样打下去没有结果，便决定夜间劫营。一更时分，土行孙先潜入城中救出太鸾、黄天禄。二更时分，哪吒脚踩风火轮上了城楼，拿起砖打散了守城门的军士，埋伏在城外的周兵蜂拥而进。丘引闻声提杵出帐上马，被黄飞虎和众将围住。土行孙赶过来，一棍子打在丘引的马腿上，丘引跌下马来。黄飞虎看见了，急忙举枪去刺，却被他借土遁逃走了。郑伦在混战中遇见陈奇，两人正在交战，黄飞虎领了众将上来把陈奇围住。哪吒跑过来一乾坤圈打伤了陈奇的肩膀，黄飞虎补了一枪，将他刺死在马下，青龙关被攻下了。黄飞虎出了安民告示，留将镇守青龙关，命哪吒先回汜水关向姜子牙报捷。

姜子牙得到哪吒的报告，心中大喜。三关已取两关，只剩下他攻打的汜水关了，于是命人给守关大将韩荣下了战书。韩荣也得到青龙关、佳梦关失守的消息，鼓舞众将和姜子牙决一死战，在战书上批下"明日会战"四个字。

　　第二天，两边人马在城下对阵。韩荣在马上对姜子牙说：
"你为何要犯上作乱，甘心做商朝的叛臣？"姜子牙说："当
今纣王无道，天下诸侯都起来反对，我大周奉了天意讨伐纣
王！"韩荣身边的王虎提着刀冲过来，这边哪吒上去迎敌。战
鼓声中哪吒斩了王虎。韩荣看到周军人才济济，便无心恋战，
退回城中。韩荣一面修书到朝歌求援，一面想着守关良策。

　　正在紧急时刻，七首将军余化来了，他对韩荣说："之前
我被哪吒打伤，败回蓬莱山。师傅烧炼了一件宝物给我，这回
纵使周兵有千万大军，也叫他片甲不留。"第二天，余化上阵
挑战，哪吒提枪出营。仇人相见，分外眼红。余化也不说话，
摇戟直取哪吒。没有几个回合，余化便拿起手中的"化血神
刀"，如一道电光向哪吒砍来。凡是中了刀的，只要是血肉之
躯，都会即刻身亡。那刀下来的速度太快，哪吒躲闪不及，中
了一刀。好在他是莲花化身，即使受伤了，也不会马上就死。
哪吒大叫一声，跌下风火轮，被众人救回营中。

　　回营后，哪吒浑身发颤，昏迷不醒。乾元山金光洞的太乙
真人早掐算到哪吒要受伤，便叫金霞童子下山带哪吒回山治
伤。次日，余化又用化血神刀伤了雷震子的肉翅。幸好雷震子
的一双风雷肉翅是两枚仙杏化成的，所以他像哪吒一样，只是
发颤昏睡，并没有生命危险。姜子牙不敢再派将出阵，在辕门
挂起免战牌。

　　督粮官杨戬从外面督粮回营，走过辕门时，看到免战牌，
不禁满心疑惑。他回到营中，看到雷震子的伤口上血水如墨，

猜到是中毒所致。第二天，杨戬请姜子牙撤了免战牌，来会余化。几个回合下来，余化又拿起化血神刀。杨戬运用九转元功，将元神遁出，以左臂接了他一刀，结果也中了毒。杨戬不知道是什么毒，无奈之下，只好到玉泉山找师傅玉鼎真人，把伤口给他看了。

玉鼎真人说："这种毒我也解不了。此刀是蓬莱岛一气仙余元之物，要解此毒，非得用他炼成的解毒神丹不可，可他绝不会给你的！"玉鼎真人沉思良久，想出一个妙计。

杨戬摇身变成余化，到了蓬莱山，故意对余元诉苦说："弟子奉命去汜水关助韩荣作战，前两次对战把哪吒和雷震子都打伤了。但在和杨戬交锋时，被他用手一指，那刀反过来砍伤了自己，老师快救弟子一命吧。"余元听说弟子受伤，想都没想便将解毒丹药交给了他。

杨戬取了神丹走后，余元觉得有点蹊跷："杨戬有这么大的能耐，能指回我的化血神刀？如果余化真的被刀伤了，肯定早死了，还能跑到我这来？"余元掐指一算，突然叫道："我上了杨戬的当！"他随即跨上五云驼便追。杨戬听到后面有风声，已知余元赶来，忙

把丹药收入囊中，放出哮天犬。余元只管赶路，没有提防，哮天犬照着他的脖子就是一口。余元吃了大亏，只有暂且返回去了。

杨戬盗丹回来，医好了雷震子的刀伤，姜子牙又差木吒到乾元山给哪吒送药。次日，杨戬和雷震子先后出营挑战余化。余化见前日被神刀砍伤的两人活蹦乱跳地出现在自己的面前，刚想发问，杨戬说："前天被你的刀砍伤了，幸亏我炼了丹药解毒，这下看你还有什么本事！"余化听了，信以为真，心想："如果他们真有解毒丹药，我这把刀还有什么用？"杨戬、雷震子围住余化。雷震子飞到空中，用黄金棍打中余化的坐骑。那畜生疼得将余化掀翻，杨戬趁机一刀，取了余化的性命。

韩荣看到余化丧命，急得六神无主。就在这时，余元赶到。次日，余元在城下叫战，点名要见杨戬。姜子牙说杨戬催粮去了，不能和他见面。余元大怒，用一尺三寸长的金光锉来打姜子牙。姜子牙展开杏黄旗，现出千朵金莲，护住了身子，然后用打神鞭击中余元的后背。李靖又一枪刺在余元腿上，余元驾着五云驼逃走了。

土行孙押粮草回营，远远地看见五云驼踏着金光而去，心中想："我要是能把这匹五云驼弄到手，催粮就方便了。"土行孙交了粮，竟私自用"地行术"潜入汜水关盗取五云驼。谁知余元事先早已掐算到，就设计抓住了他。余元知道土行孙用遁地术，就用乾坤袋将他装起来，要用火烧他。就在这紧急关头，惧留孙借着纵地金光法火速赶来，一把抢过如意乾

坤袋就走。

惧留孙跑到城外大营，从如意乾坤袋里放出了土行孙，又把土行孙入城盗驼的事对姜子牙说了。姜子牙大怒，怒斥土行孙违反军法，命刀斧手将他推出帐外砍了。好在惧留孙苦苦求情，姜子牙这才赦免了土行孙。

第二天一早，余元来到辕门找惧留孙决战，却被惧留孙用捆仙绳捆了。余元毫不畏惧，说："你们虽然擒了我，看你们用什么办法杀我？"李靖在旁边听了，心想："天下还有这么邪门的事？"他抽出刀，朝余元的脑袋砍去。李靖万万没想到，刀刃都砍出了缺口，余元的脑袋依旧长在原处。韦护又用降魔杵打他，余元不但不喊疼，还在唱歌。惧留孙想出了个主意，请匠人造了一个铁柜，把余元装进去，沉到了北海。却不想被余元趁机逃走了，借水遁到了碧游宫，找到了师傅金灵圣母。

金灵圣母正愁找不到借口告阐教的状，便带着余元来见通天教主。通天教主压住心中怒火，取出一件宝物给余元。

余元飞速赶到汜水关，骑了五云驼，出城找姜子牙算账。惧留孙猜到余元一定是从铁柜里跑出来后，到通天教主那儿借了另一件宝器回来，对姜子牙说："你还是像先前一样和他作战，我再用绳子把他拿了。如果他先使那宝器，连我都没有办法！"

姜子牙只得小心翼翼地出来迎战。余元仗着手中有通天教主的宝物，忘乎所以，一不小心，又被惧留孙用捆仙绳捆住了。姜子牙和惧留孙为如何处置余元伤透了脑筋。这时，陆压

来了，余元一见到他，连忙求饶。

陆压取了一个香案，然后对着昆仑山一拜，从花篮中取出一只葫芦放在香案上，里面出来一道白光，现出一物。那物有眼有眉，长七寸五分，横在白光上面。陆压嘴里说道："宝贝请转身！"那东西在白光上面转了三四圈，余元斗大的脑袋便落了下来。杀了余元后，陆压和惧留孙告别姜子牙，回山去了。

韩荣见余元已死，与众将商议后，决定一起收拾东西归隐山林。众将各自收拾东西，一时乱成一团，这声响惊动了韩荣的两个儿子韩升和韩变。他们为了阻止众人弃城逃跑，说是他们懂一种叫"万刃车"的道术，可以破敌。韩荣转悲为喜，要去看他们演练道术。韩荣一看，他们的道术果然厉害，便拨给他们三千精兵，在教场演练。

韩荣看三千精兵已演练得精熟，就出城向姜子牙挑战。姜子牙斩了余化、余元，知道城中已没有什么大将了，却不知"万刃车"的厉害，所以对韩荣说："韩荣，你不顺应时势和天意，连将领都没有了，还不速速投降！"韩荣丝毫没有惧意，说："姜子牙，你还在那倚仗兵强将勇，却不知你今天已经死到临头了！"

姜子牙大怒道："谁去把他拿下！"

魏贲纵马摇枪，冲杀过去。韩升、韩变二人，截住魏贲。几个回合，韩升拨转马往后就走。魏贲赶来，只见韩升把枪一摇，三千精兵拥着三千万刃车杀了出来。姜子牙军中大乱，一时间周营尸山血海。韩荣眉头一皱，计上心来，下令收兵。

初更时分，一声号令，早已埋伏在周营外的三千精兵手执三千万刃车一齐冲进周军辕门。只见周营黑云密布，风火交加，刀刃齐下，山崩地裂。周兵被杀得血流成河，尸骸遍野。姬发也在众将的掩护下撤出营帐，韩升兄弟大呼："今天不活捉姜子牙，誓不回兵！"姜子牙跑到金鸡岭，看到前面有两杆红旗招展，郑伦正押着粮草走来。姜子牙心上的一块石头落了地。

郑伦骑着火眼金睛兽，迎上前堵住了韩升兄弟的去路。他先发制人，运起鼻子内两道白光，一声巨响，韩升兄弟翻身掉下马来，被乌鸦兵生擒活捉。后面三千精兵见主帅被擒，法术已解，纷纷逃回城中。韩荣听说二子被捉，不敢再战，连忙收兵回城。

郑伦捉了二将，姜子牙整顿兵马，返回汜水关。他来到城下叫韩荣答话，又将韩升、韩变两兄弟绑到跟前。韩荣见后，马上向姜子牙求饶。韩升大叫道："父亲不能献关！你是天子的大将，要紧守关隘，等候天子救兵，那时擒得姜子牙，将他碎尸万段，为儿报仇。"

姜子牙大怒，喝令："斩了！"南宫适手起刀落，连斩韩升兄弟二人。韩荣在城头见儿子被杀，一声惨叫，跳下城头自尽。姜子牙进了城，然后率众百姓焚香迎接姬发进城。

姜子牙得了汜水关，命所有兵将在城中住了三天。姬发设宴犒劳有功将士，军心大振。

至此三关尽破，姜子牙的下一个目标是界牌关。

第十七章　众仙大破诛仙阵

　　在界牌关前方，碧游宫的通天教主摆了个诛仙阵，挡住了姜子牙的去路。为什么通天教主要摆这个阵呢？

　　原来，通天教主和姜子牙的师傅元始天尊本来是师兄弟，后来分成截教和阐教两派。通天教主掌管截教，元始天尊掌管阐教。但是，截教门人大多支持商纣，阐教门人都支持周武王，所以双方冲突不断，许多截教门人死在阐教门人手中。通天教主大怒，于是派徒弟多宝道人在界牌关前摆了个"诛仙阵"，在阵的四门分别挂了"诛仙剑""戮仙剑""陷仙剑"和"绝仙剑"，挡住姜子牙的去路，要让阐教的人知道通天教主的厉害。

　　一日，乾元山金光洞的太乙真人在静坐，忽然金霞童儿来报："有白鹤童儿来此。"太乙真人出洞，见白鹤童儿手执玉札说："请师叔下山，同破诛仙阵。"太乙真人点头，让他回去了。待童儿走后，太乙真人便叫来哪吒。太乙真人对哪吒说："当年子牙东征出兵时，元始天尊曾赠子牙三杯酒。你今

天下山，我也赠你三杯酒。"真人在酒里放了三粒火枣，哪吒
接过酒，连饮三杯，谢了师傅，提了火尖枪，蹬上风火轮，欢
天喜地出了洞。

哪吒出洞后，听到身上一阵乱响，长出六只手臂，这一下
他共有八条臂膀了。不一会儿，他又长出两个头。哪吒慌了
神，连忙返回洞中询问。太乙真人说："姜子牙营中人才济济，
有长双翼的，有能地行
的，有会变化的，有持异
宝的，今天我让你有三头
八臂，也是我金光洞的光
荣。"太乙真人又传给哪
吒隐身法，哪吒喜不自
禁。他一手执乾坤圈，一
手执混天绫，一手执金
砖，两只手擎两杆火尖
枪，还空了三只手。太乙

真人又取来九龙神火罩、阴剑和阳剑，这样哪吒的八只手个个
都有兵器了。

哪吒辞别师傅，直奔汜水关而去。李靖看见这个三头八臂
的人，忙问："你是什么人？"哪吒笑着说："我是你儿子哪
吒呀！"接着，他把师傅下山前给他吃火枣的事说了。姜子牙
和众将听了，纷纷祝贺。

姜子牙在汜水关调遣兵将，打算向界牌关进军。这时，黄

龙真人来了。他告诉姜子牙，前来帮助他破诛仙阵的仙道们快来了，请他建一个芦篷，给仙人们住。姜子牙连忙让人去准备。

芦篷建在离汜水关四十里的地方，建好那天，姜子牙吩咐只有洞府门人才能前往，众将一概不能去。篷上张灯结彩，叠锦铺毡。不一会儿工夫，各路仙道都到齐了。众人静坐，专候元始天尊的到来。

不一会儿，燃灯道人飘飘而来，对众人说："诛仙阵就在前面，道友们看见了吗？那一派红气罩住的便是。"众道一齐伸脖望去，前方果然惊心骇目、怪气凌人。再走近一瞧：阵的正东方挂一口诛仙剑，正南方挂一口戮仙剑，正西方挂一口陷仙剑，正北方挂一口绝仙剑，前后有门有户。阵内杀气腾腾，阴风飒飒。众仙看罢，回到芦篷，忽听半空中仙乐齐鸣，异香飘来，元始天尊从天而降。众仙赶紧出篷迎接。第二天，通天教主也来了。空中也是仙音响亮，异香扑鼻。随侍有大小众仙，来的有截教门中师尊和上四代弟子。燃灯道人看到诛仙阵上空五气冲空，便知是通天教主到了。

元始天尊吩咐弟子们排班进阵，众人一一照办，到了阵前。诛仙阵内金钟响起，一对旗展开，通天教主坐在奎牛上。元始天尊斥责通天教主门人胡作非为，才造成今天这种生灵涂炭的局面。通天教主说："我已摆了此阵，我们在阵中见个高低吧！"说罢，驾奎牛进了阵门，众门人也跟了进去。

元始天尊坐在九龙沉香辇上，扶住飞来椅，徐徐从东边来到诛仙门，只见阵门上挂着一口诛仙剑。元始天尊把辇一拍，命四揭谛神振起辇来。辇的四脚生有四枝金莲花，花上生光，光上又生花，有万朵金莲照在空中。元始天尊坐在当中，进了诛仙阵。他在阵中仔细观察了一下，便又从诛仙门出来，回了芦篷。

南极仙翁听见半空中传来仙乐之声，异香缥缈，正感到奇怪，只见板角青牛上坐着太上老君，飘飘然落了下来。太上老君来到阵前，对通天教主说："贤弟，我们三人将共立封神榜，你为什么反阻周兵？"通天教主责备太上老君偏祖元始天尊。

太上老君说："你说我偏心，可你不也是偏听门人的话，才摆了这恶阵残害生灵吗？你趁早听我的话，速速将此阵撤掉，回碧游宫尚可掌管截教。若不听我的话，拿你去紫霄宫，见了师尊，将你贬入轮回，永不能再到碧游宫！"

通天教主大怒，直呼太上老君的姓名："太上老君，我和你都是一教之主，你为什么这样欺负我，难道我不如你？我已摆下此阵，你敢来破我的阵吗？"太上老君将青牛一拍，又将太极图抖开，化作一座金桥，从容进了陷仙门。通天教主看到太上老君如入无人之境，不禁满脸羞得通红，举剑砍来。阵内电光闪闪、雷鸣风吼，太上老君把鱼尾冠一推，头顶上冒出三道清气。

那通天教主正杀得起劲，听到正东方向一声钟响，只见一位道人身穿大红白鹤绛绡衣，执剑来助太上老君，自称上清道人。忽然，正南方向又响起钟声，一位道人头戴如意冠，穿淡黄八卦衣，骑天马而来，手拿灵芝如意，也来助战，这

人是玉清道人。通天教主问这两位道人是哪个教的，这两个道人只说姓名，却不说是哪个教的。忽然正北方向一声钟响传来，一位道人穿着八宝万寿紫霞衣，戴九霄冠，一手执龙须扇，一手执三宝如意，骑地犼而来，说："道兄，太清道人来助你破阵了！"三位道人将通天教主团团围住。通天教主哪里知道这是太上老君使的分身术。四人正打着，一声钟响，三位道人突然无影无踪。通天教主正在纳闷，一分神，结果挨了太上老君三扁拐。

多宝道人一看教主吃了亏，执剑上来助战。太上老君大笑说："米粒之珠，也敢放光华！"他将风火蒲团放到空中，提住了多宝道人，命黄巾力士把他押到芦篷等候发落。

太上老君出了陷仙门，回到芦篷。元始天尊说："此阵有四个门。我和你只能顾两个门，还有两个门，不是我的门人所能进得了的。挂在门头上的剑你我不怕，别人怎么经得起？"正说着，西方教的准提道人到来。准提道人说："我看见东南二处有数百道红气冲天，知道有事，就长途跋涉来会一会截教门下诸友。"太上老君说："你来得刚好。这阵有四个门，如今我们只有三人，还少一位。"准提道人辞了众人，又到西方请来了西方教主接引道人。元始天尊一看接引、准提两位教主驾到，就在玉鼎真人、道行天尊、广成子、赤精子四人的手心各写了一道符印，命他们听见阵内雷响，有火光冲起，就把四口剑摘去，又命燃灯道人站在空中，如果通天教主往上走，就用定海珠往下打。

　　四位教主一齐来到诛仙阵前，按东、西、南、北四个门进入。通天教主看到四位教主进了阵，便站在八卦台上，按照四个不同的方位发了雷。元始天尊坐四不像进诛仙门时，看见那剑晃动，元始天尊头顶上有庆云迎住，剑哪能下得来，元始天尊进了诛仙门，立于诛仙阙下。西方教主接引道人进戮仙门时，顶上现出三颗舍利子，射向戮仙剑，剑像被钉住一样下不来，西方教主进了戮仙门，到戮仙阙立住。太上老君进陷仙门时，那陷仙剑直晃，只见太上老君顶上现出玲珑宝塔，万道光华，射住陷仙剑，老子进了陷仙门，也在陷仙阙停下。准提道

人进绝仙门时，绝仙剑震动，准提道人手执七宝妙树，放出千朵青莲，拦住绝仙剑，准提道人也进了绝仙门，到了绝仙阙。

四位教主齐到阙前，通天教主执剑来挑战。接引道人手无利器，便用拂尘挡架，拂尘上有五色莲花，朵朵托剑。元始天尊用三宝玉如意架住宝剑。准提道人把身子摇动，现出法身，有二十四个头，十八只手，执了各式兵器。太上老君对准通天教主后心一扁拐，打得通天教主三昧真火冒出。准提道人又是一杵，打得通天教主掉下奎牛。通天教主腾空想逃，燃灯道人在空中等候多时，看到通天教主刚露头，就用定海珠打下去。外面四仙手中有符印，一齐进阵摘了四把宝剑。通天教主见阵已破了，独自逃走。截教众门人见教主逃遁，剑也被摘去，就纷纷散去。

众仙道回到芦篷，与姜子牙告别，各自回山去了。

第十八章　杨任下山助子牙

　　界牌关守将徐盖听说姜子牙大军一路连克三关，又破了诛仙阵，便慌忙修书到朝歌要求增援。可纣王不仅不给一兵一卒，反而听信妲己的谗言，将差官也杀了。姜子牙在汜水关点齐人马，带领大军急行八十里，到了界牌关安下营寨。

　　徐盖眼见姜子牙大军到来，大势已去，只得打开城门投降。姜子牙进城休息一夜，次日便下令三军往穿云关去。姜子牙大军行军八十里，到了穿云关城下，姜子牙问众将谁愿走一遭。徐盖上前说："穿云关守将徐芳是我弟弟，待我去劝他归周。"姜子牙大喜。

　　不料，穿云关城中，徐芳看到徐盖进帐，大喝道："将他拿下！"两边的刀斧手将徐盖捆了。徐芳说："你来得正好，你叛商归周，擒了你，我们徐家可免受灭九族之灾。"徐芳命人将徐盖囚禁起来，又令大将马忠出城迎敌。

　　两军对阵，哪吒手执火尖枪杀了过来。马忠知道他名震四海、本领高强，就先下手为强。一张口，喷出一道黑烟，把自

己连人带马罩在烟中。哪吒见后，身子一摇，现出三头八臂，飞到空中。马忠在烟中看不见哪吒，急忙收了烟，抬头看到空

中哪吒凶神恶煞的模样，吓得周身打战，回马便走。哪吒拿出九龙神火罩，罩住马忠，双手一拍，罩里现出九条火龙围绕，霎时间马忠连人带马化为灰烬。

徐芳又派龙安吉上阵捉拿黄飞虎。龙安吉取出一个宝圈，名叫"四肢酥"，朝空中一放，只听到空中有叮当声，他大叫一声："黄飞虎，看我的宝贝！"黄飞虎抬头一看，跌下鞍来，被军士生擒回城。龙安吉又用同样的方法把洪锦绑了回去。大将南宫适横刀出马要擒龙安吉，也同样被龙安吉抓住了。

姜子牙一连损失了四将，恨不能将龙安吉生吞活剥。哪吒上了风火轮，到城下点名要龙安吉出阵。龙安吉出了关，心想这哪吒是有道术之人，一定要先下手才能成功！龙安吉刚出了一枪，就向空中放出四肢酥，嘴里叫道："哪吒，看我的宝贝！"哪吒是莲花化身，没有魂魄，抬头看去，龙安吉在一旁

等候他从风火轮上掉下来，岂料哪吒仍在风火轮上立着。哪吒现了三头八臂，拿起乾坤圈，说："你那圈不如我这圈，我还你一圈！"龙安吉躲闪不及，被乾坤圈打中脑门，落下马来。哪吒上前一枪，取了首级。

徐芳得知龙安吉阵亡后大惊，此时左右无将，朝廷又不派兵支援，正在焦急时，九龙岛炼气士吕岳来了。吕岳说自己特来帮助徐芳，并说过几天等自己的道友陈庚来了再一起出战。几天后，陈庚来了。第二日两人一道出了关，来挑战姜子牙。吕岳说："姜子牙，我和你势不两立。我现在摆一阵，你要是破得了，我就保周伐纣！"

半个时辰后，吕岳和陈庚摆完阵，叫姜子牙进阵。姜子牙率众将进阵，前后左右没看出任何名堂，不知这是什么怪阵。他忽然想起下山时，元始天尊曾说过："界牌关遇诛仙阵，穿云关下受瘟癀。"难道此阵就是瘟癀阵吗？姜子牙把元始天尊的话悄悄告诉了杨戬。众人出了阵，吕岳问："姜子牙，你可识得此阵吗？"杨戬不以为然地说："吕道长，此阵叫瘟癀阵，等你摆全了，我再来破！"吕岳听杨戬一语道破，半晌无言。

姜子牙虽然能叫得出阵名，但不知道用什么法子去破。正在发愁时，云中子进来了，对姜子牙说："我是专为瘟癀阵来的。要破此阵，只需子牙受百日之灾。到了百日，自然会有一个人来破此阵。"姜子牙毫不畏惧，说："如果真是这样，我姜子牙即使一死，又何足为惜！"

次日，姜子牙上阵前，云中子为他贴了三道符印，前胸、后背、冠内各一道，又将一粒丹药揣在姜子牙怀中。安排停当，姜子牙骑上四不像，进了瘟癀阵。吕岳上了八卦台，将一把瘟癀伞往下一盖，姜子牙连忙展开杏黄旗架住那伞，姜子牙被困在原地动弹不得。吕岳出阵对众将大呼："姜子牙已死在我阵中，姬发早早出来受死！"

吕岳在阵中困住姜子牙，每天三次用伞上的瘟癀来毒害姜子牙，姜子牙全靠手中那杆杏黄旗才撑住了瘟癀伞。徐芳趁此空闲时机，将囚禁在牢中的四员周将押上囚车，令部将方义真将他们押往朝歌邀功。

在离城三十里远的地方，方义真被一个手执一杆枪的怪人拦住了去路。此人眼眶里长出两只手，手心里反倒有两只眼睛。这个人原是朝歌宫中的上大夫杨任，因谏阻纣王造鹿台，被剜去双目，幸好被道德真君救上山。他至此阻拦，也是因为领受师命下山解救子牙的瘟癀阵之灾。杨任原是文官出身，方义真根本不把他放在眼里，举枪刺来。杨任拿出五火神焰扇，对准方义真一扇，将他连人带马扇为灰烬，众军士纷纷抱头逃窜。杨任打开囚车，放出黄飞虎等四将，吩咐他们不必返回，等自己破了瘟癀阵率兵来取关时，他们正好做内应。

杨任别了四将来到周营，云中子说："你来得正好。离百日还差三天。三天一到，子牙的灾期就结束了。"三天后，杨任、云中子等人一齐来到瘟癀阵前。杨任进了阵，吕岳站在八卦台上。杨任取出五火神焰扇一扇，瘟癀伞化为灰烬。陈庚举刀来砍，杨任一扇扇去，陈庚顿时化为灰烬。吕岳知道这扇子

的厉害了，抽身就逃，被杨任追上连摇几扇，八卦台和吕岳全都成了灰烬。众人进阵后，看见姜子牙还立在原地手执杏黄旗，忙叫武吉背着姜子牙回大营休息。云中子把丹药灌入姜子牙口中，过了一会儿，姜子牙睁开了眼睛，众将们十分欢喜。云中子见姜子牙已无大碍，便告辞归山了。

休息几日后，姜子牙令周兵攻打穿云关。雷震子飞到空中，一棍将城楼打塌半边。哪吒踩着风火轮，下城斩落城门的大锁，周兵一哄而进。早已埋伏在城中的黄飞虎等四将听到攻城声，联合杀进城的众将把徐芳围得严严实实。黄飞虎一剑将徐芳的坐骑砍倒，众人上前活捉了徐芳，姜子牙下令让军士把徐芳推出去斩首。

破了穿云关，姜子牙一声号令，大军赶到潼关，安营扎寨。潼关的守将叫余化龙，他有五个儿子：余达、余兆、余光、余先、余德。余德在外出家，还没有回来。余家父子五人看见姜子牙大军兵临城下，个个摩拳擦掌，要和周兵比试高低。第二天，姜子牙派苏护出战，余兆前来抵挡。余兆取出一面杏黄旗展开，金光一晃，余兆连人带马就不见了。苏护四处寻找时，听到脑后有声响，慌忙转马，早被余兆一枪刺下马。苏全忠看见父亲身亡，失声痛哭，上马到城下挑战，结果被余化龙的三儿子余光用梅花标打中，苏全忠败回周营。

第二天，余家父子五人一齐出关，姜子牙率众将出营。苏全忠、武吉、邓秀、黄飞虎和余家四子一对一厮杀。姜子牙和余化龙各自在一旁观战，压住阵脚。苏全忠被余达一杵将护心镜打得粉碎，翻身落马。余达正要上前取他首级，雷震子展开双翅，救回苏全忠。余化龙纵马上来帮余达，哪吒蹬上风火轮持枪刺去。杨戬催粮回营，看见十人正扭成一团厮杀，不分胜负，遂暗地里放出哮天犬。哮天犬一口咬住余化龙的脖子。哪吒抛起乾坤圈，击中余先的肩窝。余家父子大败而逃，周兵冲上前，杀得敌兵尸横遍野。

余家父子受伤回到城中。这时，余德在外修行回来探视父母，看见这一情景，马上取了仙药敷在他们伤口上，伤口立刻全都好了。次日，余德出关要姜子牙答话。姜子牙看见阵前立着一个道童，便问他是谁。余德自报家门后，说要替父兄报仇。杨戬看见余德被一团邪气包围，就取出弹弓，发金丸打中余德。余德痛得大叫一声，借土遁逃走了。

余德受伤回到关内，气急败坏。到了一更时分，余德拿出五个手帕来，按青、黄、赤、白、黑五种颜色铺在地上，又取出五个小斗儿，对兄长们说："我叫你们抓着洒你们就洒，叫你们把斗往下泼你们就泼，七天之内，周军便会死得干干净净。"说罢，五人站在帕上，余德升起五方云，五人不一会儿就来到周营上空，将手中斗内的毒痘撒向周营。

周营中除了哪吒是莲花化身，杨戬练过九转元功外，其他个个都是肉体凡胎，哪里能经受得住这痘厄之难？将士人人发热，个个不得安宁。三天过后，全军将士浑身上下都长出了各种颜色的痘疹。

余家父子登上城头朝周营观看：营内没有烟火，不见一人走动，一派死气沉沉的景象。余达按捺不住，想要去劫营，余德胸有成竹地说："不用兄长出马，我们在这里坐着，周兵自然会死绝！"余家众人拍手叫好。

周营中，哪吒和杨戬看到全军倒下，正在着急，黄龙真人驾鹤而来，紧跟着，玉鼎真人也自空中降下，杨戬赶紧迎接。玉鼎真人入帐后看到姜子牙如此模样，叹息不已，连忙叫杨戬到火云洞去寻药。杨戬到了火云洞，神农听说周营有难，立即拿了三粒丹药递给杨戬，吩咐他一粒救姬发，一粒救姜子牙，一粒用水化开，在营中四处泼洒，全军将士所染的毒气就消除了。

杨戬回到周营，黄龙真人遵照神农的话，救了姬发、姜子牙，又拿出一粒丹用水化开，用杨柳枝朝军营洒去。一时间，痘疹之毒全部消失。第二天，姜子牙看到全军将士的脸上都落下了疤痕，勃然大怒。全军一齐厉声大呼："今天不取潼关，誓不回营！"

余化龙和五个儿子在城中静静等着周兵病死，过了七八天，想想也该死得差不多了，上了城头一看，却是吃惊不小。他们看到周军将士来回走动，红旗招展，一派生机。余德当下

决定与父兄趁周兵身体还未完全恢复，率兵偷袭，却正与姜子牙大军相逢，两军一场混战。

哪吒现了三头八臂，蹬上风火轮，上了城楼。守城的军士看见他的模样，吓得一哄而散。余家父子见到城楼被周兵占领，心中发慌，却又被姜子牙和众将围得水泄不通，跳不出圈子。一走神，余光被雷震子一棍打在头顶，气绝身亡。韦护拿起降魔杵把余达打死。杨任扇子一扇，余先、余兆二人化作灰烬散去。余德见兄弟都死了，就杀向姜子牙。姜子牙看到余德杀过来，想起全军脸上留下的疤痕，拿起打神鞭，照准余德一抽，将余德打下马，李靖上来一戟将他刺死。余化龙看见五个儿子都阵亡了，潼关也被周兵占领，在马上大叫一声："大王，臣不能为主报仇，今天只有一死以报君恩！"说罢，自刎而亡。

第十九章　战渑池众将阵亡

　　不久，姜子牙率大军到了临潼关城下。临潼关守将欧阳淳与副将卞金龙、桂天禄、公孙铎商讨守城之计。众将都说："如果能胜周兵，自然是好；如果兵败，则坚守城池，修书速到朝歌告急。"

　　第二天，姜子牙派了黄飞虎打头阵，对方应战的是卞金龙。两人大战了数十回合，卞金龙被黄飞虎一刀斩于马下。卞金龙的儿子卞吉得知父亲阵亡后，拎出一面幡，含泪上殿请战，欧阳淳准许了。

　　卞吉的幡全是由人骨头穿成，有几丈高。黄飞虎战到幡下

时，立刻跌下马来，被守幡军士绑回城中，押到殿上。

雷震子知道那幡在作怪，想一棍将幡打碎，便展翅朝那幡飞了过去。哪知幡的周围妖气弥漫，雷震子的棍子还没挨着幡，人已经昏了过去，被两边守幡的军士捉住了。韦护不服，拿起降魔杵朝幡打去。谁知降魔杵还没接近幡，就掉了下来。哪吒大怒，踩着风火轮来战卞吉，他用乾坤圈差点将卞吉打下马来。卞吉逃回城中，欧阳淳下令关了城门，派人送书信到朝歌求援。纣王得知姜子牙带领大军离朝歌已没有多少路程了，急忙召集文武大臣商议。上大夫李通向纣王推荐了邓昆、芮吉二人，纣王立即命令他们率军增援临潼关。邓昆、芮吉二人点齐兵马，离了朝歌，过了孟津，渡过黄河，直奔临潼关而来。

过了几天，卞吉又在阵前叫战。哪吒领命应战，两人大战几个回合。卞吉又转身就走，想引哪吒入幡，哪吒不敢追赶，自己回营去了。正在这时，邓昆、芮吉二人赶到。这邓昆其实与黄飞虎是连襟，他听说黄飞虎在对应阵营，暗自寻思："天下八百诸侯已经归周，这小小的临潼关怎能挡住姜子牙的大军？不如早日归周算了。可芮吉要是不同意怎么办？"邓昆找到芮吉，一番交谈后，两人一拍即合，决定反商归周。

他们这一番话，正被前来打探消息的土行孙听得一清二楚。听到他们有归降之意，土行孙于是现了身，表明身份，并保证替他们牵线搭桥。邓昆、芮吉当下就写了一封信请土行孙带回去交给姜子牙。土行孙将信带回营中，姜子牙看了大喜。

第二天，邓昆、芮吉出城迎战姜子牙，路过竖在城下的那面幡时，邓昆命人将幡拔了。卞吉连忙说："这幡至关重要，守城全指望它了。如果拔掉，城就保不住了。"芮吉说："我们是朝廷的钦差官，难道为了你那面幡，就让我们走小路吗？你只是个偏将，反而走在中道，周兵看了，不是要笑话我们吗？"

卞吉知道不能撤幡，可钦差官的话又不敢不听，于是他画了三道灵符，安放在邓昆、芮吉、欧阳淳三人的帽中，三人从幡下经过时便没事了。姜子牙看到邓昆、芮吉从幡下大摇大摆地经过，心中便知他们必是拿到了破幡之宝，当晚就派土行孙进城去见他们。邓昆、芮吉看到土行孙后，立刻将卞吉给他们的符交给他带回去。姜子牙看了后，照样画了许多符，然后分发给众将。

次日，姜子牙领将出营到城下挑战，邓昆、芮吉命卞吉出城迎敌。卞吉又故技重演，往幡下逃去，他却不晓得姜子牙众将人人有符，众周将一齐呐喊追过来。卞吉先过了幡，勒住马，吩咐守在旗下的军士准备捆人。只见众周将全都安然无恙地过了幡，一个也不见倒下。卞吉大败回到城中，见到邓昆、芮吉，把刚才的事说了一遍。

芮吉笑着说："这就怪了，前些天你擒了三将，那幡怎么就灵，今天为什么就不灵了？"邓昆厉声说："分明是你看见周兵势大，想献关给周兵。刚才故意假输，让周将和你一块杀进城中。要不是守城的军士城门关得快，就让你的阴谋得逞了。像你这样的叛贼，留着还有什么用？"不等卞吉分辩，邓昆一声令下，两边刀斧手上前取了卞吉首级。随即邓昆、芮吉命人打开城门，迎接周军入城。欧阳淳不答应献城，拔剑来杀邓昆、芮吉，结果被芮吉一剑砍死。邓昆、芮吉从牢中放出被擒的周将，投降归周。

大军在城中住了三天，姜子牙随后又率兵挺进渑池。渑池守将张奎亲自上阵，提枪冲向姜子牙。姬叔明、姬叔升二位殿下急忙用枪架住。二人见张奎枪法娴熟，难以取胜，便诈败而逃，想用回马枪挑了张奎。张奎的坐骑叫"独角乌烟兽"，速度飞快。姬叔明听到后面有声音，以为张奎中计。张奎却早已赶到他身后，一刀将他砍下马，姬叔升回马相救，也被张奎一刀砍下。

姬发损失了二位兄弟，痛哭流涕，姜子牙也闷坐在帐上。这时，崇黑虎

带了文聘、崔英、蒋雄来到。原来崇黑虎率大军已到孟津数月了，听说姜子牙大军到了渑池，特地前来拜访姜子牙。帐外又报张奎前来挑战，崇黑虎四人一齐上阵，围住张奎一场好战，一旁观战的黄飞虎忍耐不住，纵骑上阵。

崇黑虎拨转坐骑就走，四将领会崇黑虎的战术，一齐转身跟随。张奎把坐骑顶上的角一拍，霎时来到文聘身后，手起一刀把他砍下马来。崇黑虎正想用法宝，可惜为时已晚，张奎一刀砍向他。此时张奎的夫人高兰英取出个红葫芦，祭出四十九根太阳金针，照得黄飞虎、崔英、蒋雄三将睁不开眼。张奎挥刀过来，将三人相继砍下马来。可怜五人全都死于张奎刀下！

哨马飞报姜子牙，姜子牙大惊，周营一片悲痛。随后，黄飞彪、土行孙、邓婵玉都死于张奎、高兰英夫妇手下。

姜子牙回到帐上，正在为阵亡的将士暗自伤心，忽有惧留孙派门人送来一封信，还随信带来一张"指地成钢符"。惧留孙在信中为攻下渑池献了一计：杨戬拿着指地成钢符先到黄河岸边等着，由姜子牙亲自将张奎引到岸边，然后抓住他，等调开张奎后，哪吒、雷震子等人乘机攻城。

姜子牙按惧留孙的计策一一布置，把张奎引到了黄河边。到了那里，张奎感到像进了一个铁桶，前后左右的土地硬如钢铁。杨戬用手往地下一指，韦护从半空中把降魔杵往地下打来，将张奎打成了粉末。

第二十章　杨戬灭梅山七怪

姜子牙攻下渑池后，立刻点齐人马赶往孟津与诸侯会师，天下诸侯聚集一堂。

再说渑池失守的战报送到朝歌，纣王得知后，急忙召集大臣商议退兵计策。中大夫飞廉建议张榜招贤，他相信"重赏之下，必有勇夫"。不久，袁洪、常昊、朱子真、杨显、戴礼、金大升、吴龙七人揭了榜文，由飞廉带来见纣王。他们自称是"梅山七怪"，纣王见了大喜，封袁洪为大将，吴龙、常昊为先锋，又命殷破败为参军，雷开为五军总督，令殷成秀、雷鹏、鲁仁杰随军征伐。袁洪领兵二十万，率众将驻扎在孟津这个咽喉要地。姜子牙知道后，便命杨戬将战书送去，双方约定明天决战。

第二日，一场恶战之后，周营中的姚庶良和彭祖寿分别被"梅山七怪"中的白蛇精常昊和蜈蚣精吴龙杀死。袁洪回到营中，立即差人到朝歌报捷。

当日，姜子牙坐在大营中，忽然一阵风刮来。姜子牙掐指一算，知道袁洪夜间要来劫营。他立刻下令："军帐钉下桃桩、镇压符印，布下天罗地网，众将做好准备。"二更时分，袁洪率兵冲进周营，却被哪吒、雷震子、杨戬、杨任、李靖围住。袁洪头顶上忽然发出白光，白光中冒出一个神手举棍把杨任打死了。一场混战后，袁洪的人马纷纷逃散。

混战结束，杨戬借土遁到了终南山，向云中子借照妖镜。云中子将照妖镜递给他，说："袁洪一伙是梅山七怪，只有你才能擒获他们。"杨戬揣了照妖镜返回时，正好遇上袁洪派常昊前来叫阵。杨戬和常昊打了几十个回合，常昊哪里是杨戬的对手，转身就想逃走。杨戬紧追过去，取出照妖镜一照，常昊在马上现了原形，原来是一条白蛇。杨戬发了一个五雷诀，白蛇顿时化作飞灰。

袁洪大怒，纵马来杀杨戬。哪吒用九龙神火罩将袁洪连人带马罩住。哪吒用手一拍，现出九条火龙，围着袁洪喷火焚烧。袁洪借火光逃走了。

吴龙使两口刀冲上阵来大战杨戬，杨戬用照妖镜一照，吴龙现了原形，原来是一只蜈蚣。它用一团黑烟罩住自己，来伤杨戬。杨戬摇身变成一只五色金鸡，飞到黑烟之中，将蜈蚣啄成数段。殷破败等人看到这光景，都觉得城池必然不保。鲁仁杰以催粮为借口，逃回朝歌了。

这一天，朝歌来了一个大汉，名叫邬文化。他身高数丈，力大无比，一顿能吃一头牛，手中兵器是一根排扒木。他揭了招贤榜要从军，纣王就派他到孟津做袁洪的部下。

　　袁洪看到邬文化长得像一尊金刚，就命他到周营挑战，想试一试他的本事。次日清晨，邬文化倒拖排扒木，到周营前叫阵。姜子牙在营中听到声音，抬头一看，见一个大汉竖在半空中。龙须虎出营，手发一石朝邬文化打去。邬文化一排扒木打下来，排扒木上的钉子打入土里有三四尺深。正在他使劲拔起排扒木时，被龙须虎在腿上、腰上打了七八石头。邬文化逃回营中，有些不好意思，对袁洪拍着胸脯说："元帅放心，我今夜去劫营，保证叫周营片甲不留！"

　　二更时分，邬文化撞破周营辕门，冲开七层鹿围，撞翻四方木栅，手中排扒木朝两边横扫，周营军士被他杀得尸横遍野，血流成河。袁洪随后冲进大营，放出妖气罩在营中，斩了不少还在睡梦中的将士。姜子牙上了四不像，手执杏黄旗，护定身子，落荒而逃。姬发在四名大将的保护下也逃出了大营。

邬文化杀到后营，来到粮草堆前。杨戬看见邬文化走近，情急之下，拿了一根草放在手上，口中念念有词，吹口气，说声："变！"那草变作一个大汉，头撑天，脚踏地。邬文化一看，这大汉比自己还高还大，吓得大叫一声，然后转身就逃。

天明时，子牙回到大营，清点残兵败将，发现损失军士二十万，折了将官三四十员，其中龙须虎被邬文化的排扒木打死。姜子牙发下誓言："不杀邬文化，誓不罢休！"姜子牙对杨戬密授了一计，杨戬依计在蟠龙岭设下埋伏，将邬文化活活炸死，烧成了灰烬。

袁洪损失了邬文化，但随后营中又来了梅山七怪中的朱子真。当初梅山七怪说好了，袁洪先率几人前来抵挡周军，其余的人陆续赶来。第二日，朱子真提着宝剑，率兵来到周营，点名要姜子牙答话。南伯侯麾下副将余忠迎战，却不料交手不到几个回合，朱子真口喷黑烟罩住余忠，然后现出原形，一口将余忠咬死。杨戬用照妖镜一看，这朱子真原来是一头大猪。朱子真正在得意忘形之时，杨戬手持三尖刀照他砍来。朱子真又像咬余忠一样，现出原形，将杨戬一口吞下肚里。

袁洪看朱子真一仗伤了两名周将，连忙设酒席庆贺。这时梅山七怪中杨显也来了。酒喝到二更时分，众人听到朱子真肚里有人在说话："朱子真，你知道我是谁吗？"朱子真吓得浑身哆嗦。那声音接着说："我是玉泉山金霞洞玉鼎真人的门徒杨戬。今天你把我吃进肚里，我要把你的肝肠折腾一番，让你这个恶贯满盈的吃人精不得好死！"说罢，杨戬用手在他的肝上一戳，痛得朱子真大叫："大仙饶了我吧。"杨戬说："你要想活命，就现了原形，到周营去。你要是有半点违抗，我现在就把你的心、肝、肠子都摘下来！"朱子真无计可施，只好现了原形。袁洪和杨显在一旁急得抓耳挠腮，无计可施，眼睁睁地看着那头猪一摇一晃地甩着尾巴去周营了。

正在巡营的南宫适看见辕门前来了一头猪，以为是哪家百姓的猪跑出了猪圈。听到杨戬在猪肚子里说话，他才知道这猪原来是白天叫阵的朱子真，便将它牵进了姜子牙的帐上。姜子牙令南宫适将猪头斩下，挂在辕门上。看到周营挂的猪头，袁洪等人气愤悲痛，忽然有人来报，说梅山七怪的戴礼也来了。

袁洪又添了一员大将，就到周营继续挑战。杨显带头冲出，被杨戬用照妖镜一照，看见是一头羊精，杨戬便提了三尖刀迎了上去。杨显在马上吐出一道白光，罩住自己，想伤杨戬。杨戬化作一只白额斑斓猛虎，克住了羊精，一刀将杨显砍死。戴礼看到杨戬砍了兄弟，报仇心切，从口中吐出一颗红珠，现出光华，要伤杨戬。杨戬用照妖镜一照，发现戴礼原来是一只狗，忙放出哮天犬，一口咬住戴礼，然后手起刀落，斩了戴礼。

袁洪回到营中，忽然军士来报，说有一位大将求见。袁洪见到来人是金大升后，心中十分欢喜。第二天，金大升上了独角兽到周营挑战。姜子牙派郑伦迎战。金大升是个牛怪，腹中炼成一块牛黄，有碗口大小，喷出来如火电一般。郑伦来不及提防，被金大升喷出的牛黄伤了面孔，跌下坐骑。金大升手起

一刀，将他斩死。

杨戬见郑伦死了，便上马提刀直取金大升。金大升突然吐出牛黄，杨戬立即化作一道金光，往南走了。

金大升催开独角兽追去。杨戬正要变化，忽然前面一阵香风飘来，五彩祥云中有一对黄幡飘荡，一位道姑乘青鸾而来，一旁有女童三四对。女童叫道："杨戬快来拜见女娲娘娘圣驾。"杨戬连忙施礼。随后，女娲娘娘吩咐女童去把牛怪牵来，交给了杨戬。

杨戬谢了女娲娘娘，牵牛回营，将路上遇到女娲娘娘之事讲给姜子牙听，姜子牙命南宫适一刀将牛头斩下。姜子牙和杨戬屈指一算，梅山七怪已灭了六怪，便吩咐众将做好夜间劫营的准备。

到了二更，周军一声炮响，杀进商营。南伯侯鄂顺领二百诸侯奋勇当先；北伯侯崇应鸾冲进左营；李靖、雷震子杀进右营；杨戬、哪吒直插大营寻找袁洪。袁洪听见四处有周兵喊杀，知道被劫了营，提着一根铁棍，刚出军帐，正好碰上杨戬。两人见面就打，袁洪现了白猿原形，窜到半空，一棍打得杨戬头顶迸出火星。杨戬有七十二变，化作一道金光，跃到半空，也向袁洪一刀劈去。袁洪会变化，化为一道白气护住了身子。

两人各显神通，变化无穷。袁洪暗想："大营已被周兵占了，不如我把他引到梅山上去，进了我的巢穴，就容易擒他了。"于是袁洪纵光往梅山逃去。杨戬弃马借土遁紧紧追赶，忽然袁洪不见了，就运用神光定睛观看，原来袁洪变成了一块怪石。杨戬随即变成石匠，手执锤钻，上前锤他。袁洪看到被杨戬识破，又化作一阵清风到了梅山。杨戬上了梅山，忽然不见了袁洪，正四处寻找，山崖下一声响，窜出几百个小猴，手执棍棒，左右乱打。杨戬知道此时难以取胜，便化作一道金光回营。刚走到山的转弯处，却碰到女娲娘娘。女娲娘娘拿出一件宝物，说："我把这件宝物给你，你用它可以收服那妖怪。"待女娲娘娘一走，杨戬展开那宝一看，顿时满心欢喜。原来那宝物是一张"山河社稷图"，杨戬拿着图返回了梅山。

袁洪看到杨戬又回来了，笑着说："你是来找死的吧？"说完，举刀向杨戬砍去，杨戬诈败，往山外逃去。

袁洪看杨戬离了梅山，又躲进了前面一座高山，便也跟了上去。袁洪哪里知道，这高山是女娲娘娘的山河社稷图变化

河社稷图，看到袁洪现出了原形，在图中上蹿下跳。袁洪爬上
山上的桃树，见到一个红艳艳的仙桃，拿来一口就吃掉了。这
时，杨戬提着剑走来，白猿想站起身来，可是怎样都动不了。
杨戬上前一把抓住白猿，用缚妖绳将它捆住，收了山河社稷
图，往正南方向拜谢了女娲娘娘，就将白猿拎回营中。

　　姜子牙看到袁洪是一只白猿，说："把这个害人精推出去
斩了！"杨戬拎着白猿到了辕门，刀起头落，那白猿颈上竟没
有流一滴血，却有一道清气冲出。白猿颈子长出一朵白莲花，
过了一会儿，又长出一颗猴头来。杨戬连斩数刀，都是一样，
就请姜子牙出来观看。姜子牙看后，取来陆压送给他的葫芦来
斩白猿。这一次白猿的头落了地，鲜血从颈子里喷涌而出。

　　姜子牙至此已将梅山七怪全部除掉，只有殷破败、雷开逃
回朝歌。姜子牙正在等东伯侯姜文焕时，探子报告说，金吒、
木吒协助东伯侯已取得游魂关，此刻已到辕门。周营上下一片
欢喜。

第二十一章　姜子牙兵围朝歌

　　姜子牙在孟津祭了宝纛旗幡，各处小诸侯不计其数，共有一百六十万人马向朝歌开拔。守城的军士报告纣王，天下诸侯已兵临城下。纣王大惊，连忙登上城楼，只见对方将士一个个气宇轩昂、威风凛凛。

　　纣王看得浑身冷汗直冒，回到殿上与众文武大臣商议退兵之计。大将军鲁仁杰站了出来，他建议纣王选派一位能说会道的大臣，去说服姬发和诸侯退兵。中大夫飞廉不同意鲁仁杰的建议，他认为现在还不到讲和的时候。况且城

中尚有十多万军士，应再张榜招揽英勇善战之人。偌大的一个朝歌城，肯定会有豪杰出来揭榜。

纣王采纳了飞廉的建议，命人在朝歌四处张榜招揽英雄豪杰。榜一贴出，果然有人来揭。午门官就把揭榜的三个人带来见纣王。这三个人是丁策、郭宸、董忠。丁策是个隐士，自幼熟读兵书。当他得知周兵已来到朝歌，便知道纣王命在旦夕了。此时他的结拜兄弟郭宸、董忠来了，劝说他出山，他再三推辞，董忠却说已揭榜，并将三人姓名报上去了。丁策见木已成舟，已不可能退缩，便只好硬着头皮去见纣王。纣王看到三位隐士十分高兴，当下便封丁策为神策上将军，郭宸、董忠为威武上将军，还赐了袍带，设宴款待三人。第二天，三人跟随总兵鲁仁杰出了朝歌城。

姜子牙闻报纣王派将出战，也率了众将迎战。鲁仁杰朝周军阵中望去：姜子牙乘着四不像，两边是三山五岳门人。哪吒蹬着风火轮，立在左面。杨戬执三尖刀，立在右面。众诸侯整整齐齐，神采奕奕地跟在后面。

鲁仁杰自知难敌姜子牙的百万大军，就劝说姜子牙主动撤兵。姜子牙则劝鲁仁杰看清时势，不要再为纣王卖命。双方唇枪舌剑，都无法说服对方。于是鲁仁杰命郭宸对付姜子牙，南宫适闪出来抵住。丁策摇枪来帮助郭宸，武吉上前抵住。南伯侯鄂顺冲出截杀，被董忠抵住。东伯侯姜文焕在一旁恼了，催开紫骅骝，上前一刀劈了董忠。这时哪吒、杨戬一齐上来助战。鲁仁杰不甘示弱，也来参战。哪吒的乾坤圈落下来打中丁策。郭宸想逃，被杨戬一刀斩下马。可怜三位隐士就这样做了刀下鬼！鲁仁杰自知不是对手，败回城中。

纣王闻报周军一仗打死了三将，心中非常郁闷，与众臣商议应如何应对。殷破败站了出来，说愿意去敌营说服姜子牙退兵。纣王没有别的办法，只得准许。殷破败到周营见到姜子牙，说："末将与元帅分别已久，我今天特地来向元帅奉告一句话，不知元帅肯不肯听？"姜子牙一面请殷破败坐下，一面说："老将军有话尽管说，说得对，我一定从命！"

殷破败说："我听说天子继承王位，就是天意，谁违背天意，就是逆臣。逆臣是要被灭九族的，要遭到天下人的唾弃。请元帅下令，让所有的诸侯返回自己的国土去，大王决不追究你们以往的罪过。不知道元帅意下如何？"

姜子牙笑着说："老将军此言差矣！我也听说天意无常，只会眷顾那些有仁德的人。现在纣王做了那么多的坏事，惹得天怒人怨。如今天下诸侯一齐来讨伐纣王，正是要把老百姓从水深火热中拯救出来！这是顺天意，怎么能说我们是叛逆呢？"

殷破败说："姜子牙，你纠集天下诸侯，屠城杀将，血流成河，真是罪大恶极。朝歌城中还有十多万大军，数百名将军，谁胜谁负还说不定呢？"左右几百诸侯听了这番话，个个勃然大怒。姜文焕拔出剑来，要杀了殷破败，被姜子牙劝住。

殷破败站起身来，用手指着姜文焕大骂道："你父亲勾结王后谋害天子，活该被杀！你不好好替你的父亲赎罪，反而公然谋反，真是有其父必有其子。"

姜文焕大怒道："老匹夫，我父亲被昏君杀害，国母惨死，都是因为有你们这一班奸臣助纣为虐。今天我要杀了你这老贼，为我九泉之下的老父申冤！"骂完后，姜文焕手起刀落，将殷破败杀死。一旁的众将都拍手称快。姜子牙本不想杀殷破败，但见事已如此，只好下令将尸体厚葬了。

殷破败的儿子殷成秀听说父亲被杀，号啕大哭，骑马出城替父报仇。姜文焕出辕门迎敌，殷成秀恨不能一口将姜文焕吞了，纵马舞刀猛扑过来。姜文焕是有名的大将，殷成秀哪是对手，很快被一刀斩下马来。

姜子牙见朝歌城中再无将出城，便令周兵架起云梯，四面攻城。由于鲁仁杰平时认真操练士兵，如今守起城来又尽心尽力，周兵一时难以得手。姜子牙鸣金收兵，召集众将和门人商议破城计策。

众门人不以为然地说："要破城还不容易吗？只要您一声令下，我们用土遁进城，然后来个里外夹攻，不就一举成功了吗？"

姜子牙驳回众门人的建议，说："我不是没有想过这种办法。可那城中的百姓已经受尽了纣王的欺压，恨不能吃了纣王的肉、扒了纣王的皮。我们如果因为攻城而误伤了百姓，岂不是来害他们，还谈什么来拯救他们呢？"众门人个个脸上有惭愧之色，又说："我们不如写一份告示射进城去，让城中人心大乱，这样我们就会不战自胜了！"众将齐说这是万全之策。姜子牙提笔写了一份告示，让人再照抄数百份，用箭射进城中。

那些箭掉在城中的街头巷尾或者人家的宅院里。军民们拾起看了，都觉得振奋，互相传阅，整个朝歌沸腾了。开门献城已是人心所向，父老军民一齐拥向城门。三更时分，众人一齐呼喊，朝歌城四座城门一齐打开，父老军民出城大喊道："我们是军民百姓，愿献朝歌，迎接周军！"

姜子牙接到报告后，心中喜悦，生怕大军中有人扰乱百姓，立即传令："各门只许进兵五万，其余在城外驻扎。入城者，不能随便杀人和抢掠老百姓的物品，否则按军法斩首！"

全军接到指令，依次带领人马从东、南、西、北各门进城。姜子牙将兵马屯在午门，诸侯都各依次序安营扎寨。

第二十二章　摘星楼纣王自焚

此时纣王正在宫中与妲己饮宴，听到欢呼声，忙问宫官出了什么事。不一会儿，宫官来报说："朝歌军民已献了城池，天下诸侯都已驻扎在午门之外了。"纣王慌忙召来鲁仁杰。鲁仁杰说道："现在已无城可守，不如死守宫殿，背水一战，总比束手就擒要好。"纣王采纳了他的建议，吩咐御林军做好护宫准备。

纣王穿上盔甲，率领御林军，由鲁仁杰保驾，雷鹏、雷鹏为左右翼，纣王骑上逍遥马，提刀出了午门。

周营两杆红旗招展，周兵排开五方队，军威森严，数千大小诸侯分列左右，门人、众将侍立两旁，真是威风凛凛，气宇轩昂。正中大红伞下，姜子牙坐在四不像上，皓首苍颜，手持宝剑，真正一派百万大军统帅气势。在姜子牙的后面，姬发稳坐当中，左右有东伯侯姜文焕、南伯侯鄂顺、北伯侯崇应鸾。

纣王对姜子牙说："你曾为我的臣子，为何逃到西岐，纵恶反叛，率领天下诸侯来攻打我？今天朕亲临阵前，如果你还

不倒戈悔过，朕将杀了你这贼臣！"

姜子牙说："一国的大王，本应普天同尊，可是陛下无道，恶贯满盈，天下人怎能不反呢？"

纣王喝问道："大胆！你说我有何罪？"

姜子牙大声说："天下诸侯，静听我将纣王的罪恶公布。纣王身为天子，远君子，亲小人，败伦丧德，从古到今闻所未闻，这是第一；听信妲己妖言，剜了国母双眼，炮烙其双手，致使国母死于非命，这是第二；赐晁田、晁雷尚方宝剑去追杀太子，忘祖绝宗，这是第三；杀戮忠臣，不听进谏，这是第四；设计骗诸侯入朝，杀害东、南二伯侯，失信于天下诸侯，这是第五；造炮烙，阻止忠臣进谏，惨绝人寰，人神共愤，这是第六；造鹿台，奢靡无度，劳民伤财，这是第七；听信妲己狐媚之言，骗贾氏上摘星楼，君欺臣妻，导致贞妇坠楼而亡，西宫黄妃直谏，反被摔下摘星楼死于非命，这是第八；昼夜宣淫，酗酒肆乐，割肾剖心为羹汤，残忍之极，这是第九。"

诸侯听姜子牙说完，齐声呐喊："杀了这无道昏君！"东伯侯姜文焕大喝道："杀我父姐之仇不共戴天，今天我要除了你，以泄我无穷之恨！"南伯侯鄂顺也冲出来，厉声说："我父王没有犯罪，你无故杀他，天理难容！"东、南二伯侯使开手中刀，向纣王杀去，北伯侯崇应鸾也催马助战。三侯将纣王团团包围，厮杀起来。

鲁仁杰、雷鹏、雷鹏怕天下人耻笑他们身为朝廷武官，此时却贪生怕死，便一齐来助纣王。一时间，午门外喊杀声撼动

天地。纣王虽被众诸侯围住，却毫无惧怕之色，越战越勇，手中一把金背刀舞起来似一条飞龙，将南伯侯一刀挥于马下。哪吒、杨戬等怒发冲冠，抢起刀枪来杀纣王。一旁观战的众人见

纣王如此凶恶，纷纷冲出。杨戬刀劈了雷鹏，哪吒用乾坤圈把鲁仁杰打死，雷震子一棍结果了雷鹏。姜文焕也等不及了，取出鞭照纣王就是一下，纣王躲闪不及，被一鞭打中后背，逃回午门。

纣王回到殿上，想起今天众多诸侯一齐上来讨伐他，后悔当初不听直谏，才落到今天这地步。这时，中大夫飞廉、恶来进来安慰纣王，要他好好养伤，来日再战。纣王已经听烦了这些不痛不痒的话，回到内宫歇息去了。恶来看着纣王疲惫的背影，知道纣王已是命在旦夕，就和飞廉商量一起归周。飞廉是个精明人，想在姜子牙率兵攻打大殿时，盗出国玺，献给姬发，以得到重用。

纣王到了内宫，看到妲己、胡喜媚、王贵人三人，不禁心头一阵酸楚，命左右拿酒来与三位美人共饮作别。纣王心里难

受，端起酒杯说："这酒真是难喝！"妲己说："陛下不要发愁，我们三人练过武艺。今晚我们姐妹三个去劫周营，定能一举成功！"

姜子牙看到王宫近在咫尺，白天一战斩了纣王数将，正盘算第二天怎样拿住纣王，哪里料到三妖会来劫营。二更时分，三妖披甲戴盔，妲己手持双刀，胡喜媚用两口宝剑，王贵人使一口绣鸾刀，三人骑的全是桃花马，杀入周营。一时间，飞沙走石，妖雾重重，响声惊动了大小众将。

姜子牙闻声出帐，察觉一股妖气，忙让众门人去将妖怪擒来。哪吒、杨戬等七位门人，看见妲己三妖左右厮杀，横冲直撞，便一齐上来围住三妖。姜子牙用五雷正法镇住邪气，把手一划，半空中响起一声霹雳。三妖胆战心惊，借一阵妖风逃回宫去。

纣王见三妃失手而回，便知天意难违，于是吩咐她们三人各自逃生去，自己径直往摘星楼去了。妲己等三妖见纣王独自往摘星楼去了，便商量决定回到自己原来的巢穴。

姜子牙被三妖劫了营，心想：要是不早点除掉这几个妖精，将来总有后患。于是命杨戬、雷震子、韦护去捉拿三个妖精。三妖在宫中吃了几个宫人，化作一阵妖风来到空中，往轩辕坟方向逃走。只听杨戬一声大喊："妖精哪里逃！"六人便展开一场混战。三妖哪是三仙的对手，一齐驾妖光逃走。三位仙道紧追不放。

忽然，前面香烟霭霭，遍地氤氲，原来是女娲娘娘驾到。

三妖看见女娲，都跪倒在地大喊救命。女娲不由分说，命碧云童儿将三妖绑了，交给杨戬带回，由姜子牙发落。

三妖一听女娲娘娘要把她们交给姜子牙，知道那是死路一条，哭天喊地说："我们到纣王宫中，是奉了您的旨意才去的。现在成汤的江山已被我们三个断送，我们正要前去向您复命。现在您不但不保护我们，还要把我们交给姜子牙，这是什么道理？"

女娲说："我让你们去断送成汤天下，那是顺应天意。哪想到你们造了那么多的孽，害死那么多的人，你们理当正法！"三妖听后，低头不语。碧云童子刚刚捆好三妖，杨戬等三人就赶到了。他们谢了女娲，将三妖带回军中。

三妖被押跪在子牙的帐前。妲己哭诉说："我是冀州侯苏护的女儿，从小生长在深闺中，不懂世事，蒙天子宣诏，被选为妃子，入宫后一心侍奉大王。纣王无道，那么多文武大臣都不能说服他，哪能怪我一个女流之辈？元帅今天即使杀了我，也是于事无补！"众诸侯听了妲己一番话，都觉得有些道理，不由得起了怜惜之心。姜子牙笑着说："在恩州驿站里，真的妲己已被你害死。你附在她的形体上，偷梁换柱进了宫。今天你已被擒，死一万次都不足以抵偿你的罪过！"妲己低下头，再也不敢狡辩了。姜子牙命左右将三妖推出斩首，又令雷震子、杨戬、韦护监斩。

只听一声呐喊，行刑令下达，雉鸡精和琵琶精被斩掉脑袋，雷震子监斩的狐狸精却还活着。原来，妲己是个狐狸精，在法场上娇滴滴地搔首弄姿，将几位执刀的军士迷倒在地，瘫成一堆，像喝醉了酒似的。杨戬对韦护说："这妲己是千年的狐狸精，你看她那迷人的样子，连纣王都被迷得颠三倒四，别说普通的士兵了。咱们还是快点回报元帅，让他来监斩吧。"

姜子牙听说狐狸精还活着，决定亲自去斩妖。他率领众门人、各路将领一齐来到刑场，果然看见妲己正在那里搔首弄姿，众军士个个被迷得神魂颠倒。姜子牙请众人让开，取出陆压送的红葫芦，揭开顶盖，一道白光冒出，上有一物，有眉有眼。姜子牙打了一躬，说："请宝贝转身！"那物转了三转，狐狸精顿时人头落地，血溅了一地。

姜子牙令人将三个妖精的首级挂在辕门上。纣王闻报，急忙上了五凤楼来看，见果然是三个爱妃的首级，不禁泪如雨下。只听见周军呐喊，准备攻城。纣王一看，知道大势已去，长叹一声，走上摘星楼。忽然一阵阴风吹来，只见姜娘娘、黄娘娘一把扯着纣王不放。纣王让两个冤魂缠得难以脱身，又见贾氏上前大骂，并照着纣王的面门一拳打来。纣王把双目一睁，冲散了阴魂，上了摘星楼，唤来封宫官朱升去抱些柴草来堆积在楼下，他要在摘星楼上自焚而死。

朱升再三哭喊，劝纣王另寻良策。纣王说："当年朕曾命费尤二人向姬昌算过命，他说朕命中注定要自焚。今天看来是天数，怎能逃得过去？"纣王趁朱升去取柴的工夫，整理好衣服，戴正王冠，将满身的珠宝挂好，然后端坐在楼中。朱升将柴堆满在楼下，挥泪拜别后，点着了火，放声大哭道："陛下，

奴才以死报陛下了！"说完，跳入火中。只见浓烟冲天，风狂火猛，火苗直往楼上窜来。

此时此刻，姬发、姜子牙和众将士都到辕门观看摘星楼的大火。他们看到纣王端坐在火中，接着听到一声巨响，摘星楼被烈火烧塌，纣王被埋在火中，化为灰烬。

纣王已亡，大局已定，只等姬发登基。大殿上，姜文焕代表天下诸侯请姬发早日登基，使天下诸侯、百姓有主。

第二十三章　姜子牙岐山封神

　　周公旦画了图样，在天地坛前造了一座台。台高三层，按三才之象，分八卦之形。正中设皇天后土之位，傍立山川社稷之神，左右有十二元神旗号，中间立了黄帝轩辕牌位，坛上放了许多贡品。台造好那天，姬发上台祭坛，诸侯立在两边。姬发面朝南端坐，奏乐三遍，众诸侯齐喊："万岁！"朝歌百姓也一齐欢呼。短暂的商朝统治宣告结束，周朝建立。姬发也就是后世所称的周武王。

　　姬发等众诸侯拜贺完毕，传旨大赦天下。随后姬发下坛回到殿中，摆九龙宴和诸侯共乐。第二天，姬发上朝，又颁旨天下，除了将鹿台的稻米散发民间外，还下令将纣王囚禁的大臣箕子从牢中放出，重修亚相比干的墓，放宫女太监出宫。

　　姬发在朝歌住了一个月，百姓安居乐业，一片太平景象。接着，姬发和姜子牙返回西岐。姬发见过母亲、妻子、孩子之后，在显庆殿大摆筵席，与文武百官痛饮。

　　次日早朝，忽听有人来报："飞廉、恶来在殿外求见。"姬发不知道这二位前商朝老臣来干什么。姜子牙说:"这二人也算是纣王身边的奸臣了。攻打朝歌时,他俩隐藏了起来。估计他俩这次来是想讨个官做。像这样的奸臣,我周朝一天也不能容忍。大王可先答应下来,到时我自有主意。"飞廉、恶来被宣上殿,口中"万岁"喊个不停,然后取出纣王的玉玺、金册交给姬发。姬发赞扬他俩弃暗投明,封他们为中大夫。

姜子牙在朝中看到一切大事全都安排得井井有条,就对姬发说:"当年我奉师傅命下山辅助陛下,东征五关,讨伐纣王,敌我双方都有不少凡人、仙人战死沙场。封神台早已造好,今天周朝的天下已经安定,可那些亡者的魂魄还无依无靠。我想到昆仑山师傅那里取来玉符、金册,让那些魂魄早点上了封神榜。"

姬发恋恋不舍地说:"您劳苦多年,该享点清福了,可这件大事还没完成,您早去早回,免得朕挂念!"

姜子牙谢了姬发,驾土遁到了昆仑山玉虚宫,拜见了元始天尊。元始天尊已知姜子牙是来取玉符、金册的,就让姜子牙先回西岐等候,到时自然会有人送来。姜子牙回去没几天,白鹤童子就将玉符、金册送到相府。

姜子牙不敢耽搁,捧了玉符、金册,驾一阵风到了岐山的封神台,放在正中供着,传令武吉、南宫适二人领三千人马,按五方排列,立八卦和干支旗号。姜子牙安排停当,沐浴更衣,执了香烛、花、酒,绕台三圈,命清福神柏鉴在台下听候,自己在台上朗读了元始天尊的玉符。读罢,姜子牙将玉符供放在桌案上，左手执杏黄旗，右手执打神鞭，站在中央，大呼："柏鉴将'封神榜'张挂在台下。诸神排了队来，唱名封神！"

柏鉴将"封神榜"张挂在台下，那些大小诸神的魂魄飘荡着一齐上来围着观看。姜子牙在台上叫到一个名字，一个魂魄就由柏鉴手执引魂旗领到台上。柏鉴是昔日轩辕黄帝的大帅，又因建造封神台有功，位居所有正神之首。之后便是黄天化，他虽年少，但精忠报国，奉清虚道德真君之命，下山立下大功，在沙场为灭纣捐躯，被封为管领三山的正神。

五岳正神中，黄飞虎因受纣王迫害，逃亡他国，忍受战场失子之痛，为建立周朝立有大功。姜子牙封他为五岳之首，专门掌管阴曹地府十八层地狱，凡阴间由鬼转为人、神、仙的，一律须经他批准，才能施行。黄飞虎还被封为东岳泰山天齐神圣大帝，总管天地人间吉凶祸福。

闻太师曾入名山修道，后下山辅助两朝君王，尽职尽责，被封为九天应元雷神普化天尊，率领二十四正神专门调剂人世间万物生长所需的云雨。其中二十四正神为下山辅助纣王设十绝阵、诛仙阵、万仙阵时阵亡的道士。

姜子牙从柏鉴开始，一直封到申公豹为止，一共封了三百六十五位正神之职：五岳正神、雷部二十四位天君正神、火部五位正神、瘟部六位正神、五斗群星吉曜恶煞正神、二十八宿、斗部三十六位天罡星、斗部七十二位地煞星、斗部九曜星官等。最后一位是申公豹，他被封为东海分水将军，在东海朝观日出、暮看日落，叫东海夏融冬凝。姜子牙封神完毕，众神各自前去岗位执掌。不一时，封神台边凄风散尽，惨雾澄清，红日中天，风和日丽。

第二天，朝中众官一齐来到封神台参见姜子牙。姜子牙传令将飞廉、恶来押上来，命左右将二人斩首，封二魂为冰消瓦解之神。姜子牙封完所有的神，下了封神台。

次日，姬发上朝，姜子牙上奏说："那些忠臣良将、奸佞之辈全都一一封了神位，各按职责执掌。眼下当务之急是，那些天下诸侯、随军征战的功臣、名山洞府门人

有血战之功，也应加爵封侯。还有，上古三皇五帝的后代，也应分封土地。"

姬发正想这样做，就把这事全权委托姜子牙和周公旦去处理。二人领旨，按顺序和功劳大小拟定了一份名单，姬发颁旨批准，将众人召集到殿上。姬发登上宝座，命弟弟周公旦在金殿上唱名册封官。分封过后，姬发大摆酒席，宴请功臣、亲王、文武百官，又打开国库，将金银珠宝按官位分给诸侯。

所有人中，李靖、金吒、木吒、哪吒、杨戬、韦护、雷震子七人是奉师傅之命下山灭纣助周的，如今周朝建立，使命完成，全要各自归山。姬发一再挽留，看他们去意已定，就在南郊摆了九龙宴席，和文武百官为七位仙道饯行。

各诸侯领了封文，全都欢天喜地回到自己的领地去了。

从此，四海升平，万民安居乐业，天下一片太平。